王传敏 / 著
MINGAN

中国出版集团
现代出版社

图书在版编目（CIP）数据

敏感/王传敏著. --北京：现代出版社，2016.9（2024.1重印）
ISBN 978-7-5143-5424-9

Ⅰ．①敏… Ⅱ．①王… Ⅲ．①散文集－中国－当代
Ⅳ．①I267

中国版本图书馆CIP数据核字（2016）第234404号

敏感

作　者	王传敏	
责任编辑	李　鹏	
出版发行	现代出版社	
地　址	北京市安定门外安华里504号	
邮政编码	100011	
电　话	010-64267325　010-64245264（兼传真）	
网　址	www.1980xd.com	
电子邮箱	xiandai@vip.sina.com	
印　刷	成都新千年印制有限公司	
开　本	880×1230　1/32	
印　张	10	
版　次	2016年9月第1版　2024年1月第3次印刷	
书　号	ISBN 978-7-5143-5424-9	
定　价	41.00元	

写在前面的话

自第一本散文集《好风如水》问世后，又过了近十年。

这十年，绝大部分时间是在青龙山下的金陵监狱度过的。于我而言，这十年也是修磨心性的十年。

流年抛人，红了樱桃，绿了芭蕉，山川间花开花落，空自寂寥。日出而作，日落而息，早晨被鸟声唤醒，夜晚在山风中入眠。上班，下班，工作趋于平静、简单、平凡，闲静如水。如此一来，倒也是一种福气和幸运，可以沉下心来看书和写作。

细数这十年的学习，大概可以分成两个阶段：

前面的五年，是属于高歌猛进、攻城略地的五年。什么样的文凭都想考，什么样的证书都想试试，只要它跟工作有关。这在本书中《享受考试》一文里已经交代清楚。先是完成了南京大学法律硕士的学习，然后又去冲击南京师范大学的博士考试，屡战屡败，屡败屡战，苦心人天不负，终于几经挫折，拿到了那张大红的入学通知书，很难述说那一刻喜极而泣的心情。导游领域的证书也被我一扫而空，初级导游、中级导游、高级导游、领队证、旅游操作师，一鼓作气收入囊中，尽情地享受着每一次通过时的快乐，很有过关斩将的豪情。多次亲近大学的校园生活，感觉自己就像个穷汉子，突然跌入了藏宝洞，恨不得去抓住一切能抓住的。那么多的书在架上等待着阅读，那么多的大师需要去膜拜，身体的每个部件都拧紧了发条，与时针赛跑，与分针赛跑，与秒针赛跑……

后面的五年呢？似乎是在哪个地方突然转了个弯。是的，这绝对是一个大转弯，因为从那个时候起，我生活和学习的节奏发生了很大的变化。

某夏日，突然发现鬓边有了一丛白发，这是什么时候长出的？镜前呆立，不由兴发浩叹。

这还只是开始。连眼睛也开始提醒我身体上的变化了：多年来已经养成了"无夜读，不入睡"的习惯，睡觉前总喜欢翻两页。大概是前年吧，卧床读书时开始觉得有些不对劲，书渐举渐远，总觉得灯光亮度不够，眼前模糊，这是怎么了？在妻子的提醒下，才恍然大悟，眼睛是不是也开始老花了呢。后来，到眼镜店验光，果然，已经老花了。验光师看我有些失落，安慰我："越是不近视，越会老花得早呢！"内心里不由哂笑自己，以后在妻子和女儿面前再也骄傲不起来了。以前，在她们面前我很自负，读书再多，眼睛也不近视。我经常糗她们："有些人，书读得不多，还戴副近视眼镜（她们俩都戴近视眼镜）。"

记得少年时，夏日的午后，蝉鸣阵阵，老宅子的院子里，在老榆树的浓荫下铺展开一面蓑衣，摇着蒲扇纳凉，看书。身旁，母亲坐在一边缝补旧衣裳，时不时地，母亲就要唤我替她穿针引线，"老了，无用了，针眼也看不准了。"不料想，今天，我也开始在枕边、案头必备老花眼镜了。时光真是把杀猪刀，刀刀催人老。想起这一幕，百感交集。

是不是，身体在给自己发出某种信号？

某日读书，看到《道德经》第二十三章中的一句话："故飘风不终朝，骤雨不终日。孰为此者？天地。天地尚不能久，而况于人乎？"记得当日情景，恍如醍醐灌顶，这句话狠狠地击中了我内心最柔软处，一语惊醒梦中人。我还深刻地记得，当年的中学英语老师张从开，至今想起他，我依然怀有敬重和感恩之心，每次考试因为急躁马虎而导致试卷丢分，他就会点着我脑袋说："你、你王传敏啊，就是急躁冒进！"这"急躁冒进"四个字是他给我的诊断，想不到，他眼光如此老辣，竟然会如此将我一生看透。

　　心性浮躁，急躁冒进，容易冲动，好大喜功，结果却是事与愿违。考证书，是拿别人的东西来证明自己；而做学问，写点属于真正自己的文字，才会让你的思想秀出来，拿自己的学问和成果证明自己。与其挖十口不出水的坑，不如淘一口出水的井！少设定一些目标，把事情做精致些，做深入些。选定一个专业或方向，数年如一日，水滴石穿，聚沙成塔，持久发力，"火候到，猪头烂"，久久为功，方可能成为某个领域的专家。

　　二十岁的时候拼的是文凭，三十岁的时候拼的是平台，到了四十岁的时候，就应该拼的是心态了。这也许就是所谓的"三十而立，四十不惑"吧。大水漫灌，何如精准滴灌？人生既要学会做加法，更应该学会做减法，学会了做减法，才能更好地做加法。做减法不是自己原谅自己、放松标准，简单地认命、消极，自甘沉沦，随波逐流，而是知其"不能"才能"有所能"，知道生命无常、人生有涯，才可以活得更为精彩，更有质量。

　　据说，印第安人有句土语，翻译过来就是："走慢些，莫让灵魂跟不上你的脚步。"是啊，生活本来是那么有滋有味，何苦让自己做个赶路人？人生可以拼搏，但不可拼命。结果纵然重要，但体验过程亦不失美妙。

安顿好自己的心灵，廓清了脚下的立足处，确定了方向，工作和生活顿时变得山青水绿、有滋有味起来。

"春有百花秋有月，夏有凉风冬有雪。若无闲事挂心上，便是人间好时节。"这是宋朝无门慧开禅师的大自在世界，禅意幽幽，若无闲事纷扰，犹似拨去浮云见日出，定心见慧，天地间自有大自在。

阅读的口味和习惯开始变了。从过去渴求"面朝大海春暖花开"的浪漫，沉浸在情节跌宕的小说情节，慢慢开始"关心粮食和蔬菜"，关心曾经过往的历史。以前十分反感清史和民国史，感觉那段历史十分憋气，内斗外侮，狼撕狗咬，乱如一地鸡毛。如今，透过一个个人物的集中阅读，多方位地了解，又发现他们那么个性鲜明，着实可亲、可敬、可人、可近、可信。比如慈禧、沈家本、曾国藩、李鸿章、张作霖、段祺瑞、陈独秀、胡适、严景耀……换个角度，换个讲述者，那些久已风干的历史似乎像菊花茶一样，鲜活地绽放在滚烫的开水中，一如当初的盛开。一些有趣的书籍也跃然案上，就像2016年的夏季集中阅读的"历代笔记小说丛书"：《小豆棚》《新齐谐——子不语》《耳食录》《萤窗异草》《里乘》《夜雨秋灯录》《女聊斋志异》……古人在案牍之余写下的文字，隔着数百年，今天我在夏夜读来，文字依然雅致、轻盈，满溢野趣。

外出旅游的线路也迥异以前。旅游目的地不再奔着游客扎堆的所谓风景名胜，拿着相机也不再想给自己拍照，更多地探访迹近湮没的小街旧巷、荒村野道、古刹断桥，寻访那些记载在过往史书典籍中的陈旧遗迹，伫立在彼处，比对着往日文字记载中的繁华艳丽与今日眼前的残垣断壁、青苔漫漶，在磨洗中辨认前朝旧事，吊古抚今，神交古人，思绪悠悠，谁人能不起风尘浩叹？

以往，由于长期从事办公室文秘工作，养成了开夜车的习惯，常常熬夜到很晚，现在，也要关心起身体每个部位的变化了。这也是早生华发与眼睛老花给予的警示信号。温室大棚蔬菜把餐桌搞乱，空调把季节搞乱，城市把昼夜搞乱。以前，我喜欢夜晚加班，白天却是昏昏沉沉的，该睡的时候不想睡，该起的时候却起不来，这不符合天道和人道应有的伦理。天人合一，说的是天道与人道要和谐，人体内的小宇宙要与外部的大宇宙同频共振，不能对着干。对着干，身体哪能不起病症？明白过来这个道理，该睡的时候，马上就丢下手头的事情，上床睡觉；该起来的时候，绝不贪恋枕头，立马翻身下床。五天为一候，三候为一气，是为节气；全年分成七十二候、二十四气，老祖宗是聪明的，给我们留下这宗宝贝，这可是生活的真宝典！"池塘生春草，园柳变鸣禽"，"迟日江山丽，春风花草香。泥融飞燕子，沙暖卧鸳鸯"，"初闻征雁已无蝉，百尺楼高水接天"……吟诵这些诗词，体味着古人天人合一的细腻情感，节气变换之间，物换星移，多么美妙！关心天气变化，关心身体变化，享受每一个时刻。

复旦才女于娟以其抗癌的生活经历写出了《活着就是王道》：失去才知道珍贵。位子、票子、房子、车子、文凭、成果……当然是多多益善，细大不捐。可是，到末了，却发现，没有好的身体，什么都承载不了，神马全成浮云。身体好着，才可以做好事情，把事情做好，这也是王道。

人到中年，心境变化，开始享受生活，享受着手头做的事情，做自己快意的事情，不管这一天是晴天，还是雨天，都面带微笑去接受了，晴天到广场晒太阳，雨天在窗前听雨，生活真好！何况还有书读，还有朋友谈心。更为开心的是，2014年，我入选中央政法委与教育部联合开展的"双千计划"，到南京财经大学法学院任教，走上讲台，竟然过了一把高校教师的瘾。还要感恩的是，2015年的6月，幸得组织关心，我又回到了母校——江苏省司法警官高等职业学校，得以更多地享受校园时光。

这本书的出版，是对自己过去岁月的纪念和告别。

回顾以前的文字，包括前一本《好风如水》里的文章和本书里的一些散文，过于沉湎风花雪月式幻象，过于追求华丽的辞藻，过于追求情节的安排，常常是为"伤情"而"触景"，这样的文字，现在回想起来，真真有些"为赋新词强说愁"。无浪漫不青春，因为是岁月中形成的文字，所以在收录入集子时原汁原味，不加修饰，从中可以看出自己的轨迹，敝帚自珍，结个集子，算是纪念，与往日道个别。

这本书的取名，与"敏于行，讷于言"无关，与"多愁善感"无关，其实并没有什么深言大义；仅仅是取我的名字里的一个"敏"字，因为文字都是"小我"的个人生活、学习、工作感悟，合二为一，是为《敏感》。这些文字都是个人的感悟感喟，能有一个陌生或熟悉的你来读，借助文字作心灵的交流，慢慢咀嚼过往生命，这也是我的福分。

今年我四十五岁，已进入人生之中年，恰似季节于夏秋间转换，夏花绚烂之后便是秋叶之静美，上苍安排得如此之好。

秋来登高，把酒临风，看渚清沙白，苹天苇地，鹤舞白沙，我心飞翔，好个金秋！

以上文字，权为自序。

丙申年初秋

目　录

学无涯

志往来
ZHI WANG LAI

童年心灵史漫笔

我的童年有池塘，但没有榕树。但我的心里，一样流淌着和罗大佑一样的情感。

隔着八十年代，隔着九十年代，隔着新世纪又一个十年，隔着那么多长长的夏日、绚烂的秋天、萧条的冬日，隔着这么多的车站、码头，隔着中学、警校、南大的校园，隔着无数烟雾缭绕的饭局、柴米油盐的小家庭生活，隔着逐渐星星的两鬓，隔着起雾的眼帘，至今回头望去，故乡童年的春天依然是那么新鲜、那么干净，依然是花谢花飞花满天，依然是忙趁东风放纸鸢，依然是挎着竹篮去麦田剜荠菜，仿佛是刚点出的豆花，依然冒着氤氲的热气，吹拂一下，就水淋淋地呈现在眼前。

故乡在苏北赣榆，一个农村，毗邻山东临沂地区的临沭县。

村名叫"石门头"，为什么叫这名字，至今无法考证。有一个说法，是与八十里外山东临沭的一个村子"石门"有关系，先辈上有人从那里逃荒到这里落户的，但是，缺乏确凿的证据，按下不表。

敏惠

大村由前后五个小村子组合而成，除了最南边的一村与其他的村落隔了一条河，其他的村子之间没有明显的分界线，都是犬牙状交错在一起。从南向北数，一村是在南河的南岸，与其他村子隔河相望，属山东省管辖；二村、三村、四村是属于江苏的；五村临近北岭，属于山东管辖。整个村子坐落在一个盆地中间，南、北、西都是高低起伏的山岭，中间一条蜿蜒的河，从村子穿过。

这是一个"三不管"地带。

历史上多次进行区划调整，结果就是人口区划混乱，甚至有的一家人都可以分在两个省！举个例子你就知道了，以前，我本家的一个大爷（伯父）参加革命工作，就地转业到山东临沂专区工作，按照农村人的说法，就是"吃国库粮"的，属城镇户口；而大娘在老家，属于庄户人，孩子随母亲，后来划省界的时候，分在江苏，属农村户口，公粮交到江苏。一个家都可以分成两个省份！多年以来，我们村就是属于一个行政权力触角很难伸到的地方，两省三县（赣榆县、临沭县、东海县）人口杂居，互相通婚，计划生育工作到了这里，基本上就是望洋兴叹。江苏来检查，就跑到山东的亲戚家；山东的来了，收拾一下，胜似闲庭信步，坦然地来到江苏地界。

村里有几大姓，胡姓、袁姓、王姓、郭姓、孟姓、李姓。每一姓都有几千人口，合起来就是三四万人口。

这么多的人口，拌个嘴、打个架的，也不稀罕。庄户人过日子，十个指头有长短，舌头还有碰到牙齿的时候，总有一些嫌隙发生。有亲兄弟之间的，有妯娌之间的，有族人之间的，为孩子，为地界，为财产，为养老……五花八门，先是指桑骂槐，借孩子、借畜生出气，然后就是短兵相接，互相攀着低矮的墙头高一声低一声地理论，吵着吵着，就开始升级，抄家伙，动武力，常常就打得血头血脸、衣衫褴褛，有打架的就有劝架的、看热闹的，劝架的多为族中"老杠"（长辈）。听劝的呢，就此收兵，嘴里虽然还絮絮叨叨的，也就是借坡下驴，扯着老婆孩子回家，门一关，该干吗干吗。万一双方战斗甚酣，不听劝，劝的人也就掉头走人，闪在一边看热闹，一直等到互相泄了劲头，再去劝，也就罢了。农村缺少文化娱乐节目，不读书不看报，电影也是半年多来一次，这看打架的热闹也算是一种集体活动吧。有抱着膀子的，有端着饭碗的，有倚在树干边纳鞋底边瞅着的，有伏在墙头探出头的，只看，不去掺和。但这仅限于是同族同姓之间的摩擦和矛盾，一旦争议的内容涉及族与族之间，情形就是另外一状态，有人招呼一声，无论亲疏，不问青红皂白，立马就如蚂蚁过河一样，抱成一团，一致对外，抄起手边的家伙就上，先打起来再说。

　　再远一些的历史无从考证，最近的一次大规模械斗，发生在"文革"期间，起因是袁姓一姑娘被孟姓的一个小青年耍了"流氓"。先是两家之间进行打斗，后来发展到有数百族人参战，一直到最后，双方合计有老老少少200余人参加械斗。武器有钉耙、抓钩、榔头、铁叉等，轻伤37人，重伤12人，死3人，械斗最终结束得非常壮烈。被侮辱了的袁姓姑娘从大队部民兵连长那里偷来一颗手榴弹，奔向孟姓小青年的家，毅然拉响了导火索……公安派出所最后虽然也派人来了，但作为械斗始作俑者的两个年轻人都已经丧生，最后也就不了了之。

一、花树草

　　童年，每一天似乎都是那么的漫长而遥远，时光的钟摆在这里被拨慢了速度。

敏感

在人生与四季的对应关系上，我觉得，童年就犹如一年中的春天。

春天来了，花开了。从什么花开始说起呢，就从洋槐树花说起吧。

在北岭的路两边，在南河的一河两岸，到处都可以看到洋槐树。洋槐花在绿叶的衬托下，有一种别致的圣洁的韵味，花开一树雪，热烈而浓郁，一簇一簇的，把枝条都压得低垂了，踮起脚就可以够得着。香喷喷的，甜丝丝的，还透着蜜的香，是蜜蜂留下来的吧？

洋槐树花可以直接吃，开水一烫，沥干了，撒点麻油，放点盐，凉拌菜，清香爽口。也可以晒干了，留在逢年过节时做包子吃。农村的人，在吃的方面都很有研究。只要是可以果腹的，就会毫不犹豫地拿来。

洋槐树的花，人和蜜蜂喜欢吃；洋槐树的叶子，兔子最喜欢吃。我们经常拿一竹竿，顶端系一镰刀或是铁钩子，凡是挂花的树枝都非常清脆，刀子一勾上去，连撕带扯，带回家，扔到兔圈里。看兔子飞快地张开三瓣子嘴，幸福地吃着，兔子是幸福的，我也是幸福的。兔子喜欢吃的食物我都非常熟悉，洋槐树叶、黄豆叶、锯牙子草……这些草不能带着水珠喂，必须要晾干，否则兔子一准会生病。

为什么我不首先提起桃花、杏花或者是其他梨花什么的。在苏北赣榆的农村，我们那里的土地都被种了庄稼。顶多是在房前屋后种几棵果树。原先在河南的一个山丘上还有一个果园，但是，那地方你基本上是靠不近的。院子里拴着几条凶猛的狗，无论你什么时间，不等你走近院子，立马就听到恐怖的狗的凶猛的叫声。我小时大概曾经被狗追过，留下了不太好的印象，至今仍然怕狗。

粉白的菜花，不是油菜，是萝卜的花，也非常香。芫荽的花是淡白的，荠菜花也是。枣花簌簌，白里透着蛋黄，非常细小。有种在坟头、草坡常见的蓝色的花，小小的花梗，幽蓝幽蓝，紧贴着地面，我至今叫不上名字。非常好看，远望去像点点的蓝色星星。茄子的花是紫色的。扁豆的花有好多颜色。

南瓜，苏北是叫方瓜，也是黄的。从春天开始，在菜园里就开始陆陆续续地开花，直到火热的夏季。南瓜花可以钓青蛙。

奶奶的院子里原先有棵不大不小的杏树，她从来不肯让我们靠近。每年都结一些杏子，黄澄澄的，在麦收季节就能吃到了。在杏子还是青涩的时候，奶奶就防着我们这些孩子。在树干抹一些脏东西，这样我们就不会去爬树摘杏。杏子经常是有大小年，有的年份结得多，有的年份少，还有的年份奇少。大人就说，树果子结多了，就像人生孩子一样，也会累的，要歇一歇。

就像一些人常常讲的那个笑话，城里人分不清韭菜和麦苗，经常会张冠李戴一样。一些人也分不清什么是洋槐树，什么是槐树，它们的叶片都差不多。但是，这是糊弄不了一个乡下人的。洋槐树花是洁白的，春天开；槐树的花是淡黄的，紧凑的，夏天才开。槐树花是一种中药材，我以前经常去采，晒干了去卖，可以换一些买小人书的钱。槐树皮也是药材，不小心被割伤了，到槐树上割一些树皮，切碎了，打上几个鸡蛋，放铁勺里一炒，香喷喷的。那时，母亲经常用这些土方治病，非常有效。槐树皮炒鸡蛋，是割伤后的抚慰。因此，我小的时候经常手被割伤后，特别高兴地跑到母亲那里，举起受伤的手指，看，手破了。

洋槐树开花的时候，多是在谷雨前后。这时也是点花生的时候，农忙已经揭开序幕的一角。几场雨一过，麦子快速地抽节拔穗，麦子也开花，但是，一般人是看不到的。麦花也很香。我邻居有一个小姑娘名字就叫麦香，又俗气又雅致的名字。麦香一般是让农人视若不见的，能够起这样的一个名字，说明这人不俗，很雅，是隐居在乡间的大雅。

农村人起名字大多带着乡土味。什么杏花、翠花、菊花、兰花，狗蛋、铁蛋、钢蛋，大牛、二牛、三牛，稍微思想远一些的，就照着地名起。我一辈的几个兄弟都和大城市较上劲儿了，有叫广州的，有叫贵州的，有叫北京的，我的小名叫杭州，看看，多俗的名字。大概是和本家的四叔有关。他曾经当过兵，是村里很难得去过大地方的人，所以给孩子起名字也净朝大地方去想，我的名字也是那一阵子时髦的影响所致。后来，为了起个笔名，干脆取其谐音，就叫了"航舟"。

记得三哥曾经为孩子起名字伤脑筋，我就告诉他，你不是木匠吗？干脆儿子就叫锯子，再有叫凿子、斧头、墨斗……记得我说完了，自己为自己的聪明所陶醉，在床上都快乐翻了。可惜三哥和三嫂子没有照此计划实施。否则，家里就是现成的木匠铺了。

豌豆的花很漂亮。粉白的、紫色的、粉红的，都还有一个眼圈似的图案。豌豆花不停地开，先开的谢了，藤蔓上又抽出了新的花。豌豆在七八成熟的时候，是最招贼的。生的也很好吃。夜晚，我们经常在去看露天电影的路上，到地里去薅一抱，慢慢地拣下来吃。嫩豌豆透着一股清香，现在想来还会记忆犹新。这样的坏事，我们经常干。一般农人也很少在路边种豌豆，尤其是大路口。经常招贼，要少收不少。

我虽然不太喜欢梧桐树的黏黏的叶片，但是，对于它的紫色的花朵，绝对是欢欣异常的。清明节到谷雨节期间，梧桐树撑开了紫色的一树云雾。梧桐花很香，馥郁的香味。梧桐花落地的声音我能够听到。早上露水重的时候，夜晚，纷纷落地。梧桐的材质非常轻，古书上说可以制琴，历史上就有把非常有名的焦尾琴。老百姓不懂那玩意儿，认为梧桐做不了大用。还是喜欢栽一些槐树、楝树、杨树、榆树、香椿、臭椿，果树中如枣树、梨树、杏树、桃树、苹果树、李子等。这是乡村的实用主义。

椿树和梧桐的材质差不多，但是，臭椿树有一个很经典的用处，就是打新床。哪家儿子不娶亲？娶亲新人要用新床，椿树象征着多子多孙，自然就是想当然的选材。香椿树生长得慢，不容易成为床材。臭椿树生长得快，春天开出黄色的花，树叶臭不可闻。每到夏天，还有十分讨厌的毛拉子虫，人一碰到，又疼又痒。由于其臭味，农家一般把它栽在厕所、猪圈等脏的地方。但即使这样，每年都免不了要挨几次蜇。每年过年时，大人会教我们去做一件事，大清早跑到院子里，搂住椿树的树干，口中念念有词："椿树王，椿树王，你长粗来我长长（第一个念 zhǎng，第二个念 cháng），你长粗了好做床，我长长（依前标注）来当新郎。"据说十分灵验，小孩子就会长得高大，椿树就会快快成材。做床也有很多讲究，选木匠一要手艺好，二要家里人丁兴旺。床做好了，放到新房里，还要小男孩"滚床"，就是席子铺好了，在上面撒花生、枣子，取其谐音"早生贵子"，男孩在上面滚一遍。得到的好处就是花生、枣子等好吃的点心。

二、马及其他的乡村动物

现在城市里到处有人牵着宠物犬招摇过市，有次我从一家超市的拐角处，先是看到一名柔弱纤小的靓女，正满心喜欢地投以青眼时，冷不丁地，身后竟然窜出了一只超猛超强的藏獒，绝对的美女与猛兽组合！城市里也有卖蝈蝈儿的，卖兔子的，卖小狗的。

敏感

那个时候我与动物都是零距离接触。

但是，当时的农村还是比较贫穷的，人都吃不饱，还有什么闲心去喂小动物，如果说有，也是类似猪、鸡、鸭、鹅、牛、马、骡等，人喂它们，不是为了吃肉，就是为了让它们替人出力。

我喜欢马，在一篇文章中我曾经赞美过它。在它身上，我倾注了柔情无限。

那匹马是部队军马退役下来的。在这点上，我对部队使役军马很有看法，战士退役尚有保障，为什么军马退役不可以留在部队颐养天年。毕竟它们也是为国家有着"汗马功劳"呀。要知道，退役的马大多数是卖到农村，面临着与部队生活不同的农村，这是军马的"二次就业"，有好多就是适应不了环境而死在田间地头，累死在鞭子和犁铧下。

我为什么要言之凿凿地说那是一匹军马，是因为它的臀部深深地烙印着一个阿拉伯数字号码"7"。这真是多事且该死的做法！为了区别和记忆，就将烧红的烙铁直指军马，残忍至极。那匹枣红马是幸运的，我也是幸运的。因为我们两个在这滚滚红尘大千世界里遭遇了，相逢了。在军马的快老死的最后几年里，在我即将长大的童年里。

在那篇散文里，我深情地回忆起，那匹枣红马是那么善解人意。无论是拉车还是耕地，从来不需要父亲扬鞭，每次都是那么不惜力，表现出一匹军马所特有的素质。忠诚，勤快，朴实，聪明。这些语言向来都是形容人类的，但绝大多数人类是不配拥有这些字眼的。枣红马每次劳动后，都是一身湿淋淋的汗水。父亲一直是很心疼他养的牲口。大多数农人也是如此，亲切地称呼家里的牲口——"老伙计"，朝夕相伴，日久生情。但是，我要说的是，在我父亲身上，这种感情表现尤甚。都说是"马无夜草不肥"，喂马要比喂其他的牲口辛苦，比如黄牛、水牛，都是把草料拌好，就不用烦心了，牛吃草后还能在空闲时反刍，喂马就不是这样了，有很多讲究的地方。首先是马要经常放出去啃青草，夜里还要起来喂料，马还要打马掌，记得集市上当时打一副马掌要三四元钱，对一个农家来说，这不是一笔小的支出。马在干农活出汗后，绝对不能立即牵到河边饮，热身子饮冷水，百分之百地要生病。这都是农人长期喂马的经验。农村经常用"伺候牲口"这样的字眼，"伺候"的语言环境通常是仆人对主人，在这里颠了个，就是牲口大多是农人的一笔非常大的家当。枣红马在我家，基本上是我去放，这比放牛放羊要好多了。马爱吃水草，尤其是早晨带着露水的水草。我常常是暑假时，一大早吃了饭，就骑着马出去了。在小伙伴羡慕的眼光里，我飞马出村的场景绝对是一幅令所有村人瞩目的画面。至今我在谈到马还会眉飞色舞的，就是因为我拥有着一个童年，一个牧马骑马的记忆。

同我的女儿比较，我的童年比她富有。她的童年只有麦当劳、沉重的书包，只有电视里的仅有的几部动画片。而我呢，在九岁上学之前，父母除了操心把我们的肚皮喂饱、身上有衣外，哪里还有闲心考虑我们。农村的哪家都是几个孩子，像我们家，我们兄弟姊妹就是六个，养孩子都是放羊一样，散养，不像现在，一家一个宝贝蛋一样。

女儿经常会怀疑我的叙说，真的有马吗？那马你真的敢骑吗？马不咬人吗？

枣红马初到我们家的时候，我已经基本忘记是什么场景了。毕竟过去了这么多年，隐隐约约地记得是因为农村实行了联产承包责任制，土地都分给农民自己种了，我家有七八亩地，光靠人是种不过来了。于是，父亲到集市里买了一匹马回来。因为马吃得多，比牛骡难伺候，因此，农人都不愿去喂马。马的价格也就较牛、驴、骡便宜。家里经济紧张，只能买得起马了。枣红马初到我们家时，自然就要交给我这样的一个不算劳动力的幼童去喂了。刚牵起马的缰绳时，我是战战兢兢，视若老虎。我曾亲眼看到马尥蹶子踢伤人的惨烈局面的。父亲教我如何牵马，不要走在它的前面，也不要落在后面，缰绳要短短地挽在手上，不要扣在手腕上，防止马一旦惊了，缰绳松了，把人能活活地拖死。马是通人性的，你和它并排走，它能感到安全，你随时也可以控制它的走向。马不会像牛一样累了躺着睡觉，马即使是在夜里，从来都是站着睡觉的。马一旦要躺下来，不是死了，就是生病了。马和驴子、骡子是近亲，它们累了、乏了，就会在地上打个滚，就着地上，四蹄朝天，连续打上几个滚，相当于人类舒舒服服地伸个懒腰。打个滚，站起来，抖抖身上的尘土和草屑，昂起脖子，朝着天，打几个响鼻，"咴儿咴儿"地长鸣几声。这对于马来说，大概是劳役生涯里一个快乐的片段之一，而作为牧童的我，也能感受到这种快乐。

马比其他的牲口爱干净。我经常带它到河边洗澡，帮它刷刷毛，清洁的河水，照得见我和马的影子。枣红马经常会在河水里照镜子，沉思，像人一样在水边沉思。我现在想来，大概是马想起了它在部队的生活。那里，肯定有着野花遍地的青青草原，清澈见底、游鱼可数的河流。我喜欢把马看成自己的朋友。在马光临我贫寒的家后，我很快就和它混熟了，相信它也是如此感觉的。这世界无同无不同。我们是朋友，这是最重要的。我能感受它，走进它的心灵世界。人从树上下来，走到地上后，慢慢地就把自己与其他的动物疏远了。人经常会愚蠢地以为离文明越来越近了，离蒙昧野蛮越来越远了。但是，当他们远离当初的老朋友的时候，实际上也是那些众多的老朋友疏远他的时候。在地球上，人类越是进化，越是众叛亲离。在马的身上，我认识到了这一点。

我现在拙劣的语言，怎么能说得出枣红马在河水边沉思的优美？

"是马三分龙"，马是亲水的。有年夏天，我去很远的山岭去放马，那里有保存很好的草地。忽然变天了，狂风大作，雨如瓢泼，我骑着马，赶快朝村里赶。等我紧赶慢赶，来到村庄南面的河边，我傻眼了，平时清澈见底、水深只到腿弯处、河宽仅有二三十米的南河，已经面目全非。河水涨得飞快，估计是上游水库在暴雨前开闸泄水，加上山洪暴发，河床已经有近百米宽，往日两岸的沙滩已经浑然不见。只有河水在咆哮，河面上到处可以看到有上游冲下来漂浮的树枝、草垛。怎么办？正在我抓耳挠腮的时候，一个只有在《岳飞传》等传奇小说里才有的场面出现了。枣红马拖着我，开始朝河里去。我的水性还可以，但这样的水面，我是有些心惊胆战，对于马，我更加没有把握。望着不断上涨的河水，我的确失去了主张。马拖着我，我很不情愿。但是，也没有过多的思考，人已经下水，只有朝前冲了。在水里，枣红马只有头露出水面，我先是拽着缰绳，后来，跟不上它游水的速度，只有抓紧它的尾巴。河水湍急，人像一根浮草，失去了方向，一切只能随着马了。很神奇，马竟然带我泅过了河！爬上岸后，回头望望，还心有余悸。后来，才从父亲处了解到，马是会泅水的。不是有那么一句话吗，"龙马精神"，马和龙能够相提并论，马不仅在陆地上英姿飒爽，在水里也是神气活现。这样的水，对于马来说，并不算什么。我感到神奇的是，马怎么知道我怕过河，还要在前面带我过河？

这是枣红马渡我出险的一次记忆。我在过去的那篇文章里，

敏感

还深情地回忆起它在一个陡峭无比的山坡，救我于即将坠崖的一刹那。如果不是马及时地跪下来，我肯定会失重跌下陡峭的山沟，被那些刺槐树上的刺戳成个烂蜂窝。我在前面就说过了，马是从不会躺下或是卧倒的，睡觉时也不会，它怎么会在我身体失重时感受到刹那间来临的危险？这些情节，说给谁听也很难相信。只有亲身经历。义马救主、义犬救主，没有平时的感情沟通，人与这些动物的心灵，是很难彼此相通的。去年汶川大地震的时候，也有义犬陪着主人在废墟上度过了几天几夜，当时在看新闻的时候，我就深情地回忆起童年的枣红马。没有人知道我在那一刹那是泪流满面。

枣红马是我童年的一个不说话的伙伴，亲密伙伴。每年的暑假，野外是我们俩的天堂。它在河边吃草，我把缰绳挽在它辔头边，随它自己。我有时在草地上捉蚂蚱，用竹竿粘知了，然后就地进行风味烧烤。更多的时候，我会把随身带的蓑衣铺在草地上，躺在那里，看天上的云来云去。白云苍狗，任我去幻想。

那时，我想象不到未来会在哪里，未来生活是什么样。我的世界只有我的村庄、河流、沙滩、山岗，还有我的马、鱼、鸟、虫、草、花……人生是早已注定的吗？如果是，那么，后来我到镇江上警校；到洪泽农场开始工作的第一站，有了我的妻子和孩子；到南京大学上学；调到南京工作……我是不是就在这样一个早已注定的轨迹上慢慢朝前跑着的小虫子？我躺在山坡上，安静地饶有兴趣看蚂蚁在树叶上忙碌，一看就是大半天。有时，那蚂蚁在树叶上跑来跑去，我举起树叶，蚂蚁就停在树叶边，似乎感觉到有危险存在，几次试探着，过不去。我故意把树叶翻过来，蚂蚁又开始忙碌了。于它而言，这永远是个横无际涯的世界。它怎么知道，这其实就是它刚才走过的世界的背面，它忙了大半天，也只是在一张树叶上而已！我是不是那只蚂蚁？我是不是这些年一直在不停地走在一个注定的路线上，走到最后，其实也就是在一片树叶上。这些年，我去了很多地方，也曾经去过外国几个地方，我以为我走过的世界已经很大了，但是，回过头看看，是不是还在那片树叶上沾沾自喜呢？那时，我经常会在蚂蚁等一些小虫子身上玩些恶作剧。我故意在它们奔跑的前方，撒尿，尿水在蚂蚁的前方汪起来，蚂蚁们宛如世界末日到来时那样惊慌失措，四处逃窜。在它们眼里，那一汪水是不是就是突如其来的洪水滔天？

在我玩着这些恶作剧的时候，我的枣红马还在安静地吃草，不时地甩着尾巴。我有我的快乐，从来不曾感觉到无聊、寂寞。我只是对未来的生活看不透，就像天上瓦蓝的天穹、飘飞的白云。马呢，它应该也有自己的快乐，我经常试图走进马的精神世界，每次似乎走进去了，但很快又发现这是徒劳的。我对枣红马以前的生活非常非常地好奇。我看过它在河边饮水时的沉思，它经常会看着平静的水面，若有所思。那姿势就像一个揽镜自照的美人。在草地上，它也会走神，正低头吃草时，远方的不知是哪一个牧童打的呼哨，或者农人向天摔的一个响鞭，或者是一个似有似无的声音，它都会警觉地抬起头，似乎是想起了什么。每在这时，我就会一厢情愿地认为，这肯定是它过去曾经熟悉的声音。每每这时，它会望着远方深思，风吹拂起它长长的红色马鬃，它像一个老人一样，在夕阳的余晖里无限遥远地思考……在这个时候，它陷入无边无际的沉思。我呢，我似乎在看着一个神秘的外星人，它是那么陌生、神秘，浑身藏满了我未知的故事，它就是我极力想解开的谜语。它却无法像我的长辈那样开口说话，告诉我过去的故事。在苏北的家乡，故事被称作"讲"，听故事就是"听讲"，然而却无法从枣红马那里"听讲"。这种对它曾经生活的迷惑以及无法"听讲"带来失望交织在一起，让我莫名地悲伤、落寞。

凝望着马的神态，我觉得它在感情上已经是与我能够沟通的。马通人性，马也有感情。我见过马大大眼睛里流出的泪水。有时在陷入车辙，无法将车子拖出烂泥地里时，那是种将军暮年"虎落平川"的情怀。在受委屈的时候，它也会流泪。

枣红马最终在一个冬天离开了。我那时已经到欢墩镇上的中学读书，每个星期都住校。周末回家，习惯地朝马厩里张望一下，马不在，以为是出去干活了。上灯吃饭的时候，父亲回家了，但是，院子里没有习惯的马吃草时的响鼻声、马铃声。一问，说是死了。不是老死了，竟然是因为父亲外出，母亲喂了一些花生壳子，没有及时饮水，胀死了。我的心里突然升腾起巨大的悲伤，我知道，大人是无法理解我内心感受的。晚饭吃得很没有滋味，一个人默默地回到隔壁的房间。一个朋友就这样没有打招呼，突然走了。没有人看到我在黑暗的房间里躺在床上默默流泪，我也不想让他们看见。

屈指算来，枣红马自走进我们家，有五年的时间。五年，我从小学三年级到初中二年级的一段时间。我后来在作文里写过它，2001年到南京工作以后，看了《东方时空》里关于山丹丹军马场的报道后，又写了一篇散文。

这些年，有时也会在梦里梦见它。似乎还是过去的年少时光，还是那样一路吆喝着，骑马过街，直奔村外，马鞭飞扬，枣红马四蹄翻腾，绝尘而去……

三、赶山

苏北的农村，多是贫瘠的山岭地。但是，春天到来时，一样是花的海洋。花随着节气的递进，次第开放，最先应该是迎春花。赣榆的抗日山的迎春花是最漂亮的。

　　抗日山是位于苏鲁边境的一座山。其形状像马鞍，最早叫马鞍山。后来在抗日战争期间，有一支八路军干部队伍经赣榆到西北的延安，在小沙东一带遭遇日寇袭击，一批干部牺牲了，其中有一个高级干部，叫符竹庭的。他牺牲以后还有朱德等党和国家领导题词，看来级别不低。每年清明节，四面八方的人都要到抗日山去扫墓，缅怀先烈。无形中，就成了一个春季的盛会。小的时候，到抗日山去赶山，是件非常重大的事情，因为有三十多里路，大人一般都不带小孩去。到我十岁那年，终于同本家的一个哥哥说好了，答应带我去。头一天下午，先南辕北辙，赶到村子东南的一个叫东窝子的村庄，同他的同学会合。半夜，即开始出发，沿着石梁河水库上游的大坝，赶夜路奔东北方向。一路上苦不堪言，又累又困，还不敢言语一声，怕他们因此不带我同去。在树林里黑灯瞎火地走啊走，然后终于在凌晨二三点钟才到了梦想已久的抗日山。夜色中，看不到山是什么样。漫山有星星点点的篝火处，都是头天下午就赶过来做生意人支起的烧锅的火。山风砭骨，浑身直打哆嗦，就着一个山石的避风处，就睡着了。清早睁开眼，到处都是帐篷，卖各种生活用品的，卖羊肉汤、牛肉汤的，卖油煎包子的，卖油条的，琳琅满目，香味扑鼻，口水直流。可是兜里钱很少。随身带的煎饼，五分钱买碗羊肉汤，真正的汤，已经非常非常满足，香甜可口。之后就攒足了劲儿爬山。纪念堂的高音喇叭里传来哀乐的声音，可我们一点儿不悲哀，终于看到了梦想已久的山，很快乐。到新四军纪念碑下，人已经拥得像潮水一样，根本停留不住，只是随着人流朝前走。到后山有一个铁塔，不少人朝上爬，可我不敢。再去后山，有山洞，不少人都在钻洞，

敏慧

据说可以从另一个洞口出去，就跟了去。这些项目结束了，赶山的活动至此也算是完成。虽然山上山下还有人流如潮，还有红旗在飘，但我们的队伍已经走散，堂哥的同学不知道什么时间已经不见了。我和堂哥还在一起，我紧紧地拽着他的衣角，绝不敢撒手。一撒手，人就被挤散了。多年以后，在夫子庙元宵节灯会上，这种记忆曾被复苏过。

下了山，把煎饼吃完，兜里还有两毛钱。漫山的迎春花金灿灿，金黄耀眼。在山路边拾了一些小石头，叫"滑石"，很软，在地上一画，会像粉笔一样留下痕迹。

买了瓜子，一路嗑着回家，顺着另一条路回家。田野里麦苗绿油油，杨柳随风摇摆着腰肢，油菜花上蜜蜂蝴蝶上下翻飞，这一切都和课本里说的春天一样。路是越走越长，小棉袄都穿不住了，浑身都是汗。又困又累，眼皮耷拉下来。堂哥为了等我，总是骗我说，不远了，不远了，家就在前面。但是，过了一个村庄又一个村庄，过了一条河又一条河，总是看不到熟悉的村庄。我实在走不动了，就躺在路边，想睡一会儿。躺下来就不想再起了，不是堂哥吓唬我，不带我走，我真的想就在那里睡足了再走。

那大概是我这辈子记忆最深刻最漫长的路。最后到了家，我什么也不想吃了，钻到床上就睡了。日头西斜时，终于醒来。想找自己的球鞋，怎么也找不到。床底下找了个遍，还是没有。难道我是光着脚回家的？绝对不可能啊？！

晚上，母亲到猪圈喂猪时，在猪槽上，我的鞋子齐刷刷地摆在上面。鞋子怎么会放到了猪槽上？

这个问题到现在我还没有弄明白。

四、南河

从现在开始，我必须要说说南河了。

南河是我们家乡石门头村南边的一条河流。它源自山东临沂的沂河，在临沭县流入江苏连云港，南河流入连云港的一个人工水库石梁河水库。它曾经是连云港港城的水源河。

这南河留给我的童年记忆太过于深刻，以至于我每次想起了我成长的岁月，都离不开她。

南河平时的河床只有三四十米宽，清浅，河床由于常年上流带来的泥沙，经过流水的反复冲刷，沙粒清洁，河水围绕着我们村庄，曲曲弯弯，形成几个自然的沙滩。每年夏季时，南河都要发大水，一改平日温柔舒缓的面目，变得混浊咆哮，这是因为上流是苏鲁接壤地带的丘陵地，雨水带来丰富的泥沙，但是只要天晴下来，河水马上变得澄清。那时两岸没有污染，每每放马归来，在河边的沙滩上，随手挖一个沙窝，泉水顿时丰盈了沙窝，我们就趴在那里直接饮用，绝对不会吃坏肚子。

河两岸多有芦苇，有好多螃蟹、草鱼喜欢在那里打窝。我和小伙伴经常在夏日的午后到河里洗澡消暑。我为什么用洗澡的字眼，大概也是因为南河过于清浅的原因。因为河水流动，加上深水处很少，我们很少是采取游泳的姿势，大多是泡在水中。夏日午后，泡在水里，水温烫烫的，鱼儿也都躲在了芦苇丛、水草里，这时我们经常半潜在水里摸鱼。有捉到的河虾，把头尾拽掉，扔到嘴里就嚼了。

芦苇不多，大多是一丛一丛的，春季时芦苇冒出尖尖的嫩芽，蝌蚪一群一群，在水里像大朵大朵的乌云。到处是不知名的野花，河滩地还有大片的树林，深浅层次丰富的绿意在滩上流淌。河里的螺蛳很新鲜，挑了螺肉炒新韭，味道鲜绝。端午节采粽叶，经常有水鸟在芦苇荡里长长短短地鸣啭。沿岸的湿地生长着茂密的肥美的水草，我放马最喜欢到这些地方。但也只能是夏日清晨，露水重，没有蚊蝇。中午或是黄昏是不可以的，不是有水蛇就是有密密的蚊子，人和牲口根本就无法停留。

秋日，河水更浅了。老家多种地瓜，也就是红薯。用刨子把地瓜切成一片一片的，在沙滩上晾晒成地瓜干。沙滩通风又吸热，利于晾晒。

南河边的沙滩沿着水岸形成自然的坡度，过去农村放露天电影时，都在那里。人们或躺或卧，水面吹来习习凉风，沙滩地松软干净，就像一首歌歌词里唱的那样：

> 月亮在白莲花般的云朵里穿行，晚风吹来一阵阵快乐的歌声。我们坐在高高的谷堆旁边，听妈妈讲那过去的事情……

沙滩上看露天电影，看着看着，就着温烫的沙滩，不知不觉地就睡着了。电影散了，人走了。不知什么时候睡醒了，揉揉眼睛，满天的星星。一地的银沙，映着星光。踏着露水，踩着星光，在月亮的余晖里回到村庄的家里。有时还有小孩丢了鞋子，像个童话一般。

农村没有城市里的电影院和公园，但是，南河滩的沙滩地绝对是小青年谈恋爱的好地方，月上柳梢头，人约黄昏后，就在南河滩，不见不散。不用担心蛇虫，又干净，席地而坐。从村庄到南河滩，不远也不近。河滩边的树林，自然隔断了村庄里的视线。流水汤汤，爱情荡漾。那时的恋情还不像现在这么可以大明大摆的，有好多人都是地下活动。直到他与她结婚了，人们才恍然大悟，怪不得呢……

爱情的信物也很简单，但绝对特别。苏北一带，时兴姑娘给未婚夫纳袜底，用几层白布，裹了玉米叶，然后在上面画上花鸟虫鱼，或者是艺术字，然后用红红绿绿的彩线一行行地细细密密地绣，最后，把袜底一分为二，就是一双鲜亮的柔软的袜垫子了。纳袜垫也是对女孩子针线手艺高低的考验。在农闲时节，不少人串门时不是带着毛线织毛衣，就是带着袜底纳，边聊天，边做着手里的活。以前农业社还没有解散时，工间休息时，男人扎堆吸旱烟，女人扎堆纳袜底。是为一景。女孩子从小就要学针线活。没有订婚前，帮着父兄们缝补衣服，纳袜底，织毛衣；订婚后，大多数都把对未婚夫的感情织进毛衣，纳进了袜底里。新媳妇进门，陪嫁的往往是一摞摞的新鞋和袜底，公婆、小姑子、小叔子等，每人一双鞋袜、一对袜底。长辈在收到这些礼物时，接受新人的跪拜，然后拿出红包，司仪就在高声喊："三姑奶奶，五十。""四婶子，三十。"红包丢进旁边准备的笸篮，归拢起来就是新人的私房钱了。

盛夏到来，没有电扇、空调，只有蒲扇。村人都会到河滩边的树林里纳凉避暑。夏日的中午，牵着牛马，把牛马在树林边一拴，在干净处蓑衣一铺，有下棋的，有打牌的，有听收音机的，收音机里每天中午十二点都有单田芳的《岳飞传》《杨家将》《五鼠闹东京》……困了，就在蓑衣上打个盹儿。树叶筛影，微风阵阵。梦里也是清凉世界，醒来后，衣服一脱，到水里泡一泡。等到日头西斜，阳光不毒的时候，扛着锄头、篮筐，到地里忙忙农活。傍晚收工回来，再到河里冲冲，洗去汗水和疲惫，回家吃晚饭。白天是男人的世界，夜晚就是女人的世界了。在我们村，多少年来，已经形成约定俗成的规定了。到了晚上，紧邻村庄的河口就成了男人禁区，这里成了女人的专门的浴场，乡下人洗澡都是裸泳。夜幕降临，一河的赤条条的身子，一河的欢声笑语，搅动了沉静的夜色。有月的夜晚，如水的月光下，河滩上身影绰绰，个个都是浴着一身银光的美人鱼。这实在是非常勾引男人眼球的地方，尤其是对那些没有结婚的小青年。"风中的旗，浪里的鱼，十八的姑娘，大叫驴。"年轻姑娘在水里又是泼水，又是跳水，欢快地喊叫，声飘四方。曾有愣头愣脑的小伙子动了坏心思的，悄悄地躲在树影里、芦苇丛里，靠近河边的浴场偷看。看得心痒难耐，或是被蚊虫叮咬了，忍不住要咳嗽出声。一听到有异声，一河人都会静下来。姑娘立马躲进水里，只有结过婚比较泼辣的妇女们还会停在岸边，发一恨声。拿脚底的石子朝发声的地方掷过去，受此提醒，一河里的女人们立马会在河里摸出鹅卵石，石子如雨点般打过去，再强的人也被打得抱头鼠窜。

有年夏天，村里一个叫铁蛋的，到了二十多岁还是打光棍，一脸的粉刺疙瘩。有天晚上，他悄悄地躲在河的浴场边的树上去。等到月亮上来时，一河的胴体尽收眼底。哪知道看着看着，人在树上心旌飘摇，忍不住晃动了树枝，被眼尖的女孩子一仰头发现了，嗷的一声叫喊，无数目光投向了树上。月亮底下，铁蛋快速从树干溜下来，朝村里跑。有几个中年妇女从水里窜出来，湿淋淋的身子顾不上穿衣服，跟在后面追。数十米外，终于逮住了。几个人押着铁蛋，手反剪在背后（老家称作这是"别烧鸡"），被弄回河边浴场。姑娘吓得躲在水里。妇女们大喊大叫，纷纷喊着："打死这个臭流氓！""把他的眼睛抠出来！""这个作死的贼！"……几个人早把他衣服扒得精光，一起发力按到水里，女人们都把铁蛋当成难得的耍物，你上去拧一把，我上去踢一脚，还有专朝他裆部踢过去。铁蛋自此名声臭遍一街两巷，哪还有姑娘嫁给他？有此先例，后来再少有人在夏夜朝浴场靠近。

四邻八乡，只有我们村子有这样一个得天独厚的夏日夜晚的好去处。外村的女人，只有躲在家里烧点水，擦擦身子，哪里有石门头村子这样好的条件？有不少女子外嫁了，到了夏日，还要想着回娘家，到晚上到河里洗上一洗，享受一下。

记得我刚认识妻子的时候，还没有结婚时，我带她回老家。二姐还带她一起到河边浴场去过。晒了一天的河水，成了天然的温泉。柔软的沙滩，不用担心上岸时脚上沾泥。我问妻子，感觉怎么样？她回答，绝对！

南河滩的沙有很大的几片。我们小时形容多，经常用南河的沙来作比方。谁谁家的钱多，就像南河的沙一样用不完。因为沙子是混凝土的成分之一，老家人盖房砌墙，只需要赶着驴车，到河边拉上一车，不需要花一分钱。恰恰是因为这样，被一些利欲熏心的人看上，用卡车去拉。刚开始的几年，没有觉得有什么不妥，沙子嘛，反正也用不完，拉就是了。后来，看人赚钱了，就有人开始加入这个运沙的大军。沙子早晚是会运完的。直到后来，等村人醒悟过来，南河滩的沙子已经很少了，再加上上游山东的临沭县有几个造纸厂，污水直接排入了河里，还有每年秋天沿岸的村子有磨地瓜粉的，废水也排到河里。没有沙子的自然净化，又有废水。大概在二十世纪九十年代末期，南河不再清澈了，河水不能洗澡了，散发着刺鼻的臭味。鱼也被毒死了，沙被淘光了，再没有人到河里洗澡了。沙没有了，河床也淤积了臭泥，清澈可人的南河就这样被绞杀了。

每每在回老家时，走过河边，我就不由悲从中来。沧海桑田何须数十年！南河不再是记忆里熟悉的南河。那时的南河是上天赐给石门头村的宝贝，那时，我们是身在福中不知福。南河真是我们的母亲河，而我们却没有保护好她。老家再没有美丽的南河了，上天已经把他的礼物收回去了。现在，经常听到老家人打电话说，村子里的水井也多是碱水了，喝到嘴里都涩嘴，吃水都要去后庄挑水。谁谁又患癌症去世了，谁家的孩子过河时掉进了淘沙留下的塘子里淹死了，现在的南河里水都泛着黑色的沫子……

南河，你已不再是我记忆里的南河，从今以后，我只有到梦里去找你了。

五、乡村恋爱

也许是南河给村里人带来自由的空气和场所，农村的自由恋爱也是在周围的村子中开风气之先。

过去电影少，为看一场电影，经常要在下午就去占场子，拿粉笔或石头在那里画上一道圈。先来后到，互不侵犯。当然这是在本村，如果到邻村，就只有"买站票"了。即使是熟悉的电影，也是百看不厌。好多年轻人其实不是去看电影，实际上去借此机会见面。年轻人，有男有女，说说笑笑的。我经常就看到本家的哥哥，和村里的一个姑娘，每次看电影都在一起。电影开场了，回头去找他们，早不知道到哪里去了。电影快散场了，他们又不知道什么时间回来了。每次看电影，堂哥都会叮嘱我不要乱说，为了贿赂我，那姑娘还会塞几块糖果给我。我经常是嘴里嚼着糖果，腾不出嘴来讲话，一个劲儿点头。不要说我们在一起啊，点点头；回家有人问也不要说啊，再点点头；谁问就说不知道啊，再点点头。终于把糖化了，咽下最后的一口糖水。我可以说话了，问他们，你们刚才到哪去了？小孩子，大人的事情不要问。

现在回家，我碰见了已经成了我的嫂子的她，我还会提起这事。她经常感慨，那个时候，那个时候……那个时候，大概是她这辈子最美好的回忆了吧。现在，生了几个孩子，被计划生育罚款，日子过得紧巴巴的。衣服也是脏兮兮的，蓬头垢面。贫贱夫妻百事哀。青春的年华，就在孩子身上一点一点消退了，耗尽了。

其实，我这位二哥和二嫂的爱情故事至今还在一些老人的嘴里流传。那时，绝对是开了我们村子年轻人自由恋爱的先河，几乎可以说是惊天动地。

二嫂子姓孟，是二哥的同学。从小学到高中，然后一起回到了家里，成为农业社社员。堂哥从小就失去了父母，兄弟姊妹四个是吃百家饭长大的，家里穷得叮当响。也就是在农业社，吃救济才读完了中学。二嫂家比较富裕，这样的婚事自然会遭遇来自女方家庭的坚决反对。在没有成为我的二嫂子前，我应该喊她孟姐。

堂哥先是央求人去说媒。媒人同孟姐的父母很熟悉，感觉没把握，但是，架不住孟姐与堂哥一起哀求。心软了，拎着说亲的包袱进了孟家的大门。果不其然，刚一开口提了这门婚事，媒人就被孟家的母亲兜头浇了一盆凉水。这样的话你也说得出口？孟家的母亲咬牙切齿地痛骂，媒人是抱头鼠窜。后来少不了对孟姐和堂哥一顿埋怨。

明的不行就来暗的。自媒人上过门，孟姐家也开始提防着两个人再来往。孟姐的弟弟一直跟梢，坚决制止她同堂哥的往来。一街两巷的好多孩子都充当过孟姐和堂哥的信使。在我们那时的感觉里，孟姐的家人就是国民党反动派恶势力，孟姐和堂哥是与他们作斗争的好人，这些我们在电影里经常看到的情节，搞得我们非常的热血沸腾，所以传递纸条就显得格外神圣和崇高。好人在监牢里，无法出去，只有靠我们这些"小兵张嘎"了。纸条子

敏感

递来递去，爱情的信息始终没有断过。后来，孟家干脆就把孟姐锁在家里，一日三餐都送饭进屋。那段时间，村子里王姓和孟姓的家族也被分化成两大对立势力：一派是支持他们的婚事的，一派是反对的。我的家里也经常有王姓的人自动聚过来，每每在晚上，在昏黄的煤油灯下，长辈们有吸着大喇叭纸烟的、有吸旱烟袋的，把我们家搞得是乌烟瘴气的。大家纷纷出谋划策，都是帮助堂哥如何把孟姐从家里解救出来。这真的让人非常振奋，场面非常热烈。孟姓的人现在开始仗着男方要求着女方，无论是挑土方、抬粪等农活，都一味欺负着王姓的人。偏偏王姓的人表面上都不说，忍让着他们。大家并没有什么委屈，都觉得，我老王家人都把你姑娘娶了，占大便宜了，让你一点儿又何妨？！

终于，孟姐逮着一个机会逃了出来，老虎还有打盹儿的时候嘛。孟姐逃出的当晚，王姓紧急召集会议，商量如何帮助他们离开村庄。有人出主意，事不宜迟，立马转移到山东的亲戚家。很快，孟家的人发现人不见了，就发动族人包围了堂哥的家。破门而入，把所有的锅灶家什统统砸烂。鸡飞狗跳，沸沸扬扬。堂哥的几个姊妹也被暴揍一顿，人不见了，自然要发泄一下。

很快，有人发现，我们家还有灯光，会不会躲在我们家？立马大部队朝我们拥来。有人跑来报信，但院门已被包围住了。本家三爷爷出主意，一部分到门口应付他们，挡住他们，拖延时间。一批小年轻先混出去，到后院接应。堂哥带孟姐从墙头翻上屋顶，由于我们北方多数是连排的排房，从屋顶过街。先出去的年轻人骑自行车到村头等候，骑车带他们连夜赶往接壤的山东。临走之前，三爷爷叫孟姐把鞋子留下再走，换一双其他人的鞋子。别人都很疑惑，但形势紧急，也不便多问。

在门口，果然孟家的族人有很多。还拿着许多铁叉、铁锹、棍棒类的家伙，来头不小。我父亲强作镇定，厉声责问他们干吗围住家门，是想惹事吗？在手电筒、马灯的灯光下，孟姐的母亲，有名的母老虎冲出来，手叉着腰，开口叫骂，口口声声地叫我们交人。再不把人交出来，就放火烧宅子了。王家人也迅速赶来，每个人手里都是趁手的家伙，战斗的双方怒目相对，各不相让。形势一触即发，械斗在所难免。村干部赶来了，没有用，没来得及讲话，就被推搡到一边凉快去。

父亲责问他们有什么证据，到我们家要人。如果人不在，怎么说？血口喷人，是要负责任的。母老虎言之凿凿，就是在你们家！别以为我们不知道！要是不在，当场赔礼道歉，明早送你一板豆腐。孟姐家是做豆腐生意的，三句话不离本行。如果人在你们家搜出来，一是要把人要交出来，二是要让柱子（我堂哥）磕头认错，三是要牵走你们家肥猪一头。条件无耻至极！极不平等的条约！每个人都被气得发抖，围观的人哄堂大笑。父亲估摸着孟姐和堂哥人已离村，就要他们找人作证，立马开门搜人！找来袁姓的长辈人，现场作证。

结果可想而知，孟家族人悻悻而退。在这当口，三爷爷把我拉到一边。把孟姐的鞋子塞到我手里，叫我悄悄地放在村里的东大塘边上。

第二天，袁姓证人把一板热腾腾的豆腐送到了我家。我家煮豆腐、煎豆腐、包饺子，王姓人一起来分享。清早有人到池塘边洗衣服的，发现一双女式的鞋子。孟姐的母亲闻讯赶来，愣怔半天，失声痛哭，好女儿、乖女儿，你年纪轻轻，怎么就投了池塘？一村人围拢过来，纷纷出主意，赶快找人打捞。忙了半天，尸首不见。活不见人，死不见尸，孟姐一家人急得团团转。三爷爷也站在岸边，连声嘱咐，要多找人，用抬网去捞。

一年以后，孟姐和堂哥回来了，还多了一个人。堂哥的孩子出生了，这门亲是不认也得认了。孟家人还是不让堂哥上门。只有孟姐的母亲，偷偷央邻居把孩子抱出来，看上一眼。孩子很可爱！直冲着外婆咧嘴笑，当时就把母老虎心中的那块冰融化成水。又抱又亲，舍不得丢手。冰雪消融，春天到来，王、孟两家又冰释前嫌了。

这场惊心动魄的自由恋爱，在我的家乡石门头村，现在的年轻人已经不知道了，只有一些老人还经常会在闲话时聊起。当年的三爷爷也已经作古，今年的清明节，在上坟时，他坟头的柳树都老粗了，一个孩童都抱不过来。孟姐的父母也在前几年先后到了南岭的坟地，三爷爷有他们陪着唠嗑，应该不寂寞。

六、故乡的人

一方水土养一方人。

村庄里真正有一大片美丽的梧桐树的，是在村庄的西南角的一处。那里住着一个老人，很神秘，都叫他"喂大鹰的"。在他的屋后，有一排高大的梧桐树。春天到了，好像是飘在村子西南的一片紫色的祥云。

"喂大鹰的"是一位老人，我很少能够在村子里见到他，他常年都在自己的院子里忙碌着。院子大概有十几亩地，四周被密密的竹子栅栏拦住了，攀爬在栅栏上的是密密的蔷薇、刺梅或紫藤，密不透风，小孩子很难看得见院子里有什么。偶尔有大人同那老人说话，也要踮着脚尖，隔着院子问答。听说，"喂大鹰的"是一个老八路。他的老家也不是在苏北，好像是江西或湖南一带的。老人之所以留在了我们那里，是因为他一直在苏北鲁南一带参加过多次战役，前面说过的小沙东战役，后来的淮海战役、孟良崮一战，老人一起参加革命的同乡陆陆续续地在战役里牺牲了。老人就在苏北的农村安了家。先是在山东临沂地区的机关工作，据说干过什么区长的职务。后来，老人退休了，就回到了我们石门头村。在这里，他的一个兄弟留在这里。这些，都是大人的传言。

"喂大鹰的"的外号是因为他喂了几只鹰，这些鹰有没有抓过兔子，不得而知。但是，老人的院子里却是一年四季都是有股浓郁的中草药的香味飘过。春天的梅花、海棠、桃杏、木槿花，夏天的蔷薇、夹竹桃，秋天的菊花、桂花，冬天的腊梅。有时，他会拿着草药，或者枣子等瓜果，或者是几盘新摘下的向日葵，给村里遇见的人。他的院子旁边，有口非常深的井，幽深，井口的石板上满是青苔，大人经常警告我们这些孩子，不能靠近那口井，井里有蛇。我打小就怕蛇，每每看到蛇，即使被打死在路边的，也是汗毛直竖、脊背发凉。所以，我从不敢一个人去井边。路过，也是远远地绕着走。冬天，井口经常袅起一股清雾。后来大了，我才领会到，哪里会有蛇，每天那么多的人在那里用铁桶上上下下地打水，人来人往，蛇才不会选择在这里停留呢。

但是，在生产队的牛房后面的几口废井边，我们的确是见过蛇。在井口还有蛇蜕，白色的，挂在井边的树枝，随风飘动。废井边有水车，我们有胆大的孩子过去，猛踩几下，还会有黄黄的水被车上来。在中学时，读了舒婷的"我是你河边的老水车，数百年来纺着疲惫的歌……"，我就会想起了在废井边的那口水车。

在老人院子边的井，水很甜，大概是靠近南河边的原因。我们那时吃水都要靠到井里挑，我的哥哥姐姐经常要去挑水。每天早晨，经常是在他们挑水进家时，扁担上的铁挂钩碰到铁桶上的清脆声音，把我从梦里唤醒。有时在黄昏时，跟着哥哥去井边，就看到老人同村里人打招呼，闲聊几句。老人身板挺直，从没有看到他拄过拐杖。白胡须长长地飘在胸前，仙风道骨，我经常就在听书时想，书中的仙人、老道、杨令公……大概就是老人这样子吧？

据说，后来，在"文革"中，老人的好多战友被红卫兵批斗，老人还在一个夜晚亲自赶到临沂，把几个战友从红卫兵的手中救出来，带他们回到了石门头，躲避无情的政治风雨。老人的院子相对独立于村落，成为他们暂时的安身之地。

老人解甲归田，复归自然。不羡荣华富贵，把脚踏在厚实的土地上，隐居在石门头这个不出名的小村子。居得庙堂之高，又能处得江湖之远，该是何等境界。我常想，可惜那时我们太年幼，无缘接近老人，和老人进行一次心灵的对话。

古老的村庄，多有这样的老人。我小的时候，村子里有好几个老人的房子，我很害怕去。昏暗的屋子，透着一股尘土的味道，腐朽、潮湿、发霉……

我的大奶奶是其中一个典型。大奶奶是本家的一个奶奶，排行老大，是王姓老儿家辈分最大的。大爷爷以前是地下武工队的，后来新中国成立以后在临沭县委工作，患癌症去世。大奶奶家的大叔后来接班，参加工作，在一个乡里担任过公社书记。这样的家庭，在农村是格外受人尊重的。大奶奶每个月还领一份补贴，农村人都说，大奶奶是住在农村的"吃公家饭的"。大奶奶性格非常古怪，对大叔家教极严。每次，大叔从工作单位回来后，回到院子，都是先奔大奶奶房间，问候过了，才可以回到大婶子的房间。带了点心，也是全部放到大奶奶的房间。只有她发话了，拿点儿回去给你媳妇尝尝，大叔才敢拿一些。大婶非常贤惠，村子里人都这么说。在大奶奶面前，大婶总是低眉顺眼的小媳妇模样，不多言多语、背后"嚼舌根"、做长舌妇。家务活也是忙前忙后，忙里忙外。大奶奶的老婆婆角色做得极其自在，成为村里老年人艳羡的榜样，艳羡归艳羡，但是，却是永远学不来的。有哪一个人像大奶奶那样"压茬"（当地土语，权威的意思）？

大奶奶在村里说话做事，没有人同她犟嘴较真的。不仅仅是她的儿女、孙子孙女，村里人也是如此。因为辈分高，在村里，无论大人还是孩子，她一律是喊小名。在苏北，小名一般只是作为小孩子时的称呼，结婚成年人都喊学名。但大奶奶对那些有了儿子、孙子的后辈，也是一样地喊，少有的几个大人，荣幸地被她高看一眼，以孩子的名字称呼："栓子他爹"。

每年过年时，苏北拜年都是小辈人到长辈人家里去磕头拜年。大年初一，她端坐在堂屋中央赎头（土语，接受磕头跪拜）。瓜子、糖果、点心，摆满了一桌子，小辈磕头毕，她拉过来，手里塞一把糖果什么的。大奶奶心细，有哪一个小辈没有来拜年，她立马会对别人说，谁没有来拜年。真是：来过的不一定记得住，但没来的一定记得准。她很善于观察人，小辈到她房间去讲话都是小声细语，谁要站没站相，坐没坐相，耸肩晃腿的，她也不吱声，走了后，就对同姓的长辈人说，这孩子不会有大出息，三岁看老，头动尾巴摇的，根基不稳。她也不允许儿子、孙子同这些人往来。这大概是她的相人术。怕她就在不经意间道出了前途，小辈们到她那里历来都是恭恭敬敬，敬重有加。

如今，二三十年过去了，村子里的一些老人已经陆续作古了。他们死后都会被埋到南岭的墓地，童年时，记得那时的墓地还是三三两两地有几座坟墓，多数的坟墓都在河西。如今，清明节再回去时，坟墓已经是挨挨挤挤的。我再回去时，父亲或者是我的哥哥们，经常会指着某座坟墓，说，这是谁谁的坟。有熟悉的老大队书记的，有五保户爷爷的，还有一些就是我的叔叔辈的。有的还只有六十多岁，就早早地到了南岭。南岭的墓地隔着南河，与脚下的村子遥遥相望。不知道他们看到熟悉的村庄的变化了吗？村庄里，有他们的子孙们在忙碌着，为了生活，还在过去他们耕种过的土地上忙碌。

七、露天电影及听书

家乡的小村旁有片洁净的沙滩，像海边的沙滩却比它更干净，沿河岸形成斜坡，成了天然的看台。夏天晚上，在沙滩上，一边纳凉，一边看电影，鱼与熊掌兼得。人们或躺、或坐、或卧，看累了可以在沙滩上和衣而卧，热了就到河里冲洗一下再上来，凉风习习，宛处仙境。有的看着看着就睡着了，电影散场了，仍然是不知不觉，直躺到半夜，露水沁醒了，才睡眼蒙眬地踏着一路月光回家。第二日，沙滩上到处是散乱的脚印，深的、浅的。偶尔也会有一两只小孩的鞋子，像个童话似的遗留在那儿。

后来，村里有人异想天开，也模仿城里，在一个院子里因陋就简地建起一个露天的售票电影院。放映的片名至今记忆犹新，有《少林寺》《白莲花》等，吸引了不少年轻人。我们那些孩子当然不可能伸出手向大人讨钱买票，只有自己动脑筋，我很快就发现了一个"逃票"的通道——大院的下水道口，窄窄的洞口，恰好能钻进去。几回下来，情况就变得很不妙，在洞的那一头刚一露面，就被一只很大的手掌坚强地捺住，于是就顽强地挣扎、坚强地捺住，最终是从哪里来的再从哪里退回去。少有的一两次，那面终于手软，可以抬起头来，钻进去，看一场电影。有时也会顺着白杨树，像只狸猫一样，爬上附近人家房子的房脊，骑在屋顶上看。

这种简陋的露天影院只是风光一时，随着光顾的人逐日减少，最终被淘汰，又恢复了由村里集体包场、村人随来随看的状态。

那个时候，我挺羡慕当民兵连长或大队书记一类的人物。他们总是最后一个到场，但位子却是全场居中的最佳位置。他们不到场，时间再晚，电影也不会开映，但放映人员会很巧妙地解释为机子坏了。头面人物一落座，机子也会奇迹般地转起来。民兵连长和村长、书记坐在一起，常操一支长竹竿，场里有人拥挤骚乱、影响观看时，就不分青红皂白地竹竿一举，"唰唰唰"地向人群中挥去，所向之处，如投石鹊噪之林，个个噤若寒蝉，遽然安静。民兵连长手持竹竿，脚蹬在椅子上，威风凛凛，给了我很深的印象。那时我常想：做人当如此！十几年后，在大学图书馆里看到项羽观始皇出游一节，不由一笑。庸碌如我，徒有燕雀之志。

第一次正儿八经地坐在电影院里看电影，是1990年上警校时，有天下午，在镇江船艇学校的礼堂里看《妈妈再爱我一次》，当电影里那个孩子哭喊着到处找妈妈时，我流下了眼泪。电影散场，黑暗的影院突然灯光灿烂。明与暗的对比，仿佛梦境与现实的对比，使我顿时觉得电影里的故事已离我很遥远。走出影院，赶快拭干眼泪，怕人看见。电影院像把利刃，切断故事与生活的交接。放暑假时，又一次看到这部影片，眼泪又一次下来了，直到散场回家，都没有去理会腮边的泪。夜色中，我一个人独自回家，躺在床上，仍沉浸在电影中的故事里。两相对比，使我愈发觉得露天电影的韵味无穷。

在农村里看露天电影，可以不必像城市里看电影时那样鱼贯而入、鱼贯而出，每个村人拎着板凳，边谈农事边笑语风生地从四面向场子走去，如在魏晋。露天电影不接受电影票的束缚，自带座位，自在就座，如果非要找出雅座、专座的话，露天电影倒有，那就是高高的麦草垛、凉风习习的沙滩，还有光溜溜的树干。露天电影只宜于乡村的夜晚，城市里拒绝它的出现，南京的鼓楼、镇江的东门，绝找不到它的身影。露天电影没有灯光设备，只有满天的星星、当空的月亮。一句话，露天电影是专为乡村而设，露天电影成为乡村宁静而优美的夜曲中的一个不可缺少的音符。

在童年，我的启蒙老师就是那些走街串巷的说书艺人。说书人说的不是普通的书本典籍，是山东一带的琴书，又叫柳琴，有些类似苏州的评弹。柳琴戏的名称太书卷气，在徐州丰沛一带，又把它叫作"拉魂腔"。我以为，还是"拉魂腔"的叫法好，每次那大鼓敲起，扬琴叮叮咚咚响起，还要伴以呱嗒板或脚踏板或长筒鼙鼓的节奏声，爱听书的人魂儿就立马就飞了，仿佛被无形的线儿拽着，脚下移着，来到书场。

书场不在明堂大瓦下，也没有专门的书院，或是打谷场，或是河边的沙滩地、树林子，农村大队部的宽敞院子。

听书的人有老有小，有男有女，或坐或蹲，或站或倚，三三两两，像没有出齐苗的田。假如边上幸而有个草垛，你就是躺着，也绝没有人多看你一眼。幕天席地，夏有凉风，冬晒太阳。听书带着耳朵就可以，手上带着闲活，女人纳袜底，男人卷旱烟、搓麻绳，或干脆带点儿柳条编筐编笊篱，两不耽误。但每每听到了紧要处，无论男女，一律的嘴大大张起，失魂落魄，早忘了手下的活计。女的"嗷"的一声，急急吸气吮手，必是被针扎了手。男的编着编着，手下的活计早就变得筐不是筐、篮不是篮，笑笑，拆了再来。

在老家，庄户人常自嘲，忙的季节像条狗，急急惶惶，顶着露水下地，披着星光回家，走路都夹着尻子，仿佛地里有金子等着人拣；闲的时候像条鱼，游在水里，潜在窝里，嘴里不渴，肚里不饥，任它时光似流水，还是流水像时光，全身心地泡进去。

去听书，就成了农人闲余时光里最好的消遣。随便的场地，进出自由。你可以随意给点儿钱，或者是几瓢地瓜干、小麦，说书人都收下。你一点儿东西也不给，也没人怪你。有钱的捧个钱场，没钱的捧个人场。像我这样的小孩，虽不多见，但也时而见之。小时候，为了听书，耽误了要办的事，那是经常的。有时大人喊去打酱油买盐，常常是一等不来，二等不来，原来早已拐到书场里去。正听得出神，耳朵一阵剧疼，挣扎着扭过头，原来是被闻声寻过来的哥哥拧住了。

说书艺人多为男女成对，一人说，另一人配着乐。一人一段，琴瑟和谐。"单口相声"式的亦有，控制场面的水平需要更高一筹。听书的人不是随便忽悠的，三句戏文听下去，吊不住胃口，立即抬腿走人，来去自由如风。

说书人走街串巷，说不上名字，但面孔却如街坊邻居般熟悉，哪日在路上遇了，还要亲切招呼一声，顺手赠以篮里新摘的瓜果。艺人唱个喏，不多谢，背着琴具，继续走路。那风范，洋溢着一股魏晋风骨。想想现在的明星大腕，唯恐被人忘记，时不时要搞点花边新闻才可以吸引住观众的眼球。做人的差别大了！

道具简单，一琴、一胡、一板，说书人即可娓娓说来。

世界大舞台，舞台小世界，这理儿在书场亦然。书里有帝王将相才子佳人的爱恨情仇，书里有寻常百姓的悲欢离合，书里有熟悉却又陌生的世界。

《王宝钏守寒窑》里，金枝玉叶的王宝钏偏偏就爱上了穷小子薛仁贵。离开了生活多年风不打头雨不打脸的温暖的家，王宝钏来到薛家那孔寒窑。薛仁贵投军闯世界去了，十八年哪，王宝钏吃糠咽菜，服侍公婆，苦苦守了寒窑里的一个贫寒而又寂寞的爱情！

《墙头记》说的是农村里熟悉得不能再熟悉的情节。鳏居的父亲一把屎一把尿地带大了两个儿子，谁知道，却养了两只白眼狼。儿子成家了，忘了养育之恩，一个劲儿地把父亲朝门外推。无奈之下，只好每月轮流供饭。到后来，还要为大月和小月而斤斤计较，竟然把老父扶到墙头上，一走了之。真应了那句民谣："花喜鹊，尾巴长，娶了媳妇忘了娘……"

《鞭打芦花》鞭打的是天下狠心的后娘。男人死了妻子，丢下一个年幼的儿子。男人又续弦，生下一个儿子。书里说的是，男人出去经商了，前妻的儿子从此掉进了这后娘的虎狼窝，弟弟吃肉哥哥只能喝汤，弟弟读书进学堂哥哥只能去割草放羊。秋风一天比一天凉了，后娘给兄弟俩每人都做了一件厚厚的新棉袄。年关到了，男人回来了，十分奇怪，两个儿子都是新棉袄，哥哥是两腿战战、瑟瑟抖抖，弟弟是满头大汗、不惧风寒。后娘趁机进谗言，说哥哥故意在父亲面前装作饥寒，让街坊邻居都骂后娘奸。男人勃然大怒，抄起鞭子把哥哥痛打一顿，可怜的哥哥被抽得满地打滚求饶。直到后来鞭子把棉袄的外套抽破，哥哥的袄里飞出了芦花……

"老实人吃亏"这句话被《王华买爹》彻底颠覆。王华憨头憨脑但却朴实善良，集市上买来一个沿街乞讨的爹，被人传为笑话。不料想，这个"买来的爹"却是微服私访民间的老皇上。

说书听讲，赞的是行侠仗义、孝顺父母、忠诚朴实、刚正不阿，骂的是嫌贫爱富、欺老瞒小、奸邪误国、溜须拍马。说书人简直就是乡村名副其实的道德教师呢！"人行好事，莫问前程"，"积善积德，离地三尺有神灵"，"冻死迎风站，饿死不倒辙"，这些口口相传的谚语、训诫、警语，就这样春雨般滋润着乡人的道德心田。

传统的乡村，鸡犬声相闻，老死不相往来，很多人一辈子的活动范围也超不出百里。我的奶奶王刘氏（有没有自己的名字连我们这些后人也说不清了），出生在我们村子南面一河之隔的村子，自嫁到老王家以后，除了到过我的三个姑姑家，再就是附近的几个村子，我估算了一下，她老人家这一辈子的生活半径绝对没有超过二十里路！就这样，她也活了八十多岁。

慈祥的奶奶，她一字不识，也没有走南闯北的生活阅历，她不知道的很多，但是，她竟然能讲许多许多的故事。奶奶的故事是从她的长辈和一些乡间的说书人那里得来的。而我，又从奶奶、说书人以及一些长辈们口口相传的故事里，学会了最初的做人道理。不识文不谢字的乡里人，都是从说书人那里听来，又在儿孙辈耳边说来。如此将来，他们也是纯朴的说书人哪！

贫穷的乡村！偏僻的乡村！缺乏书籍和文化滋养的乡村！幸亏还有说书人！幸亏还有故事在口口相传！幸亏还有一双双渴望听书的耳朵！幸亏还有那么多经典的道德故事来滋养着农人的精神田园！

乡村的说书声，那么苍凉，那么悠长，那么美……

八、游戏与读书

我小的时候，非常讨厌上学。本来七岁时就可以入学了，我却在入学的那天跑到外面了。八岁时，又有老师拿着本子来统计上学的孩童，我闻讯就躲得远远的，藏在菜园的地瓜窖子里。

不去上学，就可以无忧无虑地自己玩。反正家里的劳动力很多，哥哥姐姐也早就可以在生产队挣工分了。每天，我就像一只鸟一样，吃过饭就跑出去玩，玩得天昏地暗，直到肚子饿了，才回到家里。从没有人问过我到外面干什么，我也不需要告诉他。爬树，摸鱼，玩纸牌，打弹子，打梭，掏鸟窝，游泳，抽陀螺，骑马，捉迷藏，过家家，看小人书，赶集，溜冰，野外烧烤，钓青蛙，屝鱼，捡豆虫或豆丹，挤薄屎……

在这些至今令人回味无穷、忍俊不禁的游戏项目中，有一些我不多说几句，读者是无法明白的。那些都是苏北农村特有。

就譬如"挤薄屎"这个游戏吧。名字虽然不好听，但是，参与人都有无限的乐趣。这是冬天的游戏项目。在苏北农村，冬天农闲没有活干，大人都蹲墙根晒太阳，三三两两地，早晨在墙东，中午在墙南，下午在墙西，就像向日葵一样，跟着太阳的方向走。大人在下棋、聊天、打牌，小孩子就在一墙角处，排着队，朝一个方向挤，每个人连推带扛，努力地把边上的人挤出去，挤出去的就是"薄屎"，自然淘汰，出队后再到队伍的尾部加入，努力地向前挤。大家都是乐此不疲，满头大汗。这种简单无聊的游戏，至今回想起来，都不知道大家为什么会喜欢，如此投入？尤其是农村的土墙，最容易把衣服磨破，也就是过去的老粗布衣服，才经得起这样的推搡和挤扛。"世上有三狂，猴子学生和绵羊。"尤其是刚上小学的学生，更是发狂得要命。经常参加这样疯狂的游戏，好在我们的衣服都是缝缝补补的，是哥哥姐姐穿剩的衣服。"新三年，旧三年，缝缝补补又三年。"排行老小就是拾剩衣服穿的命。冬季玩挤薄屎的游戏，最大的好处就是可以取暖，每个人都是一身汗。还有一个培养了"挤"的功夫，拿这种功夫到城里挤公交车，在拥挤的人群里，有这种童子功，那是如鱼得水。

钓青蛙是夏天的项目，农村青蛙很多。后来上学后，我们知道了青蛙是益虫，吃虫子的。但是，在那时，从来没有这样想过。钓青蛙不是用钓鱼的钩子和钓竿，就是用一根细长的木棍，系一线绳，绳头拴一朵方瓜花，朝草丛处一下一下地晃动，不一会儿，就有青蛙开始跳跃着吞食，青蛙一吞时，一发力，就把青蛙摔在了地上，摔晕了。不知道为什么，青蛙就是喜欢吃方瓜花。人为财死，蛙为花亡。城里人把青蛙称作田鸡，经常在大饭店的菜谱上可以看到。但我们那里不吃青蛙，都是把青蛙剁了喂"扁嘴"（赣榆土话，就是鸭子）、喂鸡。现在想来，当年行为真是罪过。阿弥陀佛。

戽鱼是我们那里捉鱼的一个方法。捉鱼的方式有很多种，有用丝网的，有撒网的，有用抬网的，有用扒网的，小孩子没有这些渔具，都是采取最简单也最费力的办法。在南河附近的河汊子处，看准了有鱼藏身的地方，把两头打个坝子，用脸盆把水戽出去。这是苦力活，水是要一盆一盆戽的。水干了，鱼也无处藏身了，这时有农人拾捡果实的兴奋。鱼儿在泥水中挣扎蹦跳，再多的辛苦也是值得的。鱼虽小，但吃起来香。但大人经常反对我们去捉鱼，总是说，捞鱼摸虾无庄稼，都是游手好闲的二流子干的。戽鱼有时也不是很顺利，有时忙了半天，眼看就要开始收鱼了，坝子却因为承受不住水的压力而溃坝了，内心失望不可一两句说清。鱼捉到了，按照参与的人多少，分成堆，有时也会分出矛盾，在岸上捉将打起来。

玩游戏时我们经常分成一派一派的，今天我们是一派，明天和他们是一派，天下大势，分久必合，合久必分。

有这么多的游戏充实了童年的生活，我对学堂怎么会有兴趣呢？何况看到去上学的孩子还要起早贪黑，还要做作业，还要被罚站，挨老师的教鞭。

敏感

直到九岁的那年夏天，大姐就对我父母说，再不能耽误了。母亲就给我谈条件，只要肯去上学堂，就买凉粉给我吃。凉粉？豌豆凉粉，用刀子打成一条一条的，加上用醋、蒜泥、香油等做成的调料，筷子搛起来，稍微用嘴一吸，刺溜一下，就滑进了咽喉，那滋味，至今回想起来，齿颊俱芬，回味无穷，口水直流。凉粉的诱惑是挡不住的，我在我们家，嘴馋是出了名的。哥哥姐姐们经常拿此事取笑我，无论是什么时间，桌上炒的菜没有吃完，我的饭也是吃不完的，筷子总是乐此不疲地搛菜。有时，过年时，做的丸子、炸鱼、馓子等年货，都是用竹篮高高地挂在房梁下，即使再高，我都有办法把它偷出来。

因为一碗凉粉的交易，我到了学堂。

那时，我们石门头村有四个生产队，每个生产队都有一个简易小学，说简易是因为物质条件很简陋，而且是负责到一、二年级，到三年级，就要统一集中到村子西北的学校。生产队的一、二年级的教师多是生产队长的儿子或是亲戚担任的。一、二年级的学生混合在一个教室。简陋的黑板，课桌是砖坯砌成的台子，然后放一块长方形的水泥预制板。板凳自己带，有高有矮。这样的教室多少由过去的油坊、牛房等改造而成。土房子，采光不好，墙上开个很小的三角的窗子，窗棂都是木棍做的，冬天到了，为了保暖，还要用稻草塞上。我现在都无法想象，当时我们是怎么看得见黑板上的字。

记得当时班里的学生都很调皮，经常会逃学、迟到，反正也没有围墙，早上吃过西瓜稀饭，手里持一个煎饼，边走边吃。书包都是花花绿绿的，有用帆布包的，有用军用挎包的，有用一块油纸布包的，我的书包是用花花绿绿的碎步缝缀成的，因为我的大姐是裁缝，用裁剪剩下的边角布料，做的书包很结实，但什么颜色都有。

对付我们这些调皮的孩子，民办教师都很有一套。教室里的讲桌上，总是有一根柳条或者是洋槐树条做成的教鞭。要么是打手心，要么是抽胳膊，要是怒起来，就劈头盖脸地，逮哪儿是哪儿。挨过几次，我都总结出经验了，柳条教鞭抽人绵而轻，洋槐树教鞭抽人闷而疼，所以，经常在教鞭打断了，主动提出到外面的柳树上折枝条做教鞭；一旦老师要打了，要抱头，不能抽到脸，抽脸上回家大人一问，还要被责骂；实在不行就跑，跑到教室外的街上，老师就不好意思追过去了。在二年级，有个姓袁的老师，经常在课上讲鬼怪的故事，什么大兔精、狼外婆、吊死鬼，他模仿的凄厉的叫声惟妙惟肖，故事的场景不是发生在坟地，就是油坊。我们的教室旁边就是油坊，平常不用，直到冬天榨油时才用。老师回家干活时，我们自己上自习，经常会冷不防地有学生恶作剧，学几声在老师那里学来的鬼叫声。立马，一屋子的学生就像被捅的马蜂窝，全嗷嗷地尖叫着跑出教室。有个胆大的同学还曾经就在教室的墙皮缝里捉到一条蛇，捏着尾巴，在教室里抡起来，所有的女生都被吓得抱在一起，哭得不成样。结果，被闻讯赶来的老师发现了，上去一脚，把那男同学踢出去有十几米远。

课本至今还能记得一些。汉语拼音，然后是"大小多少，山地口田……"要写在田字格本子上。有个姓马的女生家里很穷，一个本子用好几遍，写完一遍，然后用橡皮擦掉，再写一遍。最后，老师拿起来，竟然像粉末一样簌簌地散了。最近回家时，见到她了，已经在山东的临沭县城中学成了一名教师，教物理。

我从来没有想到，大人也没有想到，我自上学后，竟然从来没有旷课，学习竟然还能保持很好的成绩。我的二姐和我是一个班，留过两次级。因为二姐成绩不好，我很有些瞧不起，干班长后，

敏感

从来没有喊过她"二姐"，发作业本时，都是远远地隔着几排人，甩过去。我至今回想起来，还在为自己年少时的自私而脸红。懵懂少年，竟然自私、残酷如此。

我想，我对书本的兴趣，大概是和我喜欢听书有联系的。在苏北农村听书的往事，我已在前面讲过。家里缺少书，我上学的那时候，喜欢看小人书，但是借不到，也没有钱买。哥哥姐姐的课本，都早已被我看完。但是，那些书的扉页，经常有一些毛主席语录，什么大地主刘文彩、草原英雄小姐妹，还有英雄少年与地主搏斗，地主搞破坏什么的内容，看了就厌烦，远远没有我在集市上听的书那样精彩。凡是有书看的人家，我基本上都去过了。记得有一次，是在冬天的一个早晨，我去借农具，但是，看到他们家桌上有本书，是《天方夜谭》，拿到后翻了几页，想借。那家人不肯，要看就在他们家看，结果我就躺在他们家院子里的稻草垛边，一口气把那本书翻完。回到家，已经是晚上上灯时分，肚子竟然也没有感到饿。在村子东头，是马姓的一个老奶奶家，据说是地主婆，慈眉善目的，同哥哥姐姐课本里的地主婆的形象一点儿也不一样。她有一双小脚，屋里全是老式的家具，散发着樟木的陈旧味道。她的屋里满是小人书，还有《红楼梦》之类我至今回忆已经很模糊的书。那时我曾经很奇怪，她怎么会有这么多的书。摆得整整齐齐的，用兰花布包着。

只要是能借到的书，我一概都是以最快的速度看完，也就是从那时候养成了囫囵吞枣、一目十行的看书习惯。好读书，不求甚解。但是，毕竟在乡村，能够借到的书太少了。有好多有书的人家，书也是从来不肯外借。

直到上了警校，我才看到比较有点儿规模的图书馆，记得最初来到图书馆时，那种暗暗欣喜的感觉溢于言表。虽然这比喻有些庸俗，但是，我要用一次：仿佛一个饥饿的人一下子扑到了面包堆，眼花缭乱的书籍充满了眼帘。后来，在南京大学的图书馆，一直到后来在金陵图书馆、南京图书馆。

博尔赫斯有句诗：我一直在心底暗暗地设想，天堂应该就是图书馆的模样。天堂，就应该是图书馆的模样。

九、花谢花飞花满天

童年如此的悠长，思想起来，山远水长；思想起来，满心忧伤。

花要再不摘，就要谢了；水要再不舀，就流过去了；话要再不说，心上人就要走了。

眼看着，二〇〇九年的春天就要在身边走过去了，窗外的一些花纷纷地开、纷纷地谢，从来不会因为我们的挽留而停下。一场风过，一场雨过，再也找不到踪影。

感悟清明

翻读旧书，看了《新华文摘》2009年第10期郭文斌的文章《鉴死知生话清明》，对清明节有了一个更新的认识。

"冬至后的第一百零八天；春分后的第十五天——清明。"山水同在为"清"，日月同在为"明"，春天的第一个大节。喧嚣热闹的春节之后，春天蓄意要再掀起一个高潮，清明成了春天的灵和魂。

聪明的老祖宗根据太阳月亮的变化规律，为我们留下了"二十四节气"，让我们懂得了一年四季里风何时吹、小麦何时播种、水稻何时开镰、衣服何时增减……

清明，是中国的感恩节。祭扫先人坟墓，追思逝去亲人，是清明的一个永恒主题。"事死如事生，事亡如事存，孝之至也"，这个观点被深深种植在中华民族的基因里。孔子说："国之大事，唯祀与戎。"祭祀与战争，是国家的两件大事。战争烽火不烧则已，一旦烧起，烽火连三月，国破家亡，山河飘零，百姓不得安宁，颠沛流离；而祭祀呢，却是和平年代的大事、乐事，饮水思源，慎终追远，祭扫先祖坟墓，求得内心的安宁。旧日习俗，父母亡故后，孝子要在坟墓边搭一草棚，住上三年，谓之"守庐"。据说，孔子的弟子们曾为老师守庐三年，子贡还多守了三年，可见此风之古。

"南北山头多墓田，清明祭扫各纷然。纸灰飞作白蝴蝶，血泪染成红杜鹃。"（高翥：《清明》）在郊外、田陌上、山脚下、墓园里，扫墓人三三两两，到处可见。扫墓习俗，南北各异，南热北冷。北方重扫墓，拜者、跪者、哭者、酹者、锄草添土者、压纸钱者、添土者，庄重，恭谨，有板有眼。"满衣血泪与尘埃，乱后还乡亦可哀。风雨梨花寒食过，几家坟上子孙来？"若无人祭扫，必是孤坟一座，地下为鬼，也凄凄惶惶，不得安宁。在南方，扫墓也许只是一个借口和理由，到处呈现出一派踏青游乐的风光，荡秋千、插柳、戴柳、斗鸡、击球，压抑一冬的活力酣畅淋漓地抒发，激情奔放，热闹喧阗。清明为鬼节，一些与阴人有关的活动都趁此举办，殉葬、迁葬、合葬、立碑等仪式大多选在这个当口。

这么多的事情需要安排，没有个专门的节假日，如何忙得从容？！

自宋元时期，寒食、清明节就成为全民认可的节日。元代甚至规定，官吏老家在三百里以内的，放假十天；三百里以外的，按路程远近相应延长。某种程度上，这也是古代的"妇女节"！古时妇女身在深闺，平时"大门不出，二门不迈"，足不出户，然而，清明节却可以例外！这天里，可以去郊外踏青，因此，对于女人，这是一年里尤为难得的日子，所谓"女人的清明男人的年"。

文化是传承的，2008年，清明节进入法定节假日序列，至此，中国传统的四大节日全部成为国家法定节假日：春之清明，夏之端午，秋至中秋，冬之春节。我是一个游子，所谓是"树欲静而风不止，子欲养而亲不待"，有父母在，故乡永远在心头、路上。这四个节日中，我独偏爱清明。春节天太冷、路上太挤；夏天太热、蚊虫叮咬；秋天农村农活太忙、时间太短；唯有清明，正是不忙不闲。春衫换上，春心萌动，春草惹眼，正宜回乡。

草长莺飞，杂花生树，细雨纷飞，惠风和畅。一切的一切，都是那么美好得让人欣欣然。

就连文人墨客，也似乎更偏爱这个时日，用其笔墨恣意描写。《诗经·郑风》中《溱与洧》里的少男少女相呼相伴去郊游踏青的情与景令人浮想联翩，怎知杜工部的《丽人行》诗意不是来自那个青青河边？白居易的《寒食野望吟》："乌啼鹊噪昏乔木，清明寒食谁家哭？风吹旷野纸钱飞，古墓垒垒春草绿。棠梨花映白杨树，尽是死生别离处。冥冥重泉哭不闻，萧萧暮雨人归去。"黄庭坚："佳节清明桃李笑，野田荒冢只生愁。雷惊天地龙蛇蛰，雨足郊原草木柔。"苏轼的《南歌子》："日薄花房绽，风和麦浪轻，夜来微雨洗郊垌，正是一年春好近清明。"

歌咏里的清明总是让人向往！清明节里，文人相聚，别出心裁，临水宴饮，所以又有了"曲水流觞"、"曲江流饮"的春日乐事。围坐在溪流边，或咏或歌，或行或憩，酒杯在水中流动，才情在春风里涌动。每每朗读王羲之的《兰亭序》："流觞曲水，列坐其次，虽无丝竹管弦之盛，一觞一咏，亦足以畅叙幽情……"总没来由地想回到那个叫作魏晋的年代！

这个时节就是那么奇妙和神奇，似乎天生就是一个万物争先恐后跨越的坎儿。植树插柳，抢在清明前，树木容易成活，清明以后，成活率就明显下降。茶叶的采摘，也注重清明，比如江苏碧螺春茶，在资深茶客眼里，明前茶和明后茶，身价大不同。长江时鲜美食刀鱼，清明前骨刺柔软，肉味鲜美；清明后骨硬如柴，味道大减。苏轼的"竹外桃花三两枝，春江水暖鸭先知。蒌蒿满地芦芽短，正是河豚欲上时。"野生的河豚出现在清明的春汛。蒌蒿、荠菜、香椿，明前为菜，明后是柴。

清明，离不开柳树、松柏的帮衬。折柳、戴柳自古以来就蔚成风气。"清明不戴柳，死后变黄狗。""清明不戴柳，红颜变皓首。"柳条青，雨蒙蒙；柳条干，晴了天。佛教认为，柳树可以驱鬼辟邪，称为"鬼怖木"，观世音菩萨以柳枝洒水，惠洒甘霖，普度众生。北魏贾思勰在《齐民要术》中说："取柳枝著户上，百鬼不入家。"山东农村盛行清明插柳避害虫伤人："一年一个清明节，杨柳单打青帮蝎。白天不准门前过，夜里不准把人蛰。"鹅黄的垂柳，垂下千万春之情思，"今宵酒醒何处，杨柳岸，晓风残月。""年年柳色，灞陵伤别。"《诗经·小雅》里："昔我往矣，杨柳依依。""别路恐无青柳枝。"李白《春夜洛城闻笛》里："此夜曲中闻折柳，何人不起故园情？"陆游："梦断香销四十年，沈园柳老不吹绵。"隋炀帝凿开运河，河堤两边，遍植杨柳，后来的扬州渐而渐之就被称作"绿杨里"。祭扫坟墓，在先人的坟上种植松柏，这习俗始于秦穆公。据董说《七国考》卷十引《博物志》中曰："秦穆公时，有人掘地得物若羊，将献之。道逢二童子，谓曰'此名媪，常在地中食死人脑。若欲杀之，以柏东南枝插其首。'由是墓皆植柏。墓植柏，自秦始也。"

一年之计在于春，清明也拉开了一年农事的帷幕。"清明一到，农夫起跳。""清明谷雨紧相连，浸种耕田莫迟延。""清明东风动，麦苗喜融融。"还犹豫什么，我的那些歇了一冬的乡亲们，赶着牛，扛着犁铧，光着脚板，和酥松的泥土来个最亲密的问候吧！

我经常想，清明是什么颜色的呢？是春草的绿？菜花的黄？

敏感

还是桃花的夭夭之红？梨花的如雪洁白？抑或坟墓上纸幡的苍白？暗红的眼睑？我们又该以何种心情去拥抱清明？是冷雨霏霏欲断魂？还是歌舞宴咏，纵情骋怀？

问大地？大地默默，只管碧草青青，柳绿桃红。

问清风？清风嘻嘻，只将长袖飘飘，拂面萦怀。

问江河？水流汤汤，只闻昼夜溅溅，跌宕不息。

这个节气，这个节日，总是在给人希望的同时又带着悲伤，给人温暖的同时又带着料峭春寒，给人沉静的同时又让人在野地里放纵。一切似乎是矛盾的，然而似乎又是那么水乳交融。

清明，在生与死、昏与晓、动与静之间划了个缓冲区，向左，向右，向前，向后，全在你去感受。

清明，在国人的心里，已经不仅仅是一个节日，逐渐演化成一种象征和标志，成为人们对国泰民安、风清气顺、河清海晏、安居乐业的生活的憧憬和向往。我们期盼政治清明，我们是那么热烈而细腻地走进张择端的《清明上河图》。清明，我们既充满怀恋地缅怀过往，又充满希望和活力地热爱当下的生活；既送别万木萧条、灰暗低调的冬日，又欢欣鼓舞地召唤蕴藏大地内的活力一起勃发；既阳春白雪，又下里巴人；既悲悲啼啼，又宴饮放歌；既保守，又开放……

好雨知时节，当春乃发生。

当淅淅沥沥的春雨膏泽了干坼的土地，唤醒了蛰伏的万物，当春山春水春草染绿了双眼，当春风拂过脸颊，清明，已经离我们很近了……

故乡的树

假如你现在到苏北农村，或者更确切地说，在宿迁、徐州、连云港的一些农村，所见最多的树就是杨树了。

而朝前推二三十年，那时，村里的树很多很杂，村庄掩映在一片树林里，正如唐诗里所说的："绿树村边合，青山郭外斜。"

适合苏北的树种有榆树、柳树、槐树（包括洋槐树和国槐）、桑树、杨树、椿树、松柏、梧桐，还有苹果、山楂、桃、李、杏、枣等。这样罗列，只是一连串干巴巴的名词，但是，你若要我举例，那可全是鲜活、茂盛、浓密的一棵棵茁壮生长的印象，长在我的记忆里，长在村子每一个角落，从村东到村里，从南岭到北岭，从街头到巷尾。你可以说是我看着它们春荣冬枯，也可以说是它们看着我在一天天长大。

乡人种树，无非是取其材，或者取其实，或者是二者兼得。

桌椅板凳床和柜，叉把扫帚扬场锨，大都要靠种树来取材。取材的树，有洋槐树、臭椿树、柳树、榆树、梧桐，在这当中，还属洋槐树、枣树、梨树和椿树。臭椿树虽名字不佳，但却是床材的上佳之选。洋槐树、枣树适宜做家具，解了板子，通体油亮闪光，材质紧密，香味独特。柳树、杨树等，适合做农具，材质轻，把握方便，得来容易。有些树生长缓慢，如果能长成材，确属木材中的稀罕金贵之物，比如梨树、香椿树。成材的香椿树，据说做成箱柜等物，能散发出天然的香味，蚊虫不生。留心看来，农村对各种用具选材都有说法，都是口口流传的乡间"律例"。所谓"头不顶桑，脚不踏槐"，盖屋用的房梁和檩，不能用桑树，桑、丧谐音，不吉利，门槛不用槐树，也是一个道理。棺材用树，多是松木。殡丧时的孝子棒用柳树，万万不可出错。

　　一般来说，材质紧密、沉重的树，大多是树叶碎小，生长缓慢，反之，树叶硕大、格调张扬的树，破开的树板都是松而软。这都是我的做木匠的三哥告诉我的知识。三哥年轻时学木匠，三年学徒期间，刨、砍、凿、削、锯、吊线、开榫、弹墨、凿花，一招一式的基本功，很得师傅赞誉。临出师时，师傅告诉三哥，一个好木匠，不仅要会砍树，还要学会识树、栽树。有树，就有家具；有树，就有你的活路；树，就是你的饭碗。三哥成亲立家后，新宅子前后，栽了很多树，错落有致。

　　取实的树，无非是李桃杏枣之类的。春天来了，桃花夭夭，杏花似霞，樱桃树花开粉亮如雪，棠棣花开若遮若掩。"桃三杏四梨五年，枣树当年就还钱。"栽果树就像存钱罐子，也要耐心等待。

　　我的老家属于鲁南丘陵地区，适宜果树生长，家乡也曾经有成片的果园，但因为遭遇过几次劫难，留下来的很少。大炼钢铁时被成片地砍伐过，"三年困难时期"退林还农时也砍过。唯一剩下的一片果园是在村子西南的河边，有二三十亩地。尽管每到果实累累的季节，我们走过时是那么的垂涎欲滴，但从来不敢靠近。果园里养着几条凶猛的狗，听到生人的脚步声，立马就吠成一片。我怕狗，即使在街巷中，也尽量躲着走。

院子大的人家，就在院子里种些果树，有院墙围着，顽皮的孩童想摘也难以遂愿。二哥分家过日子时，院子里栽了两棵樱桃树，果子酸甜可口。二嫂怀孕害喜时，正值樱桃快熟时节，看她一串一串地吃，不一会儿地上就撒满了果核。我怕酸，不要说吃，就是看她吃，牙齿都要软了。

奶奶家院子里，进了院子门，靠近腌菜大缸边，就是一棵杏树。树干黑黝黝的，有碗口粗细，到了夏天，还会有黏黏的液体流下，结成晶状的东西。杏叶圆而尖，二月开杏花。我记不得花什么样，但每年的杏子，都是在我的惦记中长大。麦子黄了，杏子就成熟了，有牛眼大小。杏树结果也有大小年，今年多，明年必定会少，奶奶说，树和人一样，歇一歇，才有气力。

村子西南的二叔家，有两棵梨树。紧挨堂屋的那棵长得奇大无比，遮天蔽日的；牛棚边的一棵很矮小。每到仲夏时节，大的那棵梨树每个枝丫都挂满了梨子，多如繁星，小的挂果不多，但比大树的果子甜美，引来无数孩童在院子外驻足凝望，看着看着，口水就湿了下巴。不幸的是，后来二叔的独子生病死掉后，有看风水的说，院子里这两棵梨树不好，妨了孩子，二叔就把梨树全刨掉了。我为此恨死了那个风水先生，家里死人，关梨树什么事？但二叔深信不疑。再后来，二叔也因为思念儿子，悲伤不已，积郁成疾，不到六十岁，就早早谢世了。前年回老家过春节，到南岭上坟，父亲指着一大一小的两个坟头，说，西南村家里种梨树的二叔你还记得吧？那就是，他爷俩就埋在那里，去烧点纸吧。

还有好多树，枝叶都可成为盘中美味。

春日时鲜当属香椿树新发的嫩芽，三枝两枝地掐下来，剁碎了，凉拌豆腐，炒鸡蛋，是无上的美味。能吃的还有榆钱，嚼在嘴里甜丝丝的，采摘下来晒干，到冬天做包子馅料。好花不常开，好景不常在。香椿树过了季节，只能捡其嫩叶，切碎了用盐渍了做小菜。榆树钱也是短短十几天，随着阵阵晴风吹拂，很快就干了，再一阵风，就在空中满天飞扬开来，落在泥土里，一场春雨后，土里很快就长出小树苗来。花椒树的叶子和果实都是炒菜的佐料，记得母亲经常是在炒菜时就顺手从树上揪几片叶子扔到油锅里。花椒叶子可以晒酱，提鲜，每年前后邻居都会到我家里采花椒叶子。

回想起来，在农村，每一处村落就是一片树的海洋。

院子大了，就多栽；院子小了，就少栽。家里，家外，房前，院后，还有郊外的菜园、沟畔、畦头，到处都有树的身影，或高或低、或单或群，它们陪伴着乡里乡亲。有的大树蓊蓊郁郁地立在那里，久而久之，在乡人嘴边就成了地名的代称：大槐树下、村口白果树旁……外地人进村问路，指点时也是"门口有棵老洋槐树的就是你亲戚家"、"就是家里有棵大桑树的那家！"

我家院子不算大，但也栽好多的树：东厢房门前是两棵洋槐树；灶屋边背阴处是花椒树；水井边是一棵榆树，靠近水井边，得水，长势很旺；猪圈边是棵国槐树，被那棵榆树长势罩住了，总是稀稀疏疏的树叶，长不大；茅房边靠土墙，长着一棵大臭椿树，我最讨厌它，夏天经常有很多的毛拉虫，蜇人，只有春天开满粉黄的花，还算有可取之处。但父亲不这么认为，他说，椿树还不是为了你们今后的新床？村里老人经常教那些总是长不高的孩子在大年初一的早上搂着椿树，嘴里念叨着："椿树王，椿树王，你长粗来我长（zhang）长（chang），我长长（读音同前）来当新郎，你长粗了做新床。"据说，如此男孩就可以长得高大魁梧。

随着多年人口的繁衍生息，我们的村子不断向外扩展，村舍高矮错落，道路曲曲弯弯，玩玩转转之间，似乎没有章法，杂乱无序，但一切又浑然天成。伴着房屋院落的，就是高矮不一的树了。适合庭院栽种的树种也有很多说法，槐树、椿树、榆树、紫薇、石榴，寓意着多子多福、人丁兴旺、家和万事兴，常受青睐。丁香、广玉兰、桑树、雪松，也经常看到。无论多少，有一点可以肯定的是，凡大户人家，院子里肯定少不了老树的存在，过去讥讽暴发户的一句话："树小画新墙不古"，说的就是这个道理。

树和人的关系，如影随形，相得益彰。老祖宗们就很重视种树，推行农桑的数字，就成为历代官员考课的基本内容。秦始皇的驰道，广种青松；隋炀帝开凿运河，两岸遍植绿柳，以致绿杨成为扬州的象征；宋太祖曾对植树功绩卓著的官吏，普遍官升一级；元世祖的植树成绩在《马可·波罗游记》里被誉为"东方的奇迹"；左宗棠征戍天山南北，"左公柳"妆点戈壁荒滩。爱国名将冯玉祥，在主政徐州时，还曾经昭示徐州百姓："老冯驻徐州，大树绿油油。谁砍我的树，我砍谁的头！"植树造林，已经成为人类文明的一种基因被代代继承。

遗憾的是，大概是二十世纪九十年代开始，乡里开始推行建排房的政策。宅基地重新规划，建成一排一排整齐的房子，每排十二间，整齐划一的砖瓦房。这场运动的后果就是：许多老屋被推倒了，老树被刨掉了，沿着道路的两边，栽上生长速度快的杨树。

杨树是这几年特别时兴的树种，成材快，可以制作胶合板，几年就可以卖钱了。过去每家每户的家具还指望着种树，现在买胶合板制作的家具，既洋气又轻巧。老式笨重的桌椅板凳，既费工又费力，渐渐被现代家具取代。新规划的院子面积小，栽大树会遮阴挡阳光，不便晾晒，又影响太阳能热水器采热。如此种种，渐渐地，村庄里再难看到老树、大树了。

敏
感

讲求功效、心气浮躁的现代生活，让村庄里的各种树木消失了踪影。每每回老家，经过笔直的街道，看着一株株整齐但很单调的杨树，我就不由得念想起那些旧日的大树。没有了形态各异的大树、老树，没有了曲折的村陌巷落，村庄还是我记忆里的故乡吗？

　　如今，走在南京的道路上，却又看到了一棵棵大树因为地铁、楼房、道路的规划建设，而不得不被斩头去尾，凄惨地搬家。树挪死，人挪活。参天的法桐树、苍翠的雪松，曾经是南京让外地人艳羡不已的财富，还经得起规划建设的几番雨打风吹？

　　我的故乡，再也不见往日的树。

　　时下即将到清明节，我们还会去栽树。但我们去栽树，不知道还能不能栽出一片让孩子们将来念想永远的树？

还记得那座桥吗？

假如没有这座桥，整个洪泽农场就真的成了一个孤岛了，漂浮在洪泽湖边的大岛。徐洪河和濉河像两条玉带，环绕在农场的周围，拦住了行者的脚足。

这个地方邮政地名叫"车路口"，大概就是车子到了这里，再也无路可走，前面是茫茫白水，路成了一个终点吧。

但是，自从有了红卫桥，路又有了延续。

建于1967年的红卫大桥，它的命名带着那个时代的红色烙印。尽管有些古董气和乡气，然而，时过这么多年，没有人想到为它改名，毕竟一个时代总要留下一些属于自己的印记。就是这个名字，似乎也成了它的乳名，如今，许多年轻人，都只是笼统地称它"大桥"。这错不了，在农场，能担当起这两个字的，也就是它了。红卫大桥，也只是经历过那个年代的人才这样称呼。当初参与造桥的人，有一些已经躺在了河西的墓园，春来梨花似雪，夏至蛙鼓如潮，秋降落叶飘飘，冬临雪封四野。他们的目光越过这座桥，眺望着曾经落满泥泞脚印的万顷良田，思念麦浪滚滚，

敏感

思念稻花飘香，思念牛铃和鞭哨，思念林木成行……前辈们就是以这样神情的目光福佑着他们的后辈。

濉河静水深流，日夜不息。夹岸杂树，目送行舟。桥上车水马龙，桥下舟楫往来。红卫大桥拱起了腰肩，摆起这个跨越的姿势，这一摆，就是三十多年。

这三十多年来，来来往往，不知道有多少车和人从桥上经过。寒来暑往，日落月升。桥头的那两棵高大的梧桐树，曾经在春来时氤氲烂漫的紫色，满溢着馥郁的香气；曾经在夏日，撑开绿伞，为桥头小憩的人们带来微风和清凉；曾经在秋日，以一页一页绿叶对根的情意，抚摸着养育自己的土地；就是在冬日吧，你消瘦的身子，屹立在桥头，也让归来的游子远远地指点着："看到了吗？前面那棵大树，到了大树下，过了桥，就到了家了。"

也有人从桥上走出来，离开了这块土地，客居异乡，再也没有回来。不知午夜梦回时，可曾梦见家人在桥头翘首张望游子的身影？但是，这个曾经埋了自己衣胞的土地，一日也不曾，也不曾停止思念和祝福，为游子的成长而欣慰。每年的春节，总是有一批又一批的游子，走过张灯结彩的红卫桥，回到温暖的家。每年的春节前夕，也都能看到白发的老人，在寒风里站在桥头张望，期盼归来探亲的子女。

这里曾是"江苏省第一劳动改造支队"，无论是押犯规模还是占地面积，都在全省排名第一。二三十个单位，"第一"只有一个，所以农场的子女曾为之骄傲。无论是走到哪里，提起洪泽农场，距离一下子拉近，仿佛就是一家人，"你家住在哪里？""过了红卫桥，左转，邮局后面。""我家就在桥下的运输队家属区。"桥成了一个地标，以它为起点，走着走着，就到了曾经的老家。

农场这些年来收押过多少浪子，没有人能说得清。桥的这面，似乎就是"社会"，桥的那边，就是监狱。联系监狱与社会的，就是这座桥。从踏上这座桥，穿上囚衣，进行劳动改造的那一天起，每个人就盼望着能够早一天，走出这座桥，回到曾经温暖的家。桥，于浪子而言，就是对不羁灵魂的引渡和超越，这是唯一的天路。也有人幻想，不通过这座桥，泅渡濉河，游向自由的天堂。然而，很不幸地，濉河的水草和浪涛却窒息了越狱者的手脚。也许，只有在他们踏上通往地狱的奈何桥时，才会感叹一声：此身合从桥上过，不在此桥，就在彼桥！

　　一九九二年的夏天，八月二号，我只身一人，背着沉重的行李，走过了大桥，住在桥下的第一招待所。月亮升起时，几个警校同班同学坐在院子里，内心都还揣着对于未来的憧憬。后来，不知是谁提议，我们去大堤上散步。在桥上，月色如水，桥的内侧，华灯初上，点亮了夜空，演绎着无数的未知的家庭故事；桥的这一侧，夜色深凉，青灰色的夜空里正是月明星稀，潮湿的夜雾笼在身上，遥远的村庄难得看见几点灯光。未来是什么样，我们每一个人都难以想象。

　　生活从来不曾停止脚步，然而时常会在不经意时转弯。二〇〇一年的六月，我带着我的妻子和女儿，走过了红卫桥，到了城市南京。那曾经是我一个不敢奢想的城市。从农场到城市赴任的路上，任我再恣肆我的想象，也缺乏心理上的准备。带着深深的眷恋，我写了几篇文章，书写我对桥那面的感恩之情。那里有我熟悉的青砖砌就的中队宿舍，有我熟悉的黑脸热心的同事，有我曾经早晚散步过的两旁开满野花的小路……

　　时光不仅会老了我们的容颜，也让红卫桥老了。在今年，红卫桥卸下了三十多年的肩负，告别了我们。来往农场，又开始了摆渡的交通方式。

敏
慧

在告别大桥的日子里，每个人的内心里都开始了对大桥的思念。生活中，有多少本该珍惜的，恰恰因为它的平常和平易，被我们忽略了。比如空气，比如水，比如阳光，唯有缺失，才会让我们恍然惊觉。从这一角度上说，摆渡，可不是我们纪念大桥的最好方式吗？

到了明年，在这里，又将有一座桥要横亘而出。我内心里情愿认为，这是红卫桥的浴火重生，恰如凤凰涅槃，为农场带来更为崭新的一天。

人在金陵

生活中不是缺少美，而是缺少发现美的眼睛。

对于眼下自己工作的单位——金陵监狱，我也经常这样想着。

任何的一个环境，都有其好与坏的两面，与其耿耿于怀而抑郁，莫不如抱着积极、乐观的态度去发现生活中原始的美。回忆两年前那个燠热的夏季，来这里报到时，水泥厂的烟尘滚滚、气味呛鼻，洗漱用水都是瓢接盆装，混浊不清，内心感觉极其不爽。不知不觉间，近三年下来了，忽然又觉得，不经意地，已经与金陵的山和水心神契会。

对面的山叫青龙山。山不在高，有仙则名。青龙山不必有仙也自名。山是南京的三大山脉之一，把六朝形胜之地揽在怀中。青龙山、牛首山、紫金山郁郁葱葱的山林成为南京的"绿肺"，是南京"山、水、城、林"基本元素之一。山在南京东郊，紫金山和汤山温泉风景区之间，周边遍布文物古迹，有沧波门城墙遗址、阳山碑材、猿人洞古遗迹，是处皆透出一股沧桑文化底蕴。山的那边，植被资源丰富，山水绝佳，已经被南京市政府规划为森林公园。风景真可与九寨沟有一比。可惜的是，青龙山割断了我们的视线，不少金陵人都不知道山那面的世界，应验了那句话，熟悉的地方没有景色！

后山是白云寺墓园，我散步常常经过那里。白云寺，多好的一个名字！若干年前，是不是这里真有一寺名"白云"？竟有些唐诗里"只在此山中，云深不知处"的味道。

墓园是这喧嚣热闹的红尘世界的休止符。任谁在这生的世界是多么英武威风，最终躺下来，能占据的也就是这一尺见方的地方。墓园让人沉静、沉郁、思考，每个走过的人无不是脚步轻悄，从不浪语高声，大约也是在心理上被滤洗了吧。

这里在成为监狱之前，几经变迁，先是国营煤矿，后来是汤山林场的所在。至今，还遗留了一些当年的痕迹，监狱三期工程工地上有口深约两百米的煤井，张着黑黢黢的眼睛，诉说着当年。监狱社区还有两幢破败的楼房，好多青年民警都住过，据说是当年知青亲手建设的。高大的法国梧桐树、雪松，一样是逝去岁月的见证。

一九八三年这里建立监狱后，短短的二十多年里，监狱的产业也是多次调整，先是采石、后来是水泥，然后就是服装。采石、水泥给这里环境留下的创伤，到处可见。震天动地的开山炮，惊走了山林里的飞禽走兽。

值得欣喜的是，2007年元旦前夕，开山的炮声终于彻底停息。随着省局对关押点的调整和全面规划的进行，清浚出大大小小的湖塘，留住了山水，改善了地区的小气候，林木也得到有意识的保护，生态环境逐渐好转，连野鸭、白鹭也开始出现在湖塘水面上。拂晓与薄暮时分，清脆的鸟鸣又无忧无虑地响彻山谷。

古人讲究"天人合一"的境界。我常想，这句话放在金陵来解释，就是：山是风骨，水是柔情。山水在潜移默化间滋润了人的品性和禀赋，人也在与山水的相依相存之间赋予了山水更多的灵性。在金陵监狱民警的身上，也始终洋溢着一股精气神，敢于直面挑战，安于淡泊宁静。好多人既有本职工作的抱负，还有一些业务生活的雅趣，民警中不乏书法、篆刻、音乐、文学创作方面的好手呢！既有壁立千仞的刚，亦有海纳百川的容，身处郊区不脱山野的朴质，家居城市富含六朝烟火气。在每个人脸上，常常就带着一种满足的微笑、自信的微笑。

这种集体的氛围和情绪也深深地感染了我，感染了身边的山和水。尤其是在今年负责规划工作的过程中，有机会一次又一次深度地了解金陵的过去和现在，也顿生了许多对她未来的憧憬。

在去年监狱建陈列室时，我撰写结束语时，曾经用这样一句话概括了金陵监狱二十几年的发展史——古老的南京，年轻的金陵。借助六朝古都的灵气和底蕴，金陵监狱一定会焕发出别样的风采，会成为监狱系统在南京东郊的一颗明珠。

对这一点，我坚信。

在青龙山的那一边

有一点基本可以断定，有一大半的金陵人都不曾到过青龙山的那一边去看过，到底是什么样子？尽管地理距离并不远，但是，隔着一座山，心理距离就很远。甚至是在这里工作过十几年的民警也说不清，山那边到底有什么？

因为监狱规划要查勘周边地形，这个周三的下午，我召集了审计科的陶科长、财务部的康科长、办公室戴主任、资产办冯科长等人，驱车到山那边一探究竟。

有人曾经在二十世纪九十年代追捕时去过那里，但是，关于路的记忆也已经很模糊了。循着最近的一条路，开车进去。

正是江南的好时节，转过路去，就是大块大块的油菜地、层峦起伏的青山、三五家民居，像个童话一样扑面而来。暮春三月，草长莺飞。良田、池塘、桑竹、阡陌、鸡犬相闻、黄发垂髫……这场景似乎在哪篇文章里读过？

山背面的植被保护得很好，没有采石宕口裸露的丑陋山岩。触目皆是绿色，绿色又不是夏日时一律的绿，而是层次镶嵌得格外醒目，有新发枝丫嫩绿，有松竹的深绿，有麦田返青时恣肆汪洋的碧绿，还有一些翡翠绿、鹅黄绿……配以红的桃花、白的杏花和梨花、黄的油菜花，大自然就是神奇的调色板，令你咂舌不已。

山的那边没有经过开发，依然保持着原始、朴素的村居民房和桑竹阡陌，青山、湖塘相偎相依。但是，经过一个"野马俱乐部"的路牌、还有一个培育无数榉树的路口，拐进去后，我们才发现，这片青山绿水也开始开发了，只有走进去才可以发现。希望这不会成为未来的憾事。

有一处显然是做休闲垂钓的开发准备。筑了三级堤坝，留住了山水，平整了几块土地，有的楼房已经矗立起雏形。花和树的栽种显然有匠心注入。有工人仍在栽树，树均棵棵巨大，显然是经过长途旅行过来的。花事正好，围墙栅栏也似乎遮挡不住怒放的枝条和明艳的花蕾。虽有开发，但与绿树青山相掩映，一点儿也不觉得突兀。

原路退出，继续沿乡村筑路依山而行。过了一处村庄，又有一处山坡在平整，做栽树的准备。问了农人，才知道有在外地工作的村人的儿女，打算退休后叶落归根，购置了山地，建房以颐养天年。山地极便宜，三十块钱一亩地，几万元的代价，就换来了满目青山绿水、新鲜的空气、天然的菜蔬，值！

又过一村，竟然有一处水库巍然于前。水库名"龙尚"。置身坝顶，清风徐来，心旷神怡。坝顶留个影，你就是说在天目湖拍的，绝对有人信！有了山再造水，山水相映，山在远，水在近，驰目远山，驻足近水，绝佳的天人合一的境界。一起来的几位同志都啧啧称赞，何曾想到日日瞩目的青龙山背后，还有这么好的山、这么好的水！不由艳羡生活在这里的村民，怎么修来的福分，拥有山和水无时不在的滋润。

敏感

不走回头路，看着蜿蜒的山向前行。虽然有时似乎因为水和山对视线的阻隔，路已到了尽头，但随着车到跟前，平整良好的沙石路依然在微笑着迎接你。

上了一个非常陡峭的山坡，看路牌，居然到了汤山林场。盘旋的山道，让每一个人都格外警惕。顾不上路边的山花烂漫，顾不上看俊林修竹。

下了山，正在担心会不会绕不出这连绵的山，忽然同行的陶科长就喊起来："对了，我来过这里，是舜天集团的足球训练基地！"看着已经建设得井然有序的足球基地建筑，不由你不佩服选择此地的决策者的慧眼独具！

出了这路，就是江宁收费站。从寂静的青龙山林地走出来，忽然是喧嚣的车水马龙，仿佛一下子从原始走向现代，从乡村走向城市，切换得是这么突兀！有些措手不及。

重新站在办公楼前，看着青龙山这面的大大小小熟悉的采石宕口，思想起刚才看到的那一边的绿水青山。山无语，我们亦无语。

告别金陵

　　乙未年五月的朔日，我离开金陵监狱，到镇江警校报到。从早到晚，夏雨潇潇，忽紧忽慢，好像是为了呼应我的心情。虽然晴雨只关乎老天爷的情绪，但地上的凡人如我，却偏偏会触景生情地进行联想。

　　十年前的夏日，我从司法厅调到金陵监狱工作。那个时候，大家还习惯地称金陵监狱为官塘。水泥厂还没有关停，天空是灰蒙蒙的，窗户必须要紧紧关闭着。即使这样，清晨到办公室，桌子上一把摸过去，全是白灰。

　　不仅如此，供水还格外紧张，我入住的宿舍里，就备有一个大塑料桶。楼道的盥洗间里，还有一口大水缸，自来水来自废弃的矿井，水压不够，时断时续。设若你旋开水龙头可以见到水，真的可以很文艺、很抒情地说："从水龙头流出的，满满的是幸福。"

　　曾经有个新警在监狱网页的论坛里分享他下夜班后的特别生活——如何用一瓶矿泉水洗个澡？一时跟帖无数。

　　因此，我特别喜欢金陵的雨季，骤雨初歇，站在走廊极目远眺，山岚出岫，云蒸霞蔚，绿意养眼，胸襟顿开。

为响应南京市的环境整治，水泥厂在一个元旦之夜的新年钟声敲响之际熄火停产。当晚，很多民警都坚守到最后的一分钟，依依惜别。我虽然无法心同此情，但也非常理解这种朝夕与共过的感情，这大概类似于战士告别生死相依的枪炮，迎来和平，铸剑为犁，解甲归田。二者无同无不同。

自兹开始，水泥关押点撤销，水泥窑破除，宕口采石停止并开始覆绿，第三关押点（又被称为小五组）撤销，自来水通水，水泥路铺设完毕，城市公交线"147路"开进生活区，服装厂现有监区扩建工程陆续进行，老服装公司大楼拆除……金陵开始一步步复归青山绿水。这些场景如果用电影蒙太奇手法进行倒播，不知道效果会如何？

在南京周边的七个监狱中，金陵的地理环境得天独厚。毗邻青龙山，到处郁郁葱葱，真山真水，鸟语花香，四时俱佳，天赋宝地。

因为曾分管规划工作和热爱旅游的关系，我多次踏勘金陵周边的地形。可以骄傲地说，有不少在金陵工作多年的老同志，也说不清周边村庄、山岭、河流叫什么名字，而我却能如数家珍。青龙山山脉起伏蜿蜒，串联起河流、村庄，犹如瓜瓞连绵。我不能像诗人海子那样面朝大海春暖花开，给每一条河流、每一座山脉起一个名字。但是，至少我可以说得出它们在山河岁月中的印记。

有次翻阅民国史，提到在1937年南京沦陷时，国民革命军的川军中有一个团的部队撤退出南京，神秘地消失在青龙山深处，无人知晓其下落。该消息真实与否，未经考证，不得而知。但是，青龙山属于岩溶地形，有很多岩溶洞，倒是事实，有好多老民警都曾说过，金陵的采石场宕口也有个溶洞，有人探过那个溶洞，深不见底。我宁愿信其为实。

藏人信奉山神、树神，于登山探险者不以为然，甚或持反感、拒绝之态度，源于对自然界的敬畏之心。对于登山，尤其是攀登珠峰等环境恶劣的高山，我个人持很大的保留态度，尤其是在听说登山者的生活垃圾已经构成对珠峰的污染。人可以挑战自己身体的极限，但是对于自然，还应留有一点儿敬畏的距离和余地。登月者带回了让我失望至极的描述，我宁愿躺在乡下的晒场，仰望夏夜的明月，想象吴刚、嫦娥的传说故事。现代科技纵然发达，冥冥自然界依然保持有诸多不为人知的神秘之处。眼前的青龙山，于我而言，神秘得很哪！

睡在金陵的宿舍里，每日早晨常常会被鸟儿叫醒。许多人并没有观察到，每日早晨时分，鸟儿会因为最早的一缕晨曦而不约而同地亮开嗓门。朝晖夕阴，光影变幻，鸟啼就是自然的报时钟。不用睁开眼睛，我就知道，天亮了，可以起来晨练啦。

树是鸟儿的天堂，是鸟儿的依偎。金陵过去是国营林场，有许多人为种植的林木，如板栗、梨树、水杉，但现在已经基本淹没在这些年恣肆生长的野树中，这反而更好。

办公楼的前后，有不少树木都是从山上移栽的，枸骨树、紫藤、腊梅、枣树、广玉兰、白玉兰。也有从外面购置的，如今三个停车场的绿化树，已经各有特色，一个是合欢树，一个是栾树，一个是国槐。去年分管基建时，费尽心力，才算把武警营房前那几棵开红色花的洋槐树留下，将其移栽到新办公楼前的土坡上。淮河以南的大地上，洋槐树都是开白花，谁见过开红花的？我与它们有缘。希望它们餐风饮雨，茁壮长成巨木大树，花开时节，红紫绚烂，蔚然成紫气东来之势，昭示金陵美好未来。

岁月静好，唯愿现世安稳。

二十世纪四十年代写下这句话的那两个人已经故去。其实，就连这简单的祈愿，两个人都没有实现：一个在美国公寓溘然长逝，多日无人知晓；一个长眠在东京福生墓园，墓碑上刻着"幽兰"二字。而我呢，就在春去秋来、花开花落间，悠然度过了静好的十年岁月。这个十年不同于我在洪泽农场及南京监狱的十年，那个十年，恰似小溪跌出山间，鼓荡喧阗；这个十年，犹如静水深流，不动声色，不闻不问，躲在书房中修炼。动观流水静观山，山水颐养身心。

人事有代谢，往来成古今。铁打的营盘流水的兵，十年之间，监狱党委班子成员已经是换了一茬又一茬，细数一下，足有二十余人。十年前，我是新来的；十年后，我成了班子里的"最老的兵"！来来去去，去去来来，流年缱绻，唯有山水宛然。

从通知谈话，到去警校报到，前后仅在朝夕之间。节奏如此之快，都来不及和单位的同事打招呼。不过，在我内心深处，始终荡漾着对你们深厚的感情。或许今晚，在灯火明亮的校园里，写下这些文字，就是最好的离别告白。

从此以后，打开内网网页，在偌多的单位链接中，我将会不期而然、油然而然地点击"金陵监狱"这四个字。

再进警校

一九九〇年九月十六日的傍晚，一个穿着破旧的T恤衫，肩上扛着被子、手里拎着装有脸盆和暖水瓶的丝网兜（如今的年轻人已经不知道啥是丝网兜了吧？）的新生，随着报到的人流，走进了桃花坞路略显陈旧的警校大门。那年他十九岁，脸上还带着农村孩子特有的腼腆和憨厚，以及一脚踏入城市的迷茫和惊慌。

一九九二年七月，一个夏日的拂晓，校园沉浸在睡梦中，夏蝉还没有开始鸣叫，九三届的同学也还没有出早操。还是他，浅黄色的夏季短袖警服上衣，橄榄绿警裤，背着一个简单的草绿色挎包，那个包里有一本红色的毕业证，还有一本三毛的《万水千山走遍》。昨夜毕业典礼上的伤感与惆怅已经随着一个梦远去。走出校门，他踏上了12路公交车，这路车开往镇江火车站。从这一天起，他将回到远方的家，在那里耐心等待尚未知晓却早晚会到的某一个工作单位的报到通知书。

你猜得不错，那个人就是我。

我和我的警校，匆匆的两年。然后，她就成了我只能用来回忆的母校。

离开警校的日子里，也曾多次来过警校，或者是开会，或者是聚会，或者是出差绕道。但其实并不想在校园里遇见旧日的老师。因此，总喜欢刻意地选择在夜晚时分，走进灯火通明的校园，在操场或教学楼下走一圈。不为别的，只为内心里更愿意一个人沉浸在往日的记忆里。

如今，已经是又一个世纪，其实，也就是那么短短的二十三四年，再去努力回忆，警校学习生涯已经化成了几张泛黄的照片，其余的，已经被时间的潮水冲刷殆尽。

蒋捷曾有《虞美人》小令，词曰："少年听雨歌楼上，红烛昏罗帐；壮年听雨客舟中，江阔云低，断雁叫西风；而今听雨僧庐下，鬓已星星也。悲欢离合总无情，一任阶前点滴到天明。"流年似水，不同阶段，心情大不同，少年追欢逐笑，声色犬马；壮年奔走天涯，客舟听雨；老年枯坐僧庐。你能从逝去的似水年华里所舀取的，也就那么几瓢。

虽然警校只有一个，但是，每个警校毕业生的记忆里都有一个单单属于自己的警校。唯有汗水、泪水洒过的地方，才可以说是经历。

虽然，在那以后，也曾进入南京大学、南京师范大学、北京大学去学习，但是，在我内心里，警校却永远是不可替代的。因为，在这里，我完成了人生的铸模；从那以后，再有更多的学习，也只是抛光和打磨。

世事茫茫，难以预料。

二〇一五年的六月十六日，警校成为我工作生涯中又一个新的单位。组织上作如此安排，其中的精心与用心，我自能体会到。唯其如此，更应实心任事、黾勉尽职。

短短两个月里，借助参与校庆三十周年的筹备活动，我对警校的了解，又有更多的认识和亲近。

长江、黄河的源头在青藏高原，警校的源头在宝华山刘家边。或者，刘家边就是警校的"祖庭"所在地。

一九八三年，"严打"后押犯激增，导致监狱管教干部十分紧张，警校于此应运而生。到哪里寻找一个可以办校的地方？这着实让当时局党委一班人思量了一番，最终，选择了位于龙潭镇宝华山脚下刘家边的一个押犯监区——宝华采石公司的南监区。就地取材，改头换面，监区大院就成了一个简陋的学校。教员呢，有从基层监狱抽调的具有大学学历的干警，有从公安专科学校、龙潭人民警校"两劳"毕业生。由此又生产新的趣话，尽管年龄相仿，好多龙潭警校毕业生都戏称镇江警校毕业生为"师侄"。

在那个年代，若有人从宝华山脚下曲曲弯弯的山路走过，他可会猜到：就在那山高林密处，还有一所监狱人民警察学校？

半天学习，半天劳动，自力更生，丰衣足食，刘家边成了警校的南泥湾。在老校址那里，每一处都洒满了前几届学生的汗水。筚路蓝缕，以启山林。艰难困苦，玉汝于成。后来的警校校友当不忘他们的开辟之功。当年我在桃花坞校区时参加校园劳动时，还感觉我们是艰苦的，对比刘家边的师兄师姐，从此再不敢谈艰苦二字。

二十世纪八十年代末，为解决招生难以及办学难的问题，镇江监狱作出贡献，在紧靠桃花坞路一边，划出一块地方，作为警校的新校址。警校开始一脚踏进了城市中心。警校录取通知书上的"桃花坞"三个字，当年可没少赚取我的遐想：这里可曾有过道士种桃卖瓜？

于我而言，上学时只有桃花坞，未曾关注过刘家边。这次为了纪念警校建校三十周年拍摄宣传片，才得一睹真颜——

当年的学校大门只剩下两个砖垛子，传达室里荒草和灌木长得生机盎然。教室还在，但也只剩下突兀的窗洞，窗棂和窗户玻璃早已被人撬走，空荡荡的教室成了养猪、养羊的圈舍。高大的枫杨树下就是原来的女生宿舍楼，锈迹斑斑的挂锁落满了灰尘。窗户里一眼望过去，一间旧办公室里还有一橙书柜，只是柜子门掉了半扇。屋顶脱落的水泥浆面处，还露出一张预制水泥板时留下的旧报纸，依稀可以看出是一九八七年的新闻报道……

同去的几位当年在刘家边工作过的教师，旧地重游，不胜唏嘘。当年指点江山处，今日已是断壁残垣。

似乎旧校址的每一处都有故事。聊取一例：这么多年来，刘家边的师兄师姐们聚会时常常历数哪个班出人才？数来数去，终于找到一个惊天的秘密：凡是在"那个教室"的班级都十分出人！哪个教室？就是那间屋脊高出一砖的教室！风水好！难怪出了那么多的监狱长、政委！姑妄言之姑听之，信不信由你。

他们是对着旧物说故事，而我呢，站在一边，是听着故事看旧物。

眼前，不忍探看，这些青苔斑驳的老建筑，这些已经淹没在恣意生长的灌木丛中的校园道路，这些已经被用来养羊养狗的宿舍、教室……这就是我不曾认识的警校！由于是隔着一个时光隧道，因为不曾参与她的过去，因为还将奉陪她的未来，内心里更是悲欣交集！

年轻时，跟随脚步在走；中年时，跟随心灵在走；老年时，跟随回忆在走。如今步入警校，我已中年，警校也近而立之年。

做学生时，我可以只关心教室和操场，可以把学校当成人生的驿站，我只做匆匆的过客，可以不留心身边的人和事。但是，一旦成为学校的管理者、建设者，忝列其中，我突然发现，心情又有许多不同。

在这短短的两三个月里，我不仅喜欢在校园里散步，也喜欢一个人徜徉在学校周边的古街小巷，小城的青石板路，浸润于石缝间的青苔，宛如白玉中的翠。耐心地看街角巷陌的幽花静开，听一两句已经很稀罕的叫卖声在巷子里传着，看人家门口搭起的竹竿上晾着的小孩的尿布，这些场景，总令我满心欢喜。

镇江有句非常出名的广告语——"因为西津渡，爱上了镇江"。于我而言，应该这样说：因为警校，爱上镇江；因为镇江，必需警校。

青山不老，绿水长流。一个城市越老才有味道，警校也是这样，随着岁月流转，她也会老的，她也会越来越有味道。

"一滴水如何才能不干涸？"佛拈花微笑："放进大海里。"那就这样吧，安放我这颗心灵，放在镇江，放在警校。

曾经多次在脑海里为警校策划这样一句宣传语——"我们不是名校，我们是警校！我们是著名警校！虽然现在还不是，但将来会是的！"

警校，如今，我已经再次背着行囊来到你身边。

如果说可以安顿心灵的地方就是家园，那么在未来的日子里，我将与许多昔日的老师、今日的同事一道，共同耕灌家园。

此情此景，却又令我转念起小时候，在春日的傍晚，绾起裤脚，脱下鞋子，光着脚丫，踩着温润湿滑的泥土，与我的哥哥姐姐一起抬水浇园，菜花正黄，豌豆渐满，蒹葭青青，蛙鸣阵阵，迎面吹来凉爽的风，风从田塍来，风从苇荡来，风从麦浪那边来……

敏
慧

忆亲朋

YI QIN PENG

近十年了，再想想那个人

明天，就是二〇〇九年的清明节。

因为一封来自洪泽农场的书信，我又想起了他，我的警校同学夏书猛。一九九九年的冬天，小夏患白血病，离开了这个世界。

当年，我们一起分配到农场的警校毕业生共有二十一人。走上这岗位后，大家或早或晚地成了家，有了孩子。再后来，省局实施"北警南调"，我们这批警校同学，陆陆续续地调离了农场，带着我们的老婆和孩子，带着我们并不多的家当就过了长江。一九九二年的那批警校毕业生中，只有小夏，是走不了了，他把自己彻底地留在了洪泽农场。

春去春又来。一晃，已有近十年了。

十年，一棵手指头粗的杨树苗可以长成合围的大树；

十年，一个娃娃可以长成一个坚强的孩子。

十年里，有好多曾经熟悉的人离开了我们，如我原先七大四中的指导员孙锦秀，如我的外公……十年里，也有一些孩子呱呱坠地，现在回到旧日的村庄，好多孩子你叫不出名字，一个一个在父母的指教下喊着你叔叔，甚至还有喊你"爷爷"的了。即使身未老，也就在这样的称呼中老了心。

走的走了，来的来了。忙碌的世界不变的是它的节奏。作家叶辛曾写过一篇文章《最慢是活着》纪念她的奶奶。其实，于我的感觉，最慢是活着，最快也是活着。时光如河，逝者如斯，我们经常会进入当年站在河边的那个人的情感体验里。

我们离农场越来越远，又或者，农场似乎已经被这条河流漂走，渐去渐远……

小夏的夫人叫潘素红。小夏走后，我以为，或许时间会慢慢冲淡亡夫之痛，何况，小潘依然年轻，怎么还会一个人带着孩子独自生活？也许，几年过了，她一定会再嫁。毕竟年纪轻轻，毕竟是一个女人，要想带着儿子独自支撑一个家庭会很艰难的。

不是小夏夫人的一封信，我想，我大概会把小夏和他家人的印象藏到记忆深处去了。

我的《好风如水》散文集出了后，曾经送给一些还在农场工作的故人。不知道是从什么渠道，小潘看到了我的书，也看到收录在里面的纪念小夏的文章。她写了一封信给我。在没有拆开信封的时候，我还很诧异，在这个年头，大家都习惯了发电子邮件、打电话，农场还有谁会写信给我？

看完信，我才知道，小潘至今还在农场的种子公司工作。小潘没有走，没有离开农场，她和儿子还在农场生活。小潘真不简单。丈夫去世后，她还参加自学考试，拿到了会计大专证书。儿子也很懂事，成绩很好，喜欢写作。小学升初中时，考上了重点初中，因为成绩优秀，学费全免。

在信中，小潘平静地叙述了这十年里的生活，已经没有了当初在墓地送葬时呼天抢地的沉痛。但是，这痛和苦已经深深埋进了内心深处。仿佛那墓碑上的青苔，一切都已吻合得不漏痕迹，自自然然，无声无息。小夏刚辞世时，悲痛就像新出的砖，粗粝刺手，碰到哪里都会痛；如今，经过岁月风雨的浸润、侵蚀、打磨，这块砖已经变得温润了，嵌进了生活的基础中了。

母子相依为命，但生活得很乐观。小潘很要强，绝不能让儿子因为失去父亲就比别的孩子少一些快乐。每次去祭拜小夏时，有时去晚了，小潘就同儿子开玩笑："你爸爸在地下要骂你是个不孝儿子，来晚了！"儿子也笑着回她："我还未成年，要怪也先怪你没有教育好我！"

去的人已经去了，活着的人还要坚强。

儿子这么懂事，是小夏送给自己最好的礼物。她要和儿子一起守着对小夏的思念。把儿子教育好，也是自己对小夏最好的爱了。让小潘感动的是，儿子非常懂得妈妈的心，非常听话。有年夏天，小潘在单位上班，天气骤变，下起了雷暴雨。车间停产，小潘和同事一起聚在了车间三楼的窗户前，看窗户外掀天揭地的如注暴雨。在白茫茫的雨线里，看到有个小黑影向厂子这个方向走来，越走越近，是一个孩子拖着一把大雨伞，雨伞被风刮翻了，孩子拖着像扫把一样的雨伞，在风雨里，深一脚浅一脚地走着……小潘和同事看到了，还说，这是哪家的大人这么粗心，下这么大的雨，还让孩子冒着雨在外面……等那孩子拐进了饲料厂的大门，小潘忽然尖叫一声，冲下楼，跑进雨里，是儿子给妈妈送伞来了。在瓢泼似的大雨中，母子俩拥在一起。看到这一幕，同事们都忍不住落泪。小潘把孩子背回家，一路上，她忍着眼泪，告诉儿子："自己要照顾好自己，别让妈妈成为你的累赘。"儿子趴在妈妈的背上，很认真地说："妈妈，我知道，我是你的累赘！"小潘听了，再也忍不住，眼泪和着雨水在腮边流。

敏感

小潘在内心感谢那些曾经在小夏生病和去世时给予帮助的同事和同学。但是，小潘总觉得，寡妇娘儿们，不能随便到别人面前。这是宿迁农村的封建迷信。生活虽然拮据，但是，小潘非常乐意以另外的方式去回报他们。她曾经通过希望工程帮助过一个山区的孩子。后来，那个山区的孩子了解到小潘的家庭情况后，再也不肯接受同样是困难的小潘的帮助。去年汶川地震时，小潘一下子捐出来一千元，即使是家庭富裕的人，也很少捐这么多。不幸的人在体味着自己的不幸时，更愿意去帮助身边的人。这是一种惺惺相惜的朴素情感。

现代社会，夫死妇嫁，合情也合理。但是，面对小潘坚强的生活，我不得不肃然起敬。是因为小潘生在宿迁农村接受的传统教育太深？还是因为小潘不忍看到改嫁后儿子受委屈？抑或是为了当初执手相约时的爱情承诺？或者都有之。现代都市里，我们似乎已经找不到这样的爱情了。小潘执着地守着她对小夏的爱情，守护着他们爱情的结晶，守护着当初他们建立的家。

收到小潘的来信后，我觉得，必须要写一些文字。十年前的那篇文章，是送给小夏的；十年后的今天，这些文字是送给小潘和她的儿子的。他们健康幸福地活着，就是对小夏最好的纪念。

小潘说，经常会梦见小夏，好像还是过去他在农业中队工作时，周末时，她骑着自行车带着儿子，走在去八大队的路上，路边是杨柳依依、春风吹衣……

这些，天国的小夏知道吗？

忆亲朋

二姐，今夜我再次想起了你

晚春的阳光暖洋洋地照在身上，院子里洋槐树开满了洁白色的花，风飘过去、飘过来，满溢着槐花甜丝丝的香。院子里，二姐坐在小马扎上，一边择菜，一边憨憨地笑着说："躺在棺材里面时，我一下子感觉浑身上下都轻松了……以前真的是太操心了，太累了！又要忙家务，又要管孩子，还要下田干农活。"……

我忽地从床上坐起来，二姐还活着？不是已经死了吗？

额头冷汗直冒，心里又隐隐地疼痛起来。刚才只是做了一个梦，二姐再也不能同我聊天了！二姐已经去了另外一个世界。

应该是天快亮了，窗帘上已是隐隐晨曦，宿舍窗外的山林里，传来布谷鸟一阵一阵的叫声。在苏南，乡人是把这鸟声看成是催农人下田的叫声："阿公阿婆，割麦插禾……"而苏北的老家，很少有水田种水稻，都叫这鸟是"光棍鸟"——"光棍好过，吃饱不饿……"

布谷鸟叫，洋槐花开，自然的信号预示着农事的节奏。南方育秧，北方种花生，农具也开始整理了，缺的到庙会上买，锈的要磨，坏的要修。每年这个时候，我的二姐又要开始家里家外忙碌起来了。

梦境为什么总是会选择这样的时候，这样的场景？

二姐比我大三岁。在上小学时，二姐成绩很差，总是留级，等我上二年级时，二姐和我一个班。那时，我似乎和二姐犯冲，虽然在一起上学，我从来不愿意同二姐一起去学校，一起回家，也从来没有喊过她"姐姐"。我觉得二姐上课总是回答不出老师的提问，在同学中太丢人了，二姐又不漂亮，我也无法引以为自豪。

后来，上到三年级，父亲说，地里农活多，你就不要上学了，二姐就很顺从地不去学校了。从十多岁，二姐就跟着父亲忙农活了。我上学时，因为家里兄弟姊妹们多，这么多张嘴都要吃，又不是拿工分的劳动力，工分自然不够。直到实行联产承包责任制，家里的收入才能勉强糊口。我能够坚持上完高中，进入警校，离不开二姐的默默贡献，家里也只有二姐是在家随父亲做农活的。但我以前从没有这样去深思过，总觉得二姐反正学习也不好，不在家干活又能做什么呢？

至今，二姐留在我脑海里的印象里就是成天忙忙碌碌地、无怨无悔地劳作。春天割麦子、插地瓜秧、种花生，夏天锄地、拔草、打药，秋天收玉米、花生、地瓜，冬天农闲时还要推着胶轱辘车送肥到地里，早晚还要忙着做豆腐的生意。二姐活着时似乎从来没听到她抱怨干活累，为什么死去了却会在梦里对我这样说呢？人不是机器，是人，干活就会累的，只不过二姐没有说出来罢了。记得我放暑假时，地里打药、拔草忙不过来时，父亲就命我丢下书本，跟着二姐到地里去做活。父亲的用意也很简单，无非就是要让我知道在农村务农是没有出路的，要想享福，就必须考上大学，走出农村。

到地里去干活，在烈日的暴晒下，我立马就蔫了下来，垂头搭脑的。每次都是二姐多做很多，我也就是象征性地做些，就跑到责任田附近的池塘里游泳，要不然就躺在地瓜沟里偷懒睡觉。二姐从来没有向父亲揭发过我这些偷懒的"劣迹"。反而，二姐看到我毛手毛脚地做活，似乎有些骄傲，她骄傲什么呢？二姐各方面也不如我，但是在做农活时那绝对比我强。用父亲的话来说，"庄户人靠什么吃饭？就是要会干活，插把扫帚扬场锨，样样拿到手里都能干，这才是好把式"。在父亲的眼里，二姐已经被他打造成这样的务农的好把式了。村里人都羡慕父亲有二姐这么一个好帮手，不像别的女孩子，一到了十七八岁，就知道爱美了，成天风吹日晒，脸晒黑了，哪个小伙子还喜欢？女孩子大了，没有一个肯下地干活的，宁愿在家里缝缝补补、刷锅做饭，脸捂得白白的。男孩子像我这样的，假如上不好学，这种怕干活老偷懒的做派，就是标准的二流子的形象。二姐干农活和我的上学，大概是我们姐弟俩都彼此骄傲的地方吧？

　　二姐长得不高，矮矮的个头，胖胖的，常年在田里劳动风吹日晒，脸也不白。按照美女的衡量标准，二姐绝对是属于走在路上擦肩而过时，谁都不会多留意一眼的平凡人。

　　正如那首歌所言，野百合也有春天。二姐虽然平凡，但在她的青春岁月里，也有很多属于自己的梦想。大姐出嫁后，二姐有了属于自己相对单独的闺房。二姐那时也喜欢学着村里别的姑娘那样梳一些别出心裁的辫子。早晨起来，仔细地刷牙、洗脸，在脸上搽香喷喷的雪花膏，出门前也要先站在镜子前照一下。

　　家里经济拮据，一年里难得添上一件新衣服，向父母伸手，显然不可能。二姐就自己学着做豆腐卖。头天晚上泡好黄豆，早晨早早起来，到大队部的磨坊里磨好豆浆，回家劈柴烧水，用盐卤点豆腐，豆腐压成块后，放在竹筐里，搬到独轮胶轱辘车上，到周边的村子里叫卖。这样起早贪黑的，自然十分辛苦，但二姐也有开心的时候，那就是晚上吃过饭，把卖豆腐的钱仔细地数上一遍又一遍的时候。做豆腐赚来的钱虽然有限，但是，还是够扯布做新衣服的。

女大当嫁。按照乡人传统的观点，像二姐这样的姑娘，本分，能干，不张狂，绝对是居家过日子的好手。二姐过了二十一二岁的时候，有不少媒人上门提亲，但最初都被父亲挡了回去，父亲觉得二姐毕竟是地里农活的帮手，留在身边多干几年。父亲这种狭隘和自私的念头，其实很是影响了二姐的婚事。二姐待嫁的黄金年龄就被严重耽误了。在苏北农村，女孩一过二十岁就会早早考虑婚事了。到了二十七八，就过了适婚的年龄了。媒人渐渐很少上门了，父母这才开始着急。有人介绍了一个南面村子的小伙子，小伙子家里经济虽然很差，但人长得很不错，二姐很满意，父母看了也很中意。但最后不知道为何，婚事告吹，据说是男孩最终还是嫌二姐长得不够漂亮，个子不够高。这件事给二姐伤害不小，毕竟在农村被退婚，是件很不体面的事情，那段时间，二姐内心非常沮丧，常常会唉声叹气，父母也感觉非常歉疚，耽误了她的婚事。我那段时间正好是在高考时间，很少回家，但还是能够感觉到二姐的不开心。

二姐很少出远门，这在农村非常普遍，那时还没有兴起外出打工的热潮。有次二哥介绍她到连云港一家饭店打工，她去了不到两天就回来了。回来后她告诉我，以后进城了千万别吃城里做的油条和馒头。原来那家老板在和面时为了省力气，都是脱光了脚站在缸里踹，炸油条时面里放上洗衣粉，这样油条又脆又蓬松。饭店老板太黑心了，我实在看不下去了，二姐说。这是二姐唯一的一次进城打工的短暂经历。二姐是个爱干净的人，做豆腐卖时都是灰星不沾，她哪里想到还有人这样做生意呢！

但其实二姐内心很要强。如果不是这样，她也不会得严重的抑郁症。病重时，二姐多次想过自杀，事后她和我聊天时，她自己也纳闷："我怎么会想死呢？我死了孩子不就没有妈妈了吗？我不就看不到你们了吗？兄弟姊妹们再想坐到一起拉呱（聊天）也不可能了吗？"

我曾经在二〇〇六年专门为二姐写过一篇散文，那年，二姐在二姐夫的陪同下，到南京来看病，二姐住在南京的脑科医院。二姐的女儿还不满周岁，办好住院手续的当天，因为住院，孩子必须断奶，我忙得到处买奶瓶、奶粉。住院一两个月后，治疗效果还不错。出院的当天，我陪她一起到鸡鸣寺烧香，我希望借助现代医疗和上天神佑双重力量，能够彻底医好二姐的病。写那篇文章时，二姐还在这个世上，如今，在写这些文字时，二姐已经永远地离开了我们。

后来的三四年，每次回老家时，我都要问问二姐的情况，都说还可以，药也在坚持着吃，没有犯病。我以为，病魔再不会来找二姐了。天佑善人，我在内心里暗暗庆幸。

今年春节，正好父亲过七十七大寿，哥哥姐姐们都带着家人聚到了一起。大姐二姐在院子里择菜、洗菜、切菜，我充当起大厨，一家人聚在一起，笑语欢声。年初七，我准备返回南京，二姐特意带着孩子赶过来，还捎来了花生油让我带着。但我万万没有想到，在元宵节的夜晚竟然听到二姐走了的噩耗。二姐因为和家人吵嘴，也许是抑郁症发作的原因，二姐喝下做豆腐用的盐卤，结束了自己的生命。当我从南京急匆匆赶回去的时候，她已经不能再和我说话，躺在了堂屋里冰冷的芦席上。

敏感

因为是死在了十五元宵节，又是这样的方式，二姐的丧事办得很急，第二天上午就被送去山东临沭县的殡仪馆火化。我和二哥陪着二姐的儿子，我的外甥，一起去了。

灵车开进县城郊区的一个偏僻院子，可以看到有三三两两的车子在排队。

有殡仪馆的员工问我们，是烧普通的还是高档的？

我是第一次到这样的场合，不太明白，什么普通的、高档的？

有员工解释，普通的属于流水作业，大呼隆，放在大炉里，用柴油烧成灰，也可能会混杂到一起；高档的专门烧，用电烧，出来是一具完整的骨架。那员工看我不明白，进一步解释道。二姐苦了一辈子了，还是烧个完整的吧，我和二哥商量。二姐家跟去的本家忙事的人说，烧高档的钱多。我已经懒得同他生气了，按照高档的，钱我出。

就在他们去殡仪馆办公室办手续的时候，我站在院子里，一片茫然。这里是生与死的分界。人生下来就被分成三六九等，如今，死了，还需要在这里分成普通和高档的。这就是生活。

过几分钟，火化车间上方的烟囱里就冒出一股黑烟，这是因为逝者的衣物被焚化而冒出的烟，一股黑烟就等于一个曾经鲜活的人，烟在空中，随风而逝。无论是殡仪馆的员工，还是送行的人，在这里，没有一个会放声悲哭，连说话也是轻轻的，更多的是沉默无语。

外甥还小，才十三四岁，他根本不知道二姐的离去对于他今后的生活将意味着什么。作为一个母亲，二姐也许是失败的，最起码，我从进了二姐家的院子，就没有听到二姐的儿子和女儿的哭声。如果说女儿只有六岁，还不懂事，儿子已有十几岁了，该知道哀哭母亲的离开吧？或许是二姐平时对他们絮叨太多，还是管得太严？让他们暂时体会不到丧母的悲伤？

过了三个多小时，终于有人通知，可以去领取骨灰了。我以前很怕到坟地或者丧葬的场面，见不得、听不得，父母说我打小就胆小。但这次，我却没有任何惧怕，和二哥、外甥一起走进了火化车间。电动轨道上，缓缓退出了火化托盘，上面的耐火砖上，我的二姐已经变成了一具白骨。这是我的二姐吗？我强忍住悲痛，打开司炉工递过来的托盘和包袱布。遵从司炉工的指令，用铁簸箕和铁钳，把头骨、左右臂骨、左右股骨、腰椎骨、碎骨一一接出来，小心翼翼地放在铁盘里，在地面上冷却。七个包袱皮分别打开，摊在地面上，七张纸条，每张纸上写好骨头的名称，然后把冷却好的骨架按照纸条所注放在各个包袱里。

"这是我烧得最好的一个了，骨架都很完整的啊！"司炉工在旁边悄声说道。

我递给司炉工一包烟，作为谢意。外甥捧着这七个包袱，走出了车间。司炉工很热心地提醒着："走时唤唤亲人，不要让魂迷了路。"我低低说着："二姐，回家了，回家了，二姐。"

二姐被送回了家，三哥带人买来的松木棺材已经运到了院了里。祭奠完毕，过晌后，主事的安排："起灵吧，入土为安，宜早不宜迟。"

二姐的长眠之地选在了婆家村子西面的自家承包地里，二姐出嫁后日日劳作的农田里。二姐婆家的村庄紧挨着我老家所在的村庄。以前，在二姐没有出嫁前，她挎着篮子割草，也曾经走过这里。只是在出嫁前，二姐不曾料到，这里就是她未来婆家的承包地。出嫁后，在这里春耕秋收时，二姐也不曾料到，这里又将成为她的长眠之地。人生世事难料，信然。

也许，对于辛苦一生的她来说，选择离开，也未尝不是一件好事。至少，她再不用这样努力、艰苦地生活。二姐生活得并不如意，家庭负担很重，公婆多病，却还经常故意找碴儿挑刺，孩子要上学，四亩地的收和种都落在她的肩上，姐夫在外面打工，家里家外，都要靠她一个人支撑，计划生育的罚款要上缴，孩子的学费、公婆的医药费，像一张张的网罩住了二姐。二姐很要强，她总是期盼着能够过得比别人强，但事实却又难以达到。二姐其实内心很敏感，她很在乎别人的看法和评价。每次家里有红白大事，出份子钱时，二姐从来不甘于落在兄弟姊妹们后面。就是这次父亲过寿，二姐买的蛋糕也是最大的。不知道二姐在临闭眼的一刹那，是否突然有解脱的感觉？但是我的二姐，你又怎么忍心丢下养育你的白发父母，和同样需要你养育的儿子和女儿？你梦中的告白是否只是让我从哀痛中释怀？

但是，我真心祈祷，我的二姐来世还可以和我做姐弟。

假如上天是公平的话，我更希望，善良的二姐可以过一个有别于今生的人生，她可以长得漂亮，她可以有一个幸福美好的童年，她可以有着丰富的学养和优雅的谈吐，她可以有非常舒适安逸的家庭和英俊的夫君、听话的孩子，她可以健康长寿有着儿孙满堂的晚年，总之，她在今世无法拥有的，在来生都应该拥有。假如，假如上天是公平的话。

二姐离开已经有两个多月。

我没有想到，今夜，天将欲晓时，二姐会这样走进我的梦里，和我说着这样的话。我不由想起了海子的诗歌：

"姐姐，今夜我在德令哈，夜色笼罩
姐姐，今夜我只有戈壁
姐姐，今夜我不关心人类，我只想你"

海子并没有姐姐，姐姐只是他诗歌里的一个意象。而我，真真实实地曾经有位二姐。今夜，在春日的拂晓中，我不想别的，我只想我的二姐。

母亲不能实现的梦

"我九岁那年没了妈妈；十七岁时，嫁到了你们老王家；十九岁时有了你们的大姐……"我的母亲，经常会以这样的开篇，讲述自己忧伤的过往。

母亲出生于二十世纪的三十年代末。那个时候，当然我还没有来到这个世上。我只能在母亲的讲述里，描画母亲的身世。

九岁时母亲没有了妈妈，结果之一，就是后来的我也没有了外婆。假如不是她老人家早逝，我也可以有躺在外婆怀里听故事的童年往事，但母亲比我更早地丧失了这种幸福。外婆长什么样？我在母亲的讲述里，无数次地想象我那慈祥的外婆，看到街上踮着小脚、穿着斜襟大袄、面目慈祥的老太，我就按照她们的样子勾画自己的外婆，然后问母亲。母亲认真地听了，想着，叹口气，说，好像是这样，又好像不太像，我太小，也忘了。

那个时候，夏日慵懒的午后，在院子里，老榆树遮出的散碎的树荫下，襐衣铺在地上，母亲做针线，我躺在她身边，央求母亲："唱个唱（苏北'唱'字指的是歌谣）吧！"母亲看看没有别的人，就开始唱，唱得最多的就是《小白菜》：

> "小白菜啊，地里黄啊，三两岁上，没了娘啊！跟
> 着爹爹，还好过啊；就怕爹爹，娶后娘啊。娶了后娘，
> 三年整啊；生下弟弟，比我强啊！弟弟吃面，我喝汤啊；
> 端起碗来，泪汪汪啊。亲娘啊……
>
> 桃花开了，杏花落啊；我想亲娘，谁知道啊？！亲
> 娘想我，一阵风啊；我想亲娘，在梦中啊。白天听见蝈
> 蝈叫啊，夜晚听见山水流。我想亲娘，在梦中啊。亲娘
> 啊……"

母亲唱一段，就歇下来，给我讲一段唱词里小白菜的遭遇：

小白菜从小死了娘，跟着爹爹，一开始爹爹还很疼她，娶了
后娘以后，受后娘的挑拨，就不疼她了。俗话说得好，"宁跟要
饭的娘，不跟做官的爹"，就是这道理。后娘不疼小白菜，这也
难怪，狗养的狗疼、猫养的猫爱，哪个不疼自己皮里出的孩子呢！
小白菜想娘，只有做梦才可以见面，人死了，什么都没了，想疼
自己的孩子也不能了，所以说，就像一阵风，过去就过去了……

后来我大了，才明白，原来母亲唱的是她自己，说的也是她
自己。外婆去世后，外公又续弦，生了一个女儿，后娘对母亲自
然没有对自己亲生的好，非打即骂，还经常指使她干些大人才做
的家务活。母亲的童年，和小白菜一样，浸满了忧伤的泪水。

那个时候，镇上已经有了新式的学堂，但是，守旧的外公没
有让她去上学，说，女子无才便是德，上什么学？！母亲回想起
那个时候就说，看到别的同伴背起书包去上学，自己是多么眼馋，
也曾跟随着去学堂，躲在门后面，听学堂里传来的琅琅读书声。

母亲至今还能背出不少当时偷听来的课文，能认出几十个常用的字。这在同样是没有上过学的父亲面前，她引以为自豪。记得前几年来南京小住时，母亲还曾奚落父亲："你到城里连'男'、'女'二字都认不得，找个厕所还不靠我领着？！"

女大当嫁。父母之命，媒妁之言，母亲坐着花轿嫁到了离家有二十多里路的石门头庄。虽然在出嫁之前，母亲并没有见过父亲的面，但她依然怀着欣喜和憧憬，期望过上不一样的生活，享受到一个大家庭的温暖。毕竟生活在一个没有亲娘的家庭，太苦了。但母亲万万没有想到，生活并没有从此向她展开笑脸，苦难依然在继续。

那时，我们家在村子里还算是一个大户，开酱油坊和香油坊，爷爷还做些其他的小生意，日子称得上是小康。母亲嫁过去没几年，爷爷外出做生意，带的银圆被土匪抢光，爷爷连气带急，得了病，彻底放手，家境就开始走下坡路了。奶奶开始掌管家务。

那个时候，奶奶绝对是家里的权威，保持着一个婆婆在儿媳妇面前的尊严和威严。吃饭时，奶奶和父亲没有端碗，所有人都不能够拿筷子。家里来客了，父亲在堂屋里陪着，其他的女眷，都在奶奶的带领下在灶屋里忙饭菜。等客人吃完了，她和我的三个姑姑开始上桌吃饭。最后母亲拿起筷子时，桌上已是残茶剩饭。奶奶的观点就是，儿媳妇在家里就是要低眉顺眼才好，每一个儿媳妇都要过这一关。奶奶的婆婆当年说过的话，奶奶又拿出来对待母亲，"打倒的媳妇揉好的面，对儿媳妇不能给好脸面。儿媳妇属猴子的，三天好脸，就要上房揭瓦"。

母亲十九岁时生了我大姐，这让奶奶非常不满。父亲是家里唯一的男丁。苏北的农村，重男轻女、传宗接代的观念根深蒂固，"闺女不养娘，青灰不打墙"。生不了男娃，就像母鸡不下蛋一样，不但可恶，而且可恨。

产后第三天，奶奶就把她喊下床，递给她一根磨棍，去推沉重的石磨。

苏北农村吃煎饼，必须要用石磨把玉米、小麦或者地瓜干磨成糊子，然后再烙。磨糊子是第一道工序，所以要赶早，经常是天蒙蒙亮时就全家动员，起来推磨。割麦、打铁和推磨，都是农村非常煎熬人的体力活，沉重的石磨需要几个人才能够推动。

母亲不敢回嘴，母亲强撑着虚弱的身体，接过磨棍，去院子里推磨。

粮食磨成糊子后，母亲还要到灶屋的地上支起鏊子，在烟熏火燎中烙煎饼。一天下来，要烙几大摞煎饼。母亲经常是到最后，停了鏊子，腿却麻得站不起来。

母亲每每讲述到这里时，就会朝着父亲剜上一眼，"那时，你个老东西从来不知道心疼人，连句疼人的话也不说！"

直到母亲生下大哥，奶奶抱上了孙子，老王家有了后，这种境遇才略有改观。母亲总共生了六个孩子，四男，两女。我是老六，最小。这让母亲非常满足和骄傲。在农村，似乎多子和多福是并蒂莲。

天下的儿媳妇和婆婆都是死对头。用时下流行的话，母亲和奶奶之间的关系，那就是一个"死掐"。奶奶的掐是明着掐，母亲的掐是暗里掐。在奶奶面前，母亲很少敢顶嘴；但母亲在父亲面前，在我们面前，却经常会流露不满，数落奶奶的不是。这些都耳熟能详，比如，三个姑姑和母亲发生矛盾了，奶奶总是偏向着姑姑们；春天逢集时，给三个姑姑扯布做新衣服，从来没有想到给儿媳妇扯布；经常在母亲回娘家时，奶奶就到街上割肉做菜；桌上有鱼肉，奶奶先是搛给儿子，然后就是女儿，从来没有想到儿媳妇……

哥哥姐姐们大了，有时听烦了她的忆苦思甜，就会反驳母亲：你就不能自己抢着买衣服、割肉吃？母亲听了这些反驳，总是不可思议地说："哪家儿媳妇敢这样做？三从四德哪条也没有告诉可以这样啊？"说完，自己也慨叹自己的软弱，经常自言自语："等我也做了婆婆，日子就好过了。多年的道路转成河，多年的媳妇熬成婆。那个时候我就做主了。"

现在想来，母亲始终是对奶奶的家长作风非常不满，期盼着也能有一天指使指使自己的儿媳妇，享受下做婆婆的感觉。母亲这种愿望和梦想不能说是不可靠的，毕竟，她有四个儿子嘛，对这一点，母亲也是挺自矜自满的，奶奶只生下父亲一个儿子，而她却生下四个呢！

可惜的是，时代变了。像那首流行歌曲里唱的那样："不是我不明白，而是这世界变化太快！"随着儿子们渐渐长大，娶妻成家，母亲的"当婆婆"的梦想却落空了，不是成不了婆婆，而是成不了奶奶那样的婆婆了。

大哥结婚了，不到两三个月，很快就分家了。

二哥结婚了，也分家了。

三哥结婚后，更快，婚月里，早早就提出分家单过。

另起新宅，分家过日子，这在苏北农村很常见，年轻人谁还愿意和公婆一起生活呢？别说你想给儿媳妇一点脸色看看，你就是想巴结巴结下，还要走多远呢。昔日听话乖顺的儿子们，也似乎是在一夜之间，心彻底倒向自己媳妇那边了。有了新家，再不肯多来老家，事事都向着自己的媳妇说话。母亲每每气得不行，儿媳妇不在场时，就指着儿子们说："花喜鹊，尾巴长，娶了媳妇忘了娘。把娘撂到车辙里，把媳妇屁颠屁颠地捧上炕……"

话虽这样说，但我坚持认为，母亲并不是对儿媳妇有多深的恶意。母亲是一个非常善良的人，对谁也没有坏心。家境再差的时候，门口有要饭的敲门，也要尽我们所能地给上一点。她从来都说，人行好事，莫问前程，得帮人处且帮人。我现在想来，母亲之所以在心里艳羡当婆婆的感觉，无非是与她幼时丧母和出嫁后的经历有关。母亲深受封建传统教育，先后生活过的两个大家庭里，母亲都没有享受过做人的尊严，缺少母爱，缺少关怀，对谁都要低眉顺眼，大气不敢出一声，总是生活在压抑之中，总是借着对未来的希冀，增添逆来顺受的信心。大概，按照母亲的观念，也只有当婆婆了，才能以尊长自居，挺直腰杆说话，母亲也很想享受下那种"当领导"的感觉。

可惜，世风日下，人心不古哪！

奶奶老了，母亲也老了。奶奶只有一个儿子，当然是依然同父母住在一起。在奶奶面前，母亲依然只能耐心地扮演着她的儿媳妇角色。每顿饭做什么，要问问公婆；饭做好了，要先盛给奶奶（爷爷在二哥还没有成家时就过世了），然后再盛给父亲。

我在外地工作，常在外，不在家。每年春节，带着小家庭回去，我们一家睡在西里间，母亲和父亲睡在东里间，中间隔着正堂屋。清冷的半夜里，她还要披着棉袄，捏着手电筒，到西里间看看我的被角有没有掖好。母亲还当我是过去经常半夜蹬光被子的孩子哩。

在我面前，母亲仍然像往常一样絮叨，上半场是数落奶奶旧日的种种不是，都是过去听过很多遍的，我几乎能背出来。下半场，开始讲述三个嫂子们的不懂礼数，哪天哪天，走对面不知道喊声"妈"；哪天哪天，到她们家里也不知道让个座；哪天哪天，在赶集时碰面了也不知道帮着拎东西……我知道母亲心里的症结，我说："嫂子们不听你的，你这样，有什么家务你就使唤我媳妇，你叫她上东她不敢上西，你叫她打狗她不敢吆鸡，她要不听话我就收拾她！"母亲听了，犹犹豫豫地说："人家是城里人，能听我的？"过一会儿，扑哧一笑，戳着我的脑门，"我听明白了，你是说反话！在外面吃公家饭，早学坏了，同你娘开玩笑"。然后，过一阵子，又自言自语，现在哪还是从前，不能拿着老皇历过日子喽！

如今，奶奶也已经去世有十几年了。

再回家时，母亲已经习惯没有奶奶的日子了，人已走了，一了百了，再也不用说了。不说归不说，年前该去祖坟上坟祭祖，母亲依然还要忙活着收拾好祭品，催着我们去给爷爷奶奶上坟："过年了，赶紧给你爷爷奶奶送钱花、送酒喝。"没有了奶奶，母亲也缺少忆旧的动力了。看着满堂的孙子、孙女、重孙子、重孙女，母亲大概早已忘了她多年以来的当婆婆的梦想了！

三只寿碗

二〇一二年的二月，有朋友捎来三只寿碗，说，这是无锡监狱的李月红大姐捎来的，老李场长就在二〇一二年二月十三日这一天，幸福而安详地走了，享年一百岁。乡间风俗，高寿的老人辞世后，家人都会制作一批寿碗，分送亲友，希望逝者的多福多寿也能给人带来好福寿。

老人李新政，原谅我直呼老人的名讳，因为，我希望借助这样的叙述，一次次的默念，能更好地记住这位让我尊敬的老人。

老人李新政一九一一年一月出生于河北冀县的一个大资本家家庭，富足的生活、优越的教育、淳厚的家风，让老人拥有了一个舒适、安逸、富足的童年、少年时代。二十世纪三十年代初，他正是风华正茂的青年，端的是"书生意气，挥斥方遒"，在北京宏达学院读书时，加入了"红色互济会"、"反帝大同盟"，还多次参加抗日反蒋的学生运动，为此，他被思想保守的父亲斥为"逆子"，并宣布脱离父子关系。从此，他毅然离开了那个曾经给了他很多温暖的家。一想起老人当年的"背叛家庭"，我常常唏嘘不已，这似乎是一个十分老套的情节。然而，在当时，或者是搁在今天，换我为他，我能有那样的勇气吗？

老人先后参加了吉鸿昌领导的抗日同盟军、保卫苏区以及兵运等地下工作。据说，老人在二十世纪八十年代初，看过一篇回忆录，才知道自己的上线就是一位直接受潘汉年领导的地下工作者。然而，在那个年代，老人只是知道，自己从事的是地下革命工作，默默潜伏在敌人的心脏里，随时都会暴露、牺牲……我在看电视剧《潜伏》《悬崖》时，常常会不由自主地遥想老人的当年，大概也是如余则成一样，无时无刻不在与敌人周旋着？

解放战争中，老人带领他所在的国民党部队起义，正式回到了组织，公开了身份。之后，老人又参加了淮海战役，战役结束后，老人所在的华东三野组建"高级军官训练团"，专门改造国民党战俘。当时，老人担任大队长兼教导员，分管一个将官队、两个团长队和一个特务队。赫赫有名的杜聿明、王耀武等国民党高级将领就曾在老人手下改造。

一九五一年，华野教导三团改为军法处四科；一九五二年，军法处四科集体转业到华东局军政委员会新人农场（即滨海县滨海农场），新人农场就是当时有名的滨海五大农场之一。一九六六年，因当时台湾国民党政府提出"反攻大陆"，为战备需要，滨海县五大农场集体搬迁到泗洪县，与国营农场泗洪农场对调，成立了洪泽农场，也就是现在的洪泽湖监狱。

无论是在新人农场，还是在洪泽农场，都正值筚路蓝缕的创业时期，个中辛苦，不言而喻，许多监狱史料都有记载。从当时管教干部编的一首顺口溜，我们可以想见当时的艰苦："芦苇荡，烂泥塘，行无路，住无房，草当铺，蛇上床，雨天水汪汪，晴天白茫茫，饮水咸掉牙，脸上起盐霜。"

一九九九年，新中国成立五十周年大庆前，《法学天地》杂志社为发一个专栏，请我代为采访老人，希望能够报道一下他的事迹。那时，老人已经住到了无锡女儿家。到了那里，一打眼，就觉得似乎很熟悉，好像以前碰到过，后来坐下来攀谈后，原来老人就住在我岳母那一排楼。这才恍然大悟，难怪这么眼熟？！

　　每年的春夏之际，总有段时间，会看到老人，拎着手提布袋，到监狱图书室或老干部活动室，有时，老人还坐在门前葡萄架下，静静地看书。在晨曦中，早起的人都会看到老人弯着腰，拿着扫把，一下一下，认真地清扫垃圾。

　　老人多年来一直保持着简朴的生活方式，为人低调，饮食保持简单的素食。从挨批斗时养成的练气功、打太极的习惯，无论刮风下雨，都坚持不辍。

　　有时一些邻居的小青年夫妇，急着上班，来不及把孩子送公婆家，都是朝老人那里一放，就放心地去上班了。

　　还有一些故事，是从农场的同事那里听来的：

　　老人在"文革"时期，被作为"反动军官"、"资本家的孝子贤孙"批判，遭受到很多的迫害。那时，有一批军转干部斗人特别狠，把老人的头皮都打掉鸡蛋大的一块，流出的鲜血把老人的白褂子都浸透了，那些"斗士们"还不让老人去就医包扎，老人只好用手帕捂着，颈上挂着黑板，戴着纸糊的高帽，继续接受责骂、推搡、批斗。后来，头上的伤口感染，肿得像个笆斗。"文革"以后，在时任公安厅长洪沛霖同志的关心下，老人得以平反并恢复职务。他任副场长期间，并没有对当年的"斗士们"怀恨报复，反而尽力帮助他们，解决一些诸如住房、工作方面的困难。对于老人以德报怨的行为，许多挨整过的老干部难以认同，但他只是淡然笑笑："错误的是那个年代，不是哪一个人。"这让我记起陈毅元帅的诗："大雪压青松，青松挺且直。要知松高洁，待到雪化时。"

老人的地下工作经历让他在"文革"期间吃尽苦头。二十世纪五十年代审干时，组织上曾经给了老人入党和参加革命工作的证明材料。后来，在"文革"期间，公检法机关被砸烂，档案室受到破坏，老人自己保存的证明材料又在抄家时被弄丢，从此，老人的入党时间只能从可以查找到的时间算起。时至今日，老人的党籍还是从一九四五年后公开身份参加解放战争时期计算的。老人在新中国成立后一直在努力地寻找当年的战友，但是，非常遗憾的是，有许多地下工作者都是化名工作，有的暴露后被秘密杀害了组织还不知道，有的虽然后来公开身份参加工作了，去向也难以查找。据说，当时农场的组织部门也是花了很大的精力去外调，工作人员几乎是跑遍了除西藏和台湾之外所有的省份，有时得知了一个宝贵的线索，但赶到时，知情人已经去世。

但老人内心始终不曾释怀的，还是这段党籍历史。好多人曾经误解，老人是不是为了平反后的待遇，或者平反补偿款？但是，当这些心怀戚戚的人知道老人曾经无数次捐款给灾区、希望工程后，就会惭愧得无地自容，哑然失语。

一九九七年香港回归时，老人向组织缴纳特别党费一万元；新中国成立五十周年那年，老人又上缴党费一万元。每年，老人都购买一大批书，捐给农场的学校。逢年过节，农场给他慰问金，他都嘱咐女儿，以党费的形式交给农场党委。

从二十世纪九十年代后期住到无锡后，每年的夏收时节，他都会自己买票，乘公交车回到农场。本来按照他的级别，完全可以向车队要小车接送，但他坚持自己坐公交车。女儿怕他年龄大了乘车出意外，要送他。他怕影响女儿的工作，就等女儿女婿上班后，锁上房门，拎着简单的行李不辞而别。

回到农场，到田间地头转转，闻一闻成熟待收庄稼的味道，吹一吹田间的风，老人都会很陶醉，不由陷入对往日岁月的遐想中。有机会回农场，他都坚持参加老干部支部的组织生活，同昔日同事聊聊家常，谈谈学习心得。

住在无锡"祥阳老年公寓"时，老人每天还是坚持锻炼，闲来在公寓的小花园里种花，帮助管理人员在公告栏里把天气预报信息工工整整地抄好，饭堂里就餐时，即使是别人掉在桌上、地上的饭，他也会一粒一粒地捡起来。卧室里，书籍、生活用品摆放得整整齐齐，生活习惯多年如一。读书看报时有心得，就记在笔记本上，这样的笔记本每年都要有两三本。老人不仅阅读中文书籍，还酷爱看英文资料，《江泽民传》在海外出版时，国内还没有上架，他就托人在香港花五百元钱买了英文版的，连续通读了好几遍。

我经常在听到这些讲述时，心生惭愧，我也是一名党员，老人这些尽管琐碎、简单但不无意义的生活细节，我能做到吗？

遗憾的是，直到老人辞世，他的入党时间问题还没有解决。我常常在想，这么多年来，老人为什么如此耿耿于这个问题？答案只有一个，老人始终对党抱有一种赤诚的情怀，这事情与金钱无关，与待遇无关。历史可以遗忘、散失，但是，老人对党的执着信念，却永不褪色。

端详着那三只寿碗，我忽然觉得，老人仿佛已化身为眼前的寿碗，瓷器曾是中华民族的发明创造，也是国人的骄傲，"中国"的英语单词"China"最早就是瓷器的意思，瓷器为水与泥土的混合，二者都是常见之物，平凡而低微，然而，一旦经过火的高温烧制，立即脱胎换骨，成为润洁华贵的瓷！瓷器的品质是永不褪色，温润如玉，宁折不弯。这一切与老人的一生何其相似！执着坚定的信念、坚韧不拔的意志、温润安详的外在、冲和平淡的行状……历经了千般磨难、坎坷，造就了老人作为坚定的共产党人的高贵品质。

时下，政法系统正在开展核心价值观的主题教育活动，我以为，"忠诚、为民、公正、廉洁"不应该成为挂在商品上的标签，更应该成为瓷器上的釉质，与胎质实现完美的结合，共同构成精美的瓷器。忠诚、为民、廉洁、公正，这些政法人的应有品质，在李老身上都有最集中的诠释和阐述！

老人虽然已经离开我们，但是，其高洁品质依然如瓷器，散发出穿透时光的温润光泽，许多人还在讲述着老人的故事。这三只寿碗，我想，该是我今生从事监狱事业的传世之珍宝，看到它，我就会想起那位让我尊敬的老人。

十九年前的那轮冷月

今天，如往常一样打开日记本，当我写下了日期：十月二十二日，心里仍然是忍不住一颤。十九年了，每年到这个日子，我都会忍不住去回想起她。

在警校同学里，有两个同学的早逝，让我痛心不已。一是洪泽农场的夏书猛，那个脸黑心善的男同学，他患了白血病后，就在我们的眼前，生命日渐枯萎，直到一个秋日的夜晚，我们送别了他。在他死后，我写了两篇文章纪念他，希望能够有人还能记得他。另外一个就是同班的女同学王霞。

十九年里，每次都想提笔写点纪念她的文字，但最终还是选择了埋在心间。或许，不著一字的怀念，是我，作为一个同学的最好方式。毕竟，私下也怕文字会惹起一些不必要的猜想，于她冰清玉洁的名字蒙尘。

如今，十九年过去了，人到了中年，见过了太多的生离死别，心灵似乎已经沧桑得可以承受一切了，也不用在乎世俗的猜疑了。

我经常在想，现在，除了她的亲人，还会有人记得这个名字吗？

一九九〇年我到警校报到时，用了很长时间才适应了警校的饭菜和学习节奏。那是我第一次出远门。因为个子矮，我坐在第二排，第一排就是仅有的六个女生。王霞就坐在我前面。因为我喜欢上课时看小说，有些作业都要借她的讲义来抄。她的笔记非常工整、清秀，许多男同学都来借。

第一学年时我们还使用粮票换饭票。男同学饭量大，学校发的补贴是不够的。她有时会不经意地回过头来，递给我一叠饭票，"我吃不了，余下的也没有用，你帮我们用掉吧"。于我来说，这绝对是雪中之炭，那时我家里经济非常困难，饭菜票经常是捉襟见肘。

镇江的冬天经常是阴雨绵绵。有次，下午下课时，又飘起了雨。我没有带伞，正准备跑回宿舍，她喊住了我："又忘记带伞了吧？喏，给你，我和她们共用一把。"我呆了下，看看其他的同学，没有接她的花雨伞。那时，警校对男生和女生的交往非常敏感，要求也非常严格。曾经有男同学因为去焦山公园玩，回来时，路遇班里的几个女同学，便一起走进校门，恰好被班主任发现，当晚就勒令在班里做检讨。我害怕其他同学会多想，就摆摆手，匆匆忙忙地冲下教学楼。我事后想，她是好心帮助你，我这样做，是不是太不识好歹了。但过后，看她见面时仍然是笑呵呵的，也就不再多想了。

一九九一年的十月二十二日，第二堂课结束了，我们都要整队到操场跑操。因为老师有些拖课，等我们整好队，已经落后于其他班级了。文体委员哨子紧吹，男生就排在前面拼命地朝操场跑。刚到操场，就听有人在惊呼："有人倒了！"

王霞被抬到医务室时，心脏已经停止了跳动。

一些事我是后来才知道：

其实，她在入校时就被体检诊断出有先天性的心脏病。后来学校考虑她家庭困难，退档后也很难再投档其他的学校，就没有作退学处理。她也因此知道自己的病，但没有告诉父母，怕他们担心。她哪里知道，父母早就知道她的病了，也是怕她心里有负担，没有说出实情。

王霞的家在溧水农村，条件也很艰苦。每年的寒暑假，她都要帮父母下田做农活。到警校后，母亲为她买了件新衣服，她试穿了下，虽然很喜欢，但却把衣服寄给了妹妹，她告诉妹妹，她在警校时有警服穿，不需要。

她的大伯住在镇江，有次周末她从老家捎了土特产，带给大伯。回老家了，王霞告诉妈妈，在大伯家吃的蛋炒饭，味道真好。

……

二十三号就是王霞的二十岁生日，同宿舍的女生都商量好了，要为她搞一个生日聚餐，礼物也买好了。但是，她还是没有能够等到这个生日。

十九岁，正是一生中最美好的花季。她的人生却戛然而止。

生命如此之脆弱！她的离去让我有些目瞪口呆，哑然失语。看到教室里那张空了的桌椅，总是有着刺心的痛。我们曾经多少次埋怨食堂糟糕的伙食，埋怨无休无止的队列训练，埋怨没完没了的作业，埋怨老师不近人情的苛刻纪律，也曾经为将来的工作环境而心情黯然，为看不到的人生前途而迷茫。那时，我总是不理解她为何总是面带微笑，心情如此乐观？虽然自己困难，但却总是尽己所能，帮助每一个需要帮助的人。现在，我终于理解她内心的阳光了。

在她离去的那些日子里，我经常会在夜晚到操场散步，仰望天上那轮冷月。

敏感

也正是因为她的猝然离世，我开始珍惜警校的学习机会，开始认认真真地把握着每一天。

毕业时，我们一起拍毕业照时，我就在想，她应该和我们一起分享着毕业时的快乐与分手的酸楚，可惜，她不能做到了。

工作时，当我满腹牢骚地抱怨农场的工作环境时，我也在想，假如是她，她应该是面带着阳光般的微笑，化解着外界的纷扰。可惜，我们再也不会有愉快的交谈。

等我结婚、有了自己的孩子，我也在想，她如果还在，也应该有了自己心爱的丈夫、溺爱的孩子。依偎在丈夫身边，她温婉的性格、贤惠的品德，肯定会是一个沉浸在相夫教子幸福生活里的小女人。可惜，这些家庭生活，她来不及享受就走了。

……如今，十九年过去了，但是，隔在十九年外的那轮操场夜空里的冷月，依然清冽地照在我的内心里。

有人说，地上一个人，对应天上的一颗星。那么，我该去寻找，在深邃夜空里最亮的那颗了。

十九年了，我们已经逐渐学会了匆忙、冷漠地生活，学会了忘记，学会了掩藏和掩饰自己。只是，我仍然还没有学会，在岁月的尘土里，掩藏起关于她的记忆。

父亲，从这一天您开始老了

今年春节，我好不容易才劝说父亲从赣榆老家来南京过年。这是父亲第一次到南京，虽然我到南京工作已经近十个年头。

每次请父亲来，他都有这样那样放不下的事情。春天要种瓜点豆，夏天要锄草放牛，秋天要秋收秋种，冬天可是农闲时候了，还有牛、羊、猪放心不下。

"不行让妈妈留在家里。"我说。

"指望你妈，她能铡草吗？她能挑水吗？"父亲总是用他很自负的口吻，强调他在家里的重要性。这些年，自我记事起，爷爷奶奶从来不再问事，父亲就是家里的第一权威。我们一旦提到哪哪的，父亲总是用他不容置疑的语气发表意见，提到什么方面都知道。哥哥姐姐要是犟嘴了，怀疑了，父亲常常会很激动，面红脖子粗的，冲着我们发火。显然，父亲不喜欢我们挑战他在家里的权威。母亲常常数落他："你叫我向东我就不能向西，你让我打狗我就不敢吆鸡！你成一霸了。"在农村，有什么大是大非需要坚持呢？这些年下来，我们都习惯了，习惯了父亲的自以为是，习惯了父亲的爱面子。

父亲不服老，都七十多岁了，依然下地干活，扶犁赶车，锄草耙地，又把扫帚扬场锨，抓过来就干。如今，几个哥哥都出去打工，地里农活都是他带着嫂子们去忙活。母亲说他就像过去的生产队长。在我们的心目中，父亲似乎并没有随着年龄而衰老。

父亲既然说家里离不开他，我自然不好硬要他来南京。母亲说，你不去我去，我不能像你一样做个"土里孙"（赣榆土话，老实巴交庄户人的意思），儿子过好了，我跟着享几天清福去。母亲很善于接受新事物，我工作过的地方，她都去过。

一年又一年。虽然，在村里老人围坐闲聊抽旱烟时，父亲一次次张扬着说要去南京看看。但南京对于父亲来说，还只是挂在嘴边的一个遥远的地名。父亲喜欢看那些老伙伴们羡慕的眼神。南京，是谁想去就能去的吗？

然而，岁月不会忘记每一个人，即使你躲在这世界上任何一个角落。

我是从一件小事上察觉父亲老了。

以前回老家，给他钱，从来不要，总是说自己手能动，脚能动，不能花孩子的钱。或许，在父亲的内心里，有一个心理底线——什么时候伸手去花孩子的钱时，就是老了，没有用了。今年春天回家时，再给他钱，他默默地接过来了。

在农村长大，我知道，农村的人情来往多，七大姑八大姨，红白喜事都需要出礼钱。这些年地里打的粮食虽说也富余，但是，要去集市上卖，还是三文不值二文的。父亲不习惯向哥嫂伸手，再说，他们这些年过得并不宽裕，能给的也有限。唯一的经济来源就是喂牛、喂羊，每年产一头小牛、小羊，喂上一春一夏，秋后卖了，差不多就够一年的人情往来花费了。我知道父亲爱面子，每次回家都是悄悄把钱塞在母亲的手里。

现在，父亲说老就老了，连喂牛喂羊也做不到了。有时起夜时，腿脚都有些不利索了，母亲当着父亲的面说，一辈子弄不够，这下子老实了吧？

年前，我回家再一次动员父亲来南京。

人活一辈子，连南京都没有去过，不是一个遗憾吗？子女不在南京就算了，我在南京住得也宽敞，生活也方便。等你过两年腿脚不能动了，再想去南京，晚了。到快闭眼的时候，想想连南京都没有去过，村里人不笑话死了？！

也许是我这句话打动了父亲，腊月二十三，父亲终于同意到南京来过年了。

到南京的第一天晚上，父亲就产生悔意。不该来，太不习惯了，进门还要换鞋子，吐痰还要找垃圾篓，抽烟不能就地捻灭……

第二天到新街口。新百、中央商场、苏宁，到处都是人山人海，熙熙攘攘，摩肩接踵。

我怕父亲走丢了，就在一张纸上写了我的手机号码，假如走散了，就随便请人用手机打我的号码。父亲一直随着我们，半步不离，走出商场，父亲摘下栽绒帽，擦擦额头的汗，好家伙，恁多人？！比乡里赶大集的人还多！

因为单位还没有放年假，我每天都是早出晚归。年二十九，休息回家，进门后，只有母亲和妻子在家里。父亲呢？妻子答说出去转转了，都有大半天了。

我知道，父亲肯定是去小区会所了。

第一天到家的时候，我看父亲在家里急得脸通红，在客厅转来转去，心不在焉的样子。我恍然大悟，不会是不习惯马桶吧？在苏北老家，厕所都是蹲坑，现在家里用抽水马桶，父亲可能会

敏感

不习惯！这经历我也曾有。十几年前刚参加工作后，我到一个城市出差。在宾馆里的马桶上越急越解决不了问题，情急之中，干脆蹲在马桶上，才找到感觉。

妻子在客厅，父亲一定不好意思说。忽然记起我家小区会所的洗手间里有蹲坑，我对父亲说，我们出去转转？

悄悄把父亲带下楼，转过几栋楼，溜到会所，带到洗手间。

父亲出来后，心定气闲，如释重负，点了香烟抽起来。我心窃笑，知父莫如子啊。

估计父亲这会肯定是去小区会所了。我也没在意，在客厅里看电视。刚看了几分钟，接到一个陌生电话：

"你家老爷子迷路了，你赶快到这里来领人吧。"

"在哪里？"

"在小区门口超市。"

挂了电话，急忙赶过去。远远地就看到父亲站在超市门口，穿着我的旧警用棉袄，戴着栽绒帽，正袖着手，眼神迷茫而无助地看着车来人往。父亲见到我，脸微微地红了，解释道，咳，出了门，走着走着，一转弯，就找不到了，看楼房都是一样的，越走越晕了。想问人又说不清门牌号，急得一头汗。想掏烟抽时，忽然摸到了一张小纸条。幸亏那天逛商场时我给他写了小纸条，有我的手机号码。

父亲竟然也迷路了。

在遥远的乡村，父亲一直很自信地活在他的世界里，哥哥姐姐也是这样活在父亲的世界里：拉肚子时，可以吃烧熟的大蒜；手划伤了，刮点槐树的树皮炒鸡蛋，吃了准好；挑担子时，直起腰，不会伤了腰；挖泥时，铁锨沾点水就能做到不粘锨；清明前后，种瓜点豆；锄头下有雨，锄草要当午，太阳毒，草能被晒死，土松了，还能保土下的墒情；"是马三分龙"，马通水性，过大河

107

时拽着马尾巴就能泅过河；吃酒席时，小孩子一定要坐在桌子的西南角，大人不动筷子小孩也不能动，吃菜只吃桌子上靠面前的；走路见到长辈，要主动打招呼，骑自行车时要下车打招呼；敬烟时，即使是女的也不能漏过，知不知道，有乡人因为一支烟没敬到，没抽到烟的怀恨在心，把发烟的人杀了，结果自己也被枪毙了，一支烟抵得上两条命呢？……

在父亲的世界里，他是无所不知的智者和领袖，永远是那么的见多识广，永远是那么的自信从容，在故乡这个世界里，他从没有觉得有任何的逼仄和陌生。

如今，在儿子的世界里，父亲有些手足无措了，父亲竟然迷路了。

人生如水东流，抽刀不能断之，谁能找出童年与少年、少年与青年、中年与老年具体而清晰的界限呢？然而，或许，或许就是这次迷路，是让父亲感觉衰老的里程碑。

我在家是老小，对父亲的少年生活，我是一无所知，但在母亲的讲述里，那曾经是一个非常迷幻的梦：那时，我爷爷做着酱油坊和香油坊的生意，生活非常富足，村子里一条街的房子几乎都是我们家的，每个院子里都挨挨挤挤地放满了捂酱油的"大金刚腿子"缸，缸奇大，每个都有半人多高。走在村子的街巷里，到处都能嗅到空气里飘荡着的炒芝麻和香油的味道。村人都眼红我的爷爷，每天晚上都躲在屋子里清点当日收入，银圆叮叮当当的声音在屋外都能听得见……父亲是独子，在爷爷奶奶的心里，三个姑姑和父亲不能比，"闺女不养娘，青灰不打墙"，早晚是要嫁到外姓人家的。父亲过着一种天堂般的生活，父亲从上私塾第一天就开始逃学，父亲过着衣来伸手饭来张口的生活，父亲经常衣着光鲜，跟着奶奶骑在毛驴背上走亲戚……

直到有一天，爷爷做一笔大生意被骗，元气大伤，家道一落千丈，紧接着解放后土改时期，房产和地产均被村人摊分，成分被定为富农，爷爷沉郁成疾，精神失常。家庭的担子开始落到父亲的肩上。在贫与富转化的期间，父亲在精神和身体上经受了怎样的跌宕起伏，我无法想象，也从未听父亲提起过。我能够记起的就是，哥哥姐姐们经常为生产队的工分同队里的会计吵得不可开交，婚姻因家庭成分的原因一拖再拖，每年的春天父亲都要赔着笑脸到处去借粮度春荒。

但无论怎样，父亲都在默默地坚持着。而我们，也是在父亲的坚持中，学会如何去创造自己的生活。

岁月无情，松了牙齿，白了头发，弯了腰杆，花了眼睛，然而父亲似乎不情愿接受这岁月的安排。这次迷路，也许真是让父亲认识到这个现实。

似乎是在一夜之间，父亲开始变得老态龙钟了，父亲很少出门了，也开始习惯我家里的生活了。在看电视时，他会不知不觉打盹儿，头埋得很深；散步时，看到远处的田野，会不由出神，眼神格外空旷；吃饭时，饭粒会撒在桌子上……我曾经很期望父亲接受他的老，然而，这变化又似乎来得太快了。

其实，父亲，可能您并不知道，作为儿子，我内心也流淌着浅浅的忧伤，我们希望您服老，接受岁月的安排，接受我们子女的孝敬，但我们又怕您日渐衰老，早晚有一天离我们而去。曾经，您的肩膀为往日的家庭撑起了一片天空，虽有风雨我们也不怕，如今，我们一个一个也有了自己的家，但我们又何曾忘记您给我们的那个虽然贫寒但却温暖的家？

父亲，这次迷路让您感觉了衰老，但是，您可知道，在我成长的路上，我也曾一次次地迷路，是您给我一次又一次山重水复的希望？如今，作为儿子，我给了您一张记着我的手机号码的纸条。他年以后，当我也老了，我的手里又会攥着一张谁给的纸条？

温暖的摇篮曲

——谨以此文为天下母亲祈福

　　夏初的周末，去汤山小镇理发，驱车在乡村公路上，汽车收音机里忽然传来了一首歌谣，那么轻松，略有些欢快，亦有些莫名的神秘。这首歌谣我曾多次听过，但一直不知道它到底叫什么名字，也不知道它到底抒发什么情绪，只是每次听到它，似乎就有一只神秘的手，在不远处招着，脚下不由自主向它走去……

　　我调大了音量旋钮，放慢了车速，沉浸到歌曲中……一曲终了，从电台主持人的介绍里，才知道它是一首摇篮曲，来自非洲的草原部落。这首歌曲名字叫作《Sweat Lullaby》。难怪，歌曲里总是回荡着一些近乎是神秘、狂野的呢喃神语？！

　　回到办公室，我从百度里找到了它，一遍又一遍地听着，仿佛身心被带到了久远的非洲部落，自己就是母亲臂弯里的孩子，眼睛迷迷糊糊地，随着这简单而轻松的吟唱，渐渐地沉入黑甜的梦乡……

敏
感

明天，2014年的5月11日，是母亲节。因为这首歌，我安坐在办公室，开始搜索世界各地的摇篮曲，把它们下载下来，静静地谛听。这是上天赋予我一个找回心灵的时刻，我该好好地享受。

黑鸭子组合的摇篮曲——"睡吧，睡吧，我亲爱的宝贝，妈妈的双手轻轻摇着你。摇篮摇，夜晚已到来……妈妈喜欢你，妈妈爱你……"

彭丽媛版的："月儿明，风儿静，树叶儿遮窗棂啊，蛐蛐儿叫铮铮，好比那琴弦声，琴声那个轻啊，调儿动听……娘的宝宝睡在梦中，微微地露出笑容。"

"亲爱的宝贝乖乖要入睡，我是你最温暖的安慰，爸爸轻轻地守在你身边，你别怕黑夜。我的宝贝不要再流泪，你要学着努力不怕黑，未来你要自己去面对，生命中夜的黑。"外形粗犷的动力火车组合，唱的《当》，曾激荡了多少少男少女的心扉，到底他们是汉子，唱的摇篮曲只适合在舞台上演绎，不适合哄孩子入睡，这样高亢的调子，这样的说教，孩子怎么能轻易入睡？怎么听，怎么都像这个老爸要出远门，或者这孩子白天被哪个大男孩揍了一顿，夜晚流着眼泪进入了梦乡。这样的摇篮曲，孩子怎可安睡？

母爱不分国界。《Dream a little dream of me》中的世界是那么轻柔、温暖，有星星，有夜莺，有带着奶味的慈母怀抱里的气息，星光虽然熹微，妈妈的爱还在依偎着宝贝你。就是做一个小小的甜梦，梦里也有妈妈的身影：

Stars shining bright above you

Night breezes seem to whisper "I love you"

Birds singin' in the sycamore trees

Dream a little dream of me

Say ninety-nine and kiss me

Just hold me tight and tell me you'll miss me

While I'm alone and blue as can be

Dream a little dream of me

Stars fading but I linger on dear

Still craving your kiss

I'm longin' to linger till dawn dear

Just saying this

Sweet dreams till sunbeams find you

Sweet dreams that leave all worries behind you

But in your dreams whatever they be

Dream a little dream of me

Stars fading but I linger on dear

Still craving your kiss

I'm longin' to linger till dawn dear

Just saying this

Sweet dreams till sunbeams find you

Sweet dreams that leave all worries far behind you

But in your dreams whatever they be

Dream a little dream of me

da da da la……

　　舒伯特身无分文时，为换取一顿饭而谱写的《摇篮曲》，现在已经风靡世界两三百年。两段体的歌曲结构，每个乐段分为两

敏感

个乐句，每个乐句再分为四个小节。大提琴低沉而婉转的乐音，仿佛行云流水，简单却不单调，带着孩子摇进了梦中。

大概彼时作曲的舒伯特正是饥寒交迫、身无分文、囊中羞涩，窘迫得掏不出一碗饭的钱。这时，是不是想起了儿时母亲的温暖怀抱，才会谱出这份安宁、温存、抚爱、真挚？在当年的那个寒冷的冬夜，这首曲子仅仅为他换来一碗热腾腾的土豆烧牛肉，大概他也没有想到吧，这张简单的曲谱在他辞世三十年后，却售出了四万法郎的高价！

"宝贝，你爸爸正在过着动荡的生活，他参加游击队打击敌人啊我的宝贝，他正参加游击队打击敌人我的宝贝。宝贝，别难过别伤心啊我的宝贝。你妈妈和你一起等待着他的消息，你妈妈和你一起等待着他的消息，睡吧，我的好宝贝……晤喂……咱们的队伍一定能够得胜利，你爸爸一定回来我的宝贝，你爸爸一定回来我的宝贝，我的宝贝……"印度尼西亚的这首《宝贝》被翻译成华文，也被多位歌手演绎过。歌曲里，妈妈和宝贝在盼着一个人回来，听着，听着，眼前就幻化出一幅场景：昏黄的烛光下，一位妈妈一手拢着秀发，一边无限甜蜜地憧憬着那个在战场打击敌人的魁梧男人。在宝贝的梦里，会不会就看到门忽然打开了，一个男人披着夜露，浅笑着，一句话也不说，看着久别的母子俩呢？

世界那么大，但每一个孩子都有自己独有的摇篮曲。我的童年摇篮曲呢？

我努力地回忆，这是在百度里搜索不到的。似乎家乡的一些童谣都能被母亲用来催眠，即兴地哼上几句，曲虽不成曲，调却是那么温暖、安详、轻柔。

"小老鼠，上灯台。偷油吃，下不来。"

"花喜鹊，尾巴长，娶了媳妇忘了娘。把媳妇捧在炕头上，把老娘扔在车辙里……"

"吱吆拐，磨豆沫（发chai音）。请舅母，做豆腐，做在哪里，做到小孩的胳肢（发zhei音）……"

听得最多的，还是那首《小白菜》："小白菜呀，地里黄，三两岁哪没了娘。跟着爹爹还好过呀，就怕爹爹娶后娘。娶了后娘三年半呀，生下弟弟比我强呀。弟弟吃面我喝汤呀，端起碗来泪汪汪，亲娘想我我知道呀，我想亲娘在梦中……"我那时并不能听得懂歌词，但是，长大了，我才渐渐知道，姥姥（外祖母）在我母亲五岁时就去世了。她在为儿子哼唱摇篮曲时，也在想念着她的母亲，想念着属于她的摇篮曲呢。

今晚，听了这么多曲调不一的摇篮曲，我似乎再也不愿在办公室忙着我的材料了，只想早早地回宿舍，说不定，今夜，梦里还会响起那首幼时母亲经常哼唱的摇篮曲呢……

学无涯

XUE WU YA

大山脚下的孩子

　　这些年来，私心里一直以文化人自居，或者，至少应该算是半个文化人吧？书也读了不少，学校也进了好几个，从南大到南师，虽不曾在人前傲气过，但小自负还是有一点儿的。

　　国庆节休息在家，女儿复习《高考语文考前必背》，小本子上的一系列词组顿时让我傻眼：

　　暴虎冯河、沆瀣一气、怙恶不悛、怙恃、箪食壶浆、饿殍遍野、弄堂、巨擘、惝恍、谄媚、毋庸置喙、力能扛鼎、拘泥、畏葸不前、腈纶、心广体胖、舐犊情深、虚与委蛇、濯濯童山……

　　"这些词语你能读出来吗？"在女儿的发问下，我不禁赧然了。

　　有些我大致明白其含义，也曾在文章里用过，但读不准发音；有些就是经常挂在嘴边的别字；有些词的含义，与我猜想的意思根本就是南辕北辙。

　　好歹自己也算是"本科学历"，拿了"硕士学位"，又是"博士研究生"了。说实话，这样介绍自己，如果说以前还有些沾沾自喜，现在，纯是为了说明，这些证书类的玩意儿，实在只是一张纸而已。文凭与水平之间，实在不能画等号。

巍峨书山，浩瀚学海，本不想列举这些词汇，但转念间，一是为了温习下，二也是说明下，这些本该在我们中学时代就掌握的词汇，忘记了实在是种罪过，还是列举下吧：

暴虎冯河——bào hǔ píng hé，此处"暴"是指赤手搏斗，暴虎，赤手打老虎，"冯"是"凭"的通假，"冯河"就是徒步过大河。假如不是武松，不是达摩老祖，岂敢如此？言下之意，有勇无谋、冒险蛮干的举止无异于暴虎冯河。

拘泥，在这里，"nì"是去声。

置喙——zhì huì，是"插嘴"的意思，毋庸置喙，不需要插嘴。

怙恃——hù shì，均读为去声，语出《诗经·小雅·蓼莪》，"无父何怙？无母何恃？"怙恃被作为"父母"的代称。

力能扛鼎，扛鼎——gāng dǐng，"扛"是用两手举重物的意思，力气大得能把沉重的鼎举起来，可见体力过人，此语出《史记·项羽本纪》："籍（项羽的名）长八尺余，力能扛鼎，才气过人。"楚霸王"力拔山兮气盖世"，一世英雄，可惜最后落得个痛别虞姬，自刎乌江。

谄媚——chǎn mèi，可得读准喽。

箪食壶浆——dān sì hú jiāng，见《孟子·梁惠王下》："箪食壶浆，以迎王师。""食"在这里读"si"，声调为去声。老百姓用竹篮带着米饭，用壶装了酒，欢迎大队军马的到来，可见王师是多么深得民心。这场面在过去的抗战、解放战争影片中很多见，很鼓舞人心。

畏葸不前——wèi xǐ bù qián，特别注意第二个字，是"xi"，声调是上声。畏惧退缩，不敢前进。和畏缩不前、畏首畏尾意义几乎相近。

惝恍——chǎng huǎng，不容易读准，秀才识字认半边的话，十有八九要在此处栽跟头，两层意思：一是失意，不高兴；二是迷迷糊糊，不清楚。

腈纶——jīng lún，这词就不说了，现代化学名词，一闪眼，就要和"睛"字混淆了。

心广体胖——xīn guǎng tǐ pán，好多文章里都会用，见面率很高，会读错的人也不少，与"心宽体胖"、"心宽体肥"多混用，混着混着就出事了，"胖"在这里是前鼻音，读"pán"。心情舒畅了身体就会发福，学习马虎了，词语就会读错，没办法。

舐犊情深——shì dú qíng shēn，初生的羊羔、牛犊子落草后，母羊、母牛用舌头一下一下地舔着孩子身上的羊水，那场面，慈祥至极，温柔至极。即或小羊、小牛略略长大些，憩于身前身后，母羊、母牛还常常舔着孩子的脑门、身体。万物皆有情，并非仅仅只有人才有感情。话又说回来，乌鸦有反哺之情，狐狸有首丘之心，而人呢，并非都会记得父母的舐犊情深，内心里常怀感恩之心。

虚与委蛇——xū yǔ wēi yí，"委蛇"，通假"逶迤"，假意敷衍、应酬。碰到不喜欢的人，遭遇不喜欢的场面，谁都提不起精神，应付应付吧。

濯濯童山——zhuó zhuó tóng shān，形容山上光秃秃的，没有树木，"童"是那么美好，这里却是"光秃秃"的意思！

……

记得在中学时，还曾刻意背过字典、成语词典，上面的有些词语，也曾留意过它们的不寻常处，而如今，随着岁月的风沙逐渐湮没了记忆的沟回，已经再难清楚地辨识。更有一些词语，只是因为自己懒惰，没有拿起身边的字典、词典，深入地探究。还有一些词语，我们只是满足于在书本上的会晤，没有培养运用它们的习惯。这种对自己的宽容，实际上意味着放纵、沉沦。

近些年来，随着两岸交流的深入，每每在与台湾人交流时，总觉得少几分儒雅、斯文。记得省委党校一个教授曾深有感慨地说："台湾人比大陆人更像中国人！"这话是有语病的——台湾人、大陆人都是中国人，但他想表达的意思我们可以听得懂，台湾人对中国传统文化继承得更好！从什么时候起，我们就沉沦在没有文化滋养的沙漠里呢？如果连母语文化都无法继承，我们还有何颜面去学习外语？

在这样的假日里，坐在书桌前，对于一些已经陌生的或者是正在变得陌生的汉语词汇，感觉惆怅：

凝视文化，我们永远都是站在大山脚下的孩子。山里，未知的内容，太多！太多！太多……

在旅行中沐浴法律精神

我觉得，旅行中，带本书，"仰望星空"或者"追问灵魂"的那种书，能够引发人沉思，是旅途中的无上快乐。这比翻阅时尚画报，或者与陌生人胡吹海侃，都来得格外有意味。

这次，到浙江参加中国监狱协会的信息化与基础建设论文研讨会，这种感觉益发强烈和深刻。

先是在家中急匆匆地收拾行李，忘记了把那本熊培云写的《自由在高处》带上，等到了高铁南京南站候车室，翻开旅行包才发现书被遗忘在家中，懊恼得不行。八点五十九分的高铁，现在才七点十分，这段时间就是在候车室傻转悠？

在车站的书店买一本？这习惯始终保持着，每次去机场坐飞机，我都喜欢去书店买本喜欢的书，一本书，消受旅途中候机和旅店中静处的时间。

但是，在南京高铁南站转了一圈，高档、豪华的候车室，竟然没有一间书报亭。这应该是高铁管理者的悲哀！身为南京人，真的很惭愧。

到了杭州，很幸运地，买到了这样的几本书：广州独立撰稿人余定宇写的《法律启迪智慧》三卷本，西北政法大学教授谌洪果著作的《法律人的救赎》，还有中国人民政法大学的博导韩大元撰写的《感悟宪法精神》。

阅读是从余定宇的《法律启迪智慧》三卷本开始的，这是三本适合绝大多数读者普及法律知识的通俗读物。

法为何物？法其实是一种"公平正义的行为习惯"。

自人类混沌开蒙之初，在他们共同生存中，产生了诸如爱心、同情、诚实、公平以及权利、义务、秩序、正义等情感品质和风俗习惯，进而形成了一切人群普遍遵守的行为准则，这些行为准则构成人类大厦最永恒的支柱，唯其如此，人类文明世界才得以进化和发展，瓜瓞绵延。不可否认的是，在这些人类美好行为准则中，也不断掺杂着人性丑陋的"坏习惯"阴影，比如恃强凌弱、伪善、欺诈、背信弃义、践踏他人权利和自由、谎言、纵欲……

法律因是而生。

人类的法律史犹如人类的历史一样，始终贯穿着"好习惯"与"坏习惯"的相互角力、斗争。法的殿堂里，有时会住进专制的一小撮统治者，他们会用监牢、斧钺、链锁、皮鞭等形式组成一部法典，妄图统治大多数的民众，然而，"好习惯"的理性光芒，纵然如星光熹微，但仍然会照耀着、呼唤着人类穿越暗夜的泥沼、劈锄牵绊的荆棘，走上公平、正义、理性、自由的坦途。

历经上下五千年的漫长历程，良法正在更多的民众中得到支持、褒扬，恶法被一部一部驱逐出法的殿堂。余定宇带着我回顾了人类法律发展史中的经典法律故事。

无论中西各国，其进程虽不尽相同，但在其源头以及后来的发展方向都惊人的相似。从欧美的所罗门、安提戈涅、苏格拉底到中国古代被人津津乐道的皋陶、缇萦、狄仁杰、包青天，他们一次又一次擦亮了寻找良法的"阿拉丁神灯"。这些公平正义最终得以胜利的法律故事，成为人类法律史前进的一个又一个踏石有痕的脚印。

余定宇这本书里并没有叙述中国的传统法律故事，他是以游记的形式，分"美国日本澳大利亚卷"、"地中海沿岸国家卷"、"中西欧国家卷"三个小册子，叙述了国外的法律故事。英国人的"天赋人权"，法国人的"自由、平等、博爱"，美国人的"米兰达警告"，这些已经为世人所知晓的标签式象征，其实也是依赖众多人的锻造。

1735年安德鲁·汉米尔顿以他对曾格的辩护智慧，确立了美国两个法律原则：一是"新闻自由"原则；二是"陪审团否决权"原则。

1965年，"米兰达警告"案例的公布，让世人知道了这句话——"你有权保持沉默。"时至今天，这已经成为现代国际刑事司法的最基本准则。

1955年12月1日，因为黑人妇女罗莎·帕克拒绝白人无礼的让座要求而被捕入狱，蒙哥马利市掀起了五万名黑人"拒乘巴士运动"。这场运动的发起者——马丁·路德·金，他的那句话今天听来依然具有穿透灵魂的力量，"我有一个梦！"今天，这个"所有人生而平等"的梦已经实现：白人与黑人的孩子共同坐在同一个教室，白人与黑人和平地在同一个教堂里祈祷……

1841年8月的清晨，当波士顿法院门口古道热肠的补鞋匠说出为那个素不相识酗酒滋事的年轻人做担保人的话后，他也许并不知道他已经开启了"缓刑制度"的大门！那个年轻人如今我们已经记不得他的名字，但老鞋匠的名字却镌刻在法律史的丰碑

敏感

上——约翰·奥古斯都，从此他被誉为"缓刑之父"。

意大利的米兰，贝卡利亚的《论犯罪与刑罚》一书出版后，虽然只有短短 6 万字，42 个小章节，但却在世界刑法史上掀起了司法改革的狂飙。因为这本书告诉了人们"罪刑法定"、"罪刑相应"和"惩罚人道化"三大原则。

德国慕尼黑绍尔兄妹广场的白玫瑰，诉说着争取自由、反抗暴政的抗争。

法国塞纳河中西岱岛上的贡塞榭驿监狱里既见证了路易十六王后临刑前的祷告，目睹了吉伦特党人"最后的晚餐"，也目送了刺杀"革命三巨头"之一的马拉的郭黛小姐的离开。罗伯斯庇尔和丹东，另两位巨头，也是从这里走向断头台。为了自由，多少人奋起革命，然而，血腥的革命也让罗兰夫人发出一声叹息："革命，多少罪恶假你的名义而行之！"曾经被关在这所监狱的，还有我们不熟悉的德雷菲斯上尉，他的冤案被平反，也阐释了"公民的权利至高无上"话语的沉重。

在宾馆的床头上，在西湖边的茶馆里，在飞驰的高速火车上，我无法停止对这三本书的阅读，一边阅读，一边在书上的空白处快速书写着内心的惊叹和感受，直到发觉笔中的墨水已经用完，才喟然长叹，这次的旅行，沐浴在法律精神中，是多么的值得庆幸！

从警二十余年，我也心中以身为法律人而自许，如今，我忽然有些茫然了。许多时候，我们只是在机械地执行着法律的条文，甚至还有些沉迷于墨守成规。我们都知道我们所遵守和服从的"是什么"，却很少思考"为什么"；我们经常告诫自己要脚踏实地，却很少抬头仰望星空。

童年时，经常会观察蚂蚁，感觉蚂蚁是那么渺小，甚至是那么盲从和无知，一群蚂蚁合力抬着偶然获得的一只大青虫，或者是一枚树叶，似乎奋力地抬起，就是彼时的全部工作所在，而要把它抬向哪里，蚂蚁并不知道，也不关心，只是在忙上忙下、跑前跑后。现在步入中年，才发现，就在我们缺乏追问内心和仰望星空的时候，就在我们只是低头忙碌的时候，又何异于蚂蚁呢？

其实以蚂蚁作为譬喻，是冤枉了蚂蚁，因为当我有了更多的了解后，才知道，蚂蚁其实并不渺小，蚂蚁很聪明，蚂蚁知道自己在做什么，蚂蚁也各司其职，总是有那么几个蚂蚁在传递前进的语言，只是因为那并不是我们人类可以读懂的密码。那么，以此来看，法律故事里那些令后人铭记的人物，就应该是在人类法律发展史中传递前进密码的令人尊重的"蚂蚁"。

身为法律人，不能脚步匆匆，快得"让灵魂都赶不上"，不能庸庸碌碌、随波逐流地机械执行法律，甚或是背离法律精神，真正的法律人应该是脚下要踏实，肩上有担当，头脑要清醒，灵魂要澄澈，做不成奠基石，也应该是砌进法律殿堂的那块砖。

每一个法律故事都有些引人入胜的复杂情节，但最终所阐释的法律精神却是亘古永恒的简单，那就是"公正"、"平等"、"正义"、"自由"。这有些像密码的破译工作，再复杂再难破解的密码，只要掌握了编译方式的钥匙，就如水银泻地。法律精神恰正是破解人类法律问题的钥匙！

在旅行的这两天里，我还听到电视里播报了南非前总统曼德拉去世的消息。这位囚禁于监狱中达27年，一辈子都在抗争的南非第一位黑人总统，其实终其一生也就是为了平等和自由，为了"黑人和白人的孩子都可以坐到同一座教室里读书"。这位宽容、平和、仁慈的黑人老爹，也是一位法学硕士，他用他的一生诠释了，作为法律人，必须以虔诚的灵魂向法律祭坛奉献祭品，有时甚至是自己的灵魂和肉体，这是一个现代版的法律故事。当然，将来还会有新的法律故事发生。

旅途是短暂的。还有另外两本书，没来得及读完，我就完成了这次浙江之行。我喜欢旅行中的阅读，当身体离开了平日的处所，感觉灵魂也随着旅途的进行而旅行，书就是我最贴心的旅伴！

再补充几句话，这三卷本的《法律启迪智慧》，让我记住了那条距离湖光饭店不远处，偏僻、狭窄但却安静的江南小街——马塍路。在小街上的浙江省高院法苑书店，感谢上帝的安排，让我在2013年12月6日早晨，与《法律启迪智慧》不期而遇，有了它们的陪伴，我这次短暂的浙江之行来得更加充实、愉悦。

走过北大

对于每一个曾经高考的人来说，北京大学如天上星辰，遥不可及，但却无数次地驻足凝望。北大，已经成了无数中学莘莘学子的情结。

五月初，省局安排我到北京大学参加"江苏监狱系统212高层次人才研修班"。初闻这一消息，心情就激动得不行，成行前，就在脑海里一遍遍想象北大的模样。

还清楚地记得：十七年前，考入南京大学现代文秘班时，我捎着行李走进古木参天的校园，那时犹疑是梦，宛在云端，这就是朝思暮想的南大？

如今，能有机会走进北大校园，心情亦如十七年前。研修班其他同学似乎也是如我一般，顾不得矜持，安顿好行李后，就迫不及待地打听，去北大校园怎么走？许多人还略有埋怨："干吗不住进北大校园，非要在外面的邮电会议中心住？"言下之意，甚不过瘾！来都来了，何不彻头彻尾地体验一下？！到恒河朝圣，哪个信徒能仅仅满足于河边一走？爽性就到河里沐浴一把吧！

从住处到北大的西门大概步行需五分钟。北大西门，又称为校友门，门楼系单檐歇山顶宫殿式建制，雕梁画栋，古色古香，成为北大的象征之一，也是留影北大的最佳选点。

跟着感觉走，一路经过了校长楼前的草坪、葛利普墓、西南联大纪念碑、塞万提斯像、勺园、图书馆，不知不觉地，来到博雅塔，走到博雅塔，就到了未名湖畔。未名湖畔随处都有让你眼前一亮的建筑小品：花神庙、四扇屏、石舫、翻尾石鱼、乾隆石碑、未名湖诗碑，还有一些北大校友的纪念地：斯诺墓、李大钊像、蔡元培像……许多地名似曾相识，都是在一些文章里出现过，如今，全一股脑地排着队涌到面前。

勺园、鸣鹤园、燕园、镜春园、蔚秀园、畅春园、静园、朗润园……当我在电脑里打字时，这些词组你只要敲击键盘，字库里就自动跳出这些词组，不需要你去现组词。北大就这么牛！

这次研修班组织的课程也是一份大餐，如"管理沟通与团队建设""社会管理创新""卓越领导力提升""国际战略安全新形势""政府迎对媒体艺术"……授课教授也全是各个专业领域的大腕级人物，如马骏，央视"百家讲坛"授课教授，解放军国防大学的博导；张春晓，国务院国资委咨询部部长，北大博导；戴宛辛，清华大学博导；郁俊莉，北大政府管理学院博导。他们都曾主持过多个国家级科研课题，在每个专业领域，都是顶尖人物。来之前翻阅讲义，似乎名字都很陌生，但当你在百度上一搜索，一长串的介绍，都是沉甸甸的桂冠，不由心生惭愧，吾辈如斯，孤陋寡闻哪！

在北大校园，与你擦肩而过的每一个人，你都不能等凡视之。我曾开玩笑地与同学说，不张嘴，大家都是一样的；只要让他开口，立马让你有种卑微到尘埃里去的感觉。

曾经在北大有个故事：某年初秋，新生入学。在报名处，某新生带来的行李摆满一地，又是交钱，又是领材料，忙得不亦乐乎。恰好，一忠厚老者路过，新生忖度，该是校工，就请其代为照看行李。等各种手续办完，已有个把小时，新生回来，老者还站在秋日骄阳下，半步不曾离开，新生道谢，老者笑笑，悄然而走。后来，有人告诉这位新生，他就是季羡林。

名校的老师，个个锦才秀口，这次培训，大开眼界。有的风趣幽默，有的表情夸张，有的严谨务实，纵横捭阖，天马行空。许多教授的口头语，讲的故事事例，一时成为我们培训班学员们挂在嘴边的"引用词"。看来，不知不觉地，我们就被老师洗脑了。授课老师的治学态度相当严谨，孙立平老师出差时不慎摔倒，腿骨骨折。他仍然坚持带着双拐，坐着轮椅，到培训中心上课。

这次研修班的同学大部分是列入省局"212工程"的民警，来自全省各监狱。有的名字曾经听说过，但从未谋面。像镇江的谷洪，在书法界很有造诣；滕宛芬，司法部心理咨询专家，省人大代表；王晓山，研究监狱建筑很有名气，被几所大学特聘为研究员，出过两本书……但不管怎么样，到了北大，我们顿时有高山仰止的感觉，我们只是泰山脚下的一抔土。为纪念北大之行，谷洪专门请北京的书法大家，也是他的授业恩师，为我们研修班题写了"如瞻高山"四个字。这个题字，取欧阳修文章里的名句"瞻望玉堂，如在天上"中"瞻"字的古意，同时也暗含了我们到北大学习培训，受名师教诲，高山仰止，景行行止的心情。

有人说，到北大，你可以不上课，但讲座不能不听。这话信然。我曾经在南大、南师大读书，但是，总体感觉，仍然是北大的人文底蕴胜过很多。几天时间里，先后听了法学院、文学院、政府管理学院、光华学院的几场讲座。听讲座也许并不重要，毕竟有

敏感

些知识信息我们也曾接触到，重要的是感受北大教风、学风的浓厚氛围，开拓视野，转换视角。

北大的思想是自由的、独立的，无拘无束的，这种风格和个性在每个时期都有所展现。从五四运动时期的火烧赵家楼，到周总理逝世时的天安门广场悼念活动，大事件里缺谁也不能缺了北大人。

相传，某日北大校长去开会，路上与驾驶员谈论某事，一时观点不一，交锋激烈。驾驶员一生气，靠边停车，把校长扔在了路上，自顾自地回去了。连北大的驾驶员都这样有个性，这才是北大！这故事和吴敬梓盛赞南京大户人家的丫鬟有"六朝烟火气"有异曲同工之妙。

北大毗邻清华园。到了北大，不能不去清华转转。

两下比较，给我的印象是，北大的建筑风格是古雅、含蓄、沉静、内敛，清华的则是高旷、超脱、朴拙、奔放，似乎与其校风有不相宜的地方，但这也许是与两校发轫时期的定位有关，北大强在人文，清华强在理工，二者定位不同，也带来了许多不同的风格表现。犹如人的外在气质决定于其禀赋、基因、血统一般，这自然可以理解。种种不同，你只要用心体会，都可以感受得到。百年风雨沧桑，两校已经巍然屹立成中国高校的两座丰碑，形成了各自迥异的办校风格。北大的"思想自由，兼容并包"，滥觞于蔡元培老先生任校长时的定位；清华的"自强不息，厚德载物"校风也影响了一代又一代清华学子。如今，北京市的市民精神确定为："爱国，创新，厚德，包容"，明眼人不难看出，八个字中就有四个字与北大、清华的校风有关，北大、清华各占一半，平分秋色。北京有许许多多的厚重文化底蕴需要弘扬，有那么多的高校声名赫赫，而市民精神却独独择取了北大、清华校训、校风，足见两校地位之重要。

假如康桥未曾遇到徐志摩，也许康桥还是康桥，但徐志摩却不会有《再别康桥》。匆匆数日，我们也像徐志摩依依不舍的心情：

> 轻轻的我走了，正如我轻轻地来。
> 我轻轻地招手，
> 作别西天的云彩。
> ……

北大是座伟岸圣山，我们如朝觐的信徒，即便短暂的朝圣一次，也会让我们得到全身心的洗礼，终身受益无穷。

北大，无论是朝着你而来，或者是离开你而去，你都是我们心中的系念。来时，你是我们进取的标杆；去时，你是我们的精神家园。

我们来或不来，你都在这里，不言不语，不嗔不喜。但是，我们来过，就不曾忘记你，北大。

走上南财大的讲台

二〇一三年九月底，接到厅局政治部的通知，选派我去参加"双千人才工程"计划活动，到南京财经大学法学院担任兼职教授。

"双千计划"是教育部与中央政法委于二〇一三年起开始实施的一项活动，目的是促进法律院校与实务部门的沟通和交流，培养卓越法律人才，其形式是在全国范围，利用五年时间，由各省法律院校与实务部门各选派1000个人到对方系统选定单位进行挂职。

接到这个通知，我的内心里虽然泛起了再进大学校园的喜悦，但更多的是惶恐。坐在课桌前当学生，我可以；走上讲台做教师，我行吗？

十一月中旬，动员会在江苏警官学院浦口校区召开，省政法委的领导和教育厅、各法律实务部门以及高校的政治部（人事处）长都参加了会议。巧合的是，我的博士生导师季金华老师，也参加了"双千计划"。只不过他是到栖霞法院挂职副院长，而我是到南财大。师徒二人，我往他来。

从动员会上我了解到，司法行政系统，尤其是监狱系统，选派人员去高校挂职，我应该是第一人。我猜想，大概是与我八月份刚获得"江苏省十大优秀青年法学家和江苏省333人才工程培养对象"的荣誉有关吧。

　　有个小插曲，值得在这里讲一下。动员会上，有位参会代表的话深深刺激了我。他坐在我身边，也是被选派去高校挂职的，恕我不好点出他的系统，我也忘记了他的名字。他在和我相互介绍了彼此单位后，眼睛里充满了惊讶和疑惑，盯着我半天，说了一句："你们监狱系统也到高校挂职？给学生做思想教育工作？"

　　啥意思？话里话外的那种轻狂之意，我能感受到。我当时内心有阵冲动，想坚决予以还击，还击他不仅对我，也是对我身后所代表的监狱系统、司法系统的一种由来已久的歧视。难不成我们监狱系统的只会矫治犯人，只会像胡同口居委会大妈那样苦口婆心地拉家常，缺乏能力登上高校讲堂？

　　但稍作犹豫，我放弃了这种毫无意义的辩论和抨击。一千次的辩白，不如一次实实在在的证明更让人记忆深刻。咱们骑驴看唱本——走着瞧，明年活动总结会上见。

　　从那一刻起，我就在内心里告诫自己：别弄砸了，不争（蒸）口馒头——（蒸）争口气。

　　到高校作讲座，我不是第一次，但是，开讲座和系统地讲授专业课，那是两回事。开讲座可以就某个专题进行系统地讲授，一次性完成就可以了。而持续一个学期三四十节课都要确保讲出内容、讲得精彩，这对于知识储备量的要求是不可同日而语的。你要给学生一碗水，自己不提前准备一缸水，心里还会有底气？能Hold住？

　　监狱党委也非常重视我的挂职，先后调整了分管工作，尽量创造条件，好让我投入学校的教学。

法学院给我安排了《监狱管理与囚犯矫治》的课程，授课对象是大三的学生，每周一、周二分别在南财大的仙林校区和福建路红山校区上课。

不打无准备之仗，不打无把握之仗。春节前我就开始备课，搜集相关学科的教科书，到南京图书馆大量筛选资料，然后组织文字，做课件。女儿放寒假了，时间宽裕，也帮我打字，准备材料。

新学期开始了，要开讲了。

刚走上讲台的那一刻，内心里忐忑不安，战战兢兢，如履薄冰。我知道，面对那一张张青春的面孔，与其说是我在讲课，倒不如说我是在参加一场考试。我知道，如果授课内容枯燥，无法打动他们，他们虽然不会赶我下讲台，但至少会采取逃课或者在课堂上睡觉、开小差的方式消极对抗。假如那样，我也无计可施，总不能像对小学生那样批评吧？再说，我也曾经当过学生，更了解学生的心理，学生的心里也有一杆秤。

换位思考，我才真心地体会到做教师的酸甜苦辣。课前四处查找资料，阅读，摘抄，制作教案，就像饥饿的蚕疯狂地吞噬桑叶。上课时还要口若悬河，不能说口吐莲花，也要力争像画眉鸟一样鸣啭，悦耳动人。回想当年在南大做学生时，那位白发苍苍的英语教师，绝对可以称得上定力非凡！即使只有一两个学生，即使学生趴在课桌上睡成一片，老先生依然精神矍铄，神态安然地讲足四十五分钟，下课铃响，合上讲义夹，从容不迫地走出教室。现在回想起来，不得不承认，不是老先生的课讲得不精彩，而是大家的英语基础实在太差，学习兴趣实在太浅。

时光荏苒，十几年过去了，我已经记不起那位老先生的名字了。但当我现在走上讲台，忽然莫名地想起了他，内心悔意顿生：

"老先生，学生对不起您！"

上课时，手心里紧张得出汗，平常熟练的点击鼠标动作变得僵硬费劲，缺乏勇气与台下学生进行目光的交流，台下一有学生做点小动作，就开始反思自己，是不是哪里讲错了？四十五分钟变得格外漫长……

几堂课下来，我似乎开始找到了讲台上的自信，我也渐渐读懂了他们的精神需求：他们不需要高深的理论灌输，也不需要教条地授课，他们更多地关心法治进程中发生的一些真实故事、鲜活的案例、法律人内心的情感追求和困惑……而这些，学校里的教师不曾讲述过，但我完全可以信手拈来。

从他们准时到课堂，从他们的激烈讨论，从他们求知的眼神，我开始喜欢上了这个讲台。教学相长，他们的思想活跃，他们的视角独特，他们的观点新颖，也让我的教学和写作有了新的砥砺和激发。

春暖花开，面朝大海。不，在这个春天，面朝学生，我走上讲台。

亦狂亦侠亦温文

——读夏苏平先生的《吴韵浅语》

六月四日，收到了苏州监狱监狱长夏苏平新著《吴韵浅语》，我用了周末两天时间完成了阅读。

小说可以天马行空、恣肆汪洋地虚构；诗歌可以风花雪月、大江东去地直抒胸臆；而散文、随笔，我以为，最是一个人的平生足迹、学识素养、操守境界的真实反映。

夏君生在盐城滨海，二十世纪六十年代末，因"五大劳改农场"内迁泗洪县，随父母来到了洪泽农场。农场方圆九十余平方公里，是全省最大的监狱，也是全国知名的十大监狱之一。农场原系洪泽湖湿地，后来围湖造田，因此河网密布，稻肥鱼美，林鸟繁盛。农场虽地处贫困老区，但由于民警收入相对稳定，农副产品保障较好，加之属于省垂直管理单位，语言又操一口"五湖四海式"的普通话，地理相对独立，凡此种种，被当地人艳羡为"泗洪地区的小香港"。

搬迁到农场时，夏君刚上小学。洪泽农场带给他很多成长的快乐。正如他在《曾经的快乐的夏天》里所说："翻过记忆里信息垒起的墙，撞倒一片坍塌的过往，年少时的许多快乐仿佛就发生在不远的昨天一样，既是那般清晰，又那样的令人留恋和神往。"在这本书里，夏君并没有过多地提起他的少年读书时光，在那个年代，学生并没有眼前这个时代来自考试的压力，背着书包到学校，扛起铁锹下农田，都是如流水一样自自然然、简简单单。成长的年代里到处都是连天的荷花、摇曳的杨柳、麦浪翻滚的农田、白茫茫的冬雪，在农场的排河里钓甲鱼，在稻田里捕鳝，到机炮连马队学骑马，在徐洪河冬泳，追着电影队看露天电影，牵黄擎苍地撵野兔……相对于如今城市孩子苍白无力的童年、少年时光，洪泽农场就是夏君成长的天堂，这般自由心智、无羁志趣的童年、少年时光，如何不令人缱绻、向往？

高中毕业后，夏君先是在青年机耕队做工人，后来转干，之后到机关工作。在工作之余，夏君的业余生活和志趣爱好依然是那么有滋有味。有句话概括得好，叫作"享受生活"。

二十世纪八十年代末，夏君被农场党委选派到苏州大学干部班进修中文。在这所人文积淀深厚的学府里，夏君的文学特长受到更多的滋养，也得到了许多名师的点拨，有的老师，一直到现在还保持着联系。学成归来，蕴藏在夏君身上的文学能量得到释放，他成为农场知名度很高的"笔杆子"，担任科长时，手下管理着宣传科、计划生育、征兵办、有线电视台、文明办、中学、小学、幼儿园、电影队等十几个部门，门类杂、人员多、要求高，他照样举重若轻、应对自如，不耽误伏案写作，不耽误好友闲聚小酌，不耽误周末垂钓打猎。

那时，还没有禁止打猎，夏君有一杆油光锃亮的双管猎枪，还养有几只训练有素的猎犬。关于那些猎犬，同事张某有个段子讲过多遍：有年中秋节前，买了一竹笼子的公鸡待杀，结果开笼门时，一不小心，十几只鸡全跑出去，有窜有飞，进了家属区边的玉米地和黄豆地里了。一家人当时傻眼了，正一筹莫展时，夏君打猎归来路过，一声呼哨，几只猎犬牛刀小试，不一会工夫，就把鸡全叼回来了，一只不少。

1996年，夏君调到金陵监狱担任管教科长，很快被提拔为副监狱长。未过几年，夏君又走马上任江苏省未成年犯管教所的党委书记。这期间，因着同饮过洪泽湖水的缘分，也因着共同的文字爱好，我经常在杂志上仔细读着夏君发表的文字。

2002年，夏君又被调到了苏州监狱，担任党委书记、政委。大学时光在苏州，如今再回姑苏，看来，今生与吴地有着牵扯不断的缘。我经常想，在他南下履新之际，他也许并没有料到，那座始建于1910年的古老监狱，正在为他准备着一个机遇、一个舞台……

设若没有礁石的存在，我们如何看到美丽的雪浪花；倘若没有硝烟的历练，勇士怎会成为将军？

2006年，上级的一个决策传达给苏州监狱，监狱将实施搬迁，新建成的监狱要达到"全国第一"的标准。

时间在一天一天地流转，古老的监狱像凤凰涅槃一样，在悄悄地变身……

2007年6月21日奠基，2009年5月20日，一座"现代化、数字化、园林化、生态化"的监狱在苏州相城区黄埭镇拔地而起，全面投入使用。

耗资五亿元、历时近两年的工程当初再怎么惊心动魄，再怎么匠心独具，也必将随着时光的流逝，风干为档案馆里发黄的卷宗里片言只语、枯燥中性的记载。大到楼馆、大门的风格几番更改，小到一座雕塑的设计、一棵大树的选择，相信后人在档案馆里找不到的这些监狱搬迁细节，《吴韵浅语》里的"凯歌嘹亮"能帮助还原历史细节，成为苏州监狱搬迁大事记鲜活的佐证。作为搬迁过程中的一个参与者、见证者和领导者，夏君自然是这段历史当之无愧、最权威的讲述者。

"风住尘香花已尽，物是人非频回首。"《珍藏"新家"的碎语闲篇》里娓娓道来了监狱选址的反反复复，新址确定后占地面积的积极争取，规划设计者的选定，大门以及牌匾的设计理念，楹联的题写。《地标物语之楼和馆》中对监狱教学楼、钟楼、体育馆的设计思想做了表述。《说提醒，道警醒》里，对"平安广场"上的"九面旗帜"雕塑，"警官之家"公寓前的"重任在肩"雕塑，"仓街食府"前的"筷子"雕塑，从材质到寓意，都做了详细的说明。"一张白纸没有负担，好写最新最美的文字，好画最新最美的图画。"监狱搬迁给了夏君一个机会，夏君用他的才情、禀赋、学识、志趣给监狱建设留下了一件作品。现在去赞它，还难免溢美之嫌，就让时间去证明吧。

书里的一篇作品我不能不提，这就是《种成大树寿土地》。"东植桃杨，南植梅枣，西栽槐榆，北栽杏李。"中华传统文化中，种树是一门大学问，也是一个人品味和情趣的反映。洪泽农场老同志爱种树，到处都是参天的大树，尤其是四周大堤周边，更是成了鸟的乐园，父辈的传统遗传给了夏君。文中旁征博引了种树的种种典故、史料，看得出，夏君在种树上是下了一番调查研究的功夫。从金陵到一少，再到苏州，他是走到哪里都要留下一片绿荫。苏州监狱的迁建，更是为他提供了更多的舞台，"自己栽树，自己乘凉"，在监区内外，梧桐、香樟、银杏、桃、柳、榆、杏……到处可见，布局宛然，各宜其性。"铁打的营盘流水的兵"，也许有一天，夏君会转任其他单位，像那个诗人一样，轻轻地挥一挥衣袖，不带走一片云彩，但他留下了一片绿荫。树若有心，也会记得那个人。

十年树木，百年树人。爱树木者，亦重树人。夏君作为监狱的一把手，不仅爱才、敬才，也惜才、用才。"书香监狱"的提出，就是要以文化人、以文立监。在他的积极倡导下，苏州监狱不仅引进了一大批人才，还培育了许多在系统内崭露头角的青年才俊。"西塘文学社"、"春申书画社"、"荷月摄影社"成为这些才俊们的舞台。这些年来，一个监狱的监狱长专门为一名普通的民警撰文介绍其才情和品行，于我的见闻来说，这是第一次，这就是《淡定平实说晓山》。

能够把小事情说出大道理，这样的领导很多；能够把大道理说小，这样的领导很少。夏君作为一名监狱管理者，自然有许多管理中的要求、体悟、政策、指令，但他不仅仅是在会上说，也用他的笔与同事、下属分享。这个时候，你更多地是感觉他像一个兄长，在与你品茗闲话。牛毛细雨最湿衣。在《有盐同咸，无盐同淡》《天堂金牌的二十一条箴言》《心存敬畏天地宽》……中，到处都有这样的思想在闪烁，犹如夜空里的繁星。

心里想，口中言，纸上写，足下行。这样一个集儒雅、豪爽、赤诚于一身的人，到哪里都必然会风生水起、左右逢源。

《野花飞上读书台》中，夏君由朱买臣的故事有了自己的感悟，做一个人，"心内要有想头，目标要有盼头，做事要有劲头，要看清前头，要常伏案头，要常动笔头"。多年来，他似乎也是这样去实践着的。

成长犹如小河流淌，总是日夜不息地向着远方，在追逐成长的过程中，小河不断汇流成了大江，但却失去了最初源头的清澈和纯净。河如此，人亦如此。所以，人最难的是在成熟的同时，依然保持孩童般快乐的心情。

夏君在工作之余，也有快乐的生活。《枕水姑苏一碗面》《小鱼锅贴扑鼻香》《巴实安逸的川味火锅》，喜欢美食就说出来、写出来，虽写不出陆文夫的《美食家》水平，但也勾起了许多人怀想。《小美女佳源轶事》里把姚曙明女儿的童年描述得那般情趣盎然。《石说心语》对石头的品味鉴赏堪比大收藏家。

嚼得菜根香，方是真滋味。在平实的生活里品味最简单的快乐，随时发现生活中的大美，这样的心灵是最阳光的。在他的文中，你可以发现，夏君总是会为身边的风景而乐不可支。遗憾的是在我们生活中，总是有很多人，在眼望高处攀登的时候，却忘记了就在路边、就在身旁，也有妙不可言的风景。

最近几年，江苏监狱甚是热闹，一批批的书出来。虽然很多人对出书颇有微词和不屑。但我以为，一个人置身历史长河，恰如沧海一粟、恒河一沙，你就是做官一时煊赫，也难免惊鸿雪泥，真正能在你所走过的地方留下片言只语，相信也是人生幸事。相信《吴韵浅语》之于曾在苏州监狱工作过的夏君，是一笔可以留之、念之的镌刻。

《吴韵浅语》对于夏君的创作之路，只是一个小荷的尖尖角。相信在以后，还会不断看到他的著作问世。因为，单就他的生活积淀，用厚积薄发来形容并不为过。这犹如溪水，最初在山涧跌宕时，来不及诉说、来不及感叹、来不及思索，只有走到了中年、老年，才会有沉甸甸的积淀。搞人文的和搞理工研究的不同，出成就的年龄也不同。相信夏君会有更多的文字与我们分享。

认识夏君的人很多，我只是其中的一个。有一千个读者就有

敏感

一千个哈姆雷特。有一千个认识夏君的人，也会有一千种描述，但你不必心存疑问，每一种描述，都是真实的夏君的一个侧面。横看成岭，侧看成峰，但山还是那座庐山。

我非常喜欢诗人龚自珍的那首诗，略加改动，似乎可以作为我看了《吴韵浅语》后的一些感想：

不是逢人便誉君，亦狂亦侠亦温文。

照人胆似秦时月，著文情如岭上云。

享受考试

这辈子，我们都不曾躲得过考试。

这似乎是每一个人都无法绕过的一座山。面对它，你要么选择爬过去；要么，你就歇在山的这一边，中途退场，一边玩去！一山过去一山拦，每一座山都拦住了不少攀登的人。

从幼儿园、小学、中学以至大学，逢进必考，考试自是家常便饭。考，考，考，老师的法宝！假如没有考试，还有什么手段把那些学生召唤到课桌前？考试，始终是悬在学生头上的达摩克利斯之剑、缠在脑壳上阴魂不散的紧箍咒。

然而，我要说，从我开始上学时，就喜欢考试。

那时，考大学还是农家孩子改变命运和生活的不二法门。无论是本科、专科，还是中专，进了这个门槛，就意味着你已经端上了一只铁饭碗，不管这碗里盛的是肉还是汤，是稠还是干，都比在农村强，面朝黄土背朝天，一辈子都走不出那道弯。对比时下，好多大学生在毕业时发出的感慨："毕业了，我们集体失业！"我经常暗自庆幸，幸亏还赶上了那个"毕业包分配"的时代。设若在当下，考试不仅考学生，还考父母。你即使考上一个好的成绩，你未必能上一个好的学校；你即使能上一个好的学校，未必能够找到好的职业。在这里，我无意去对比两种制度的优与劣，我只想说的是，对比千千万万还在农村拼搏的孩子，特别是家庭经济条件差的孩子，通过考试搏一前途的路，似乎是越来越窄了。

还是回到那个让不少现在农村孩子向往和缱绻的年代吧。

一九八四年的初夏，我在上小学五年级。那时没有六年级，我们即将毕业，要考入中学，前面有两个选择：一个是镇上的重点初中，另一个是东窝子村的普通中学。小学当时非常简陋，在村子西北角的田野里，没有围墙，只有两排平房，一排是教室，另一排就是教师的宿舍和办公室，中间是坑坑洼洼的操场。教室窗户小，又在树林的浓荫下，光线暗，来监考的老师说，干脆就搬到操场上考吧。我们七手八脚地把桌子、椅子抬出来，各找荫凉地。试卷发下来，几十只圆珠笔、钢笔开始忙碌，沙沙沙，一片声响。树上，有鸟儿在低低徐徐地叫着，阳光透过浓密的枝叶，筛下斑斑驳驳的影子，头顶梧桐树上，不时还有紫色的喇叭状的花落在桌上、身上，远处田野里麦浪滚滚，暖风吹拂，花香、草香混合的气息丝丝袅袅，沁人心脾……

至今，我都无法再找出比这更有诗意的考场！

考入镇上的重点初中后，一场一场的考试之后，才知道自己是井蛙一个，学校还是高手云集。

简单而重复的学习生活，能让我享受喜悦的也只有在考后公布分数的刹那。都说高考是独木桥，我就是那千军万马中的一个，我们都在奔着这座桥而去。桥的那边，就是梦想中的城市生活，就是繁花似锦的前程……

到了高三时，因为所有的课程已在高一和高二完成，课堂上的内容已经被考试全覆盖。每一堂课基本上就是发试卷考试，然后评讲试卷。黑板的左上角，倒计时的数字每天都在刷新，我们都是与时间奔跑的人！空气中似乎都能听到时间的秒表在"嘀嗒、嘀嗒"地响着，每个人的书桌上都堆满了厚厚的参考书籍……所有的所有都是为了那两个字：高考。

考试的压力已经传递给每一根神经。不少人开始失眠，有的同学头发在大把大把地脱落。那个时候，还有预考这个环节，班里有大半的人就停步于预考这道门槛。当我接到通知，回到教室，班里只有稀稀拉拉的十几个人了。虽然预考过关了，但每一个人的内心里丝毫都没有庆幸的情绪。距离高考还有一个月，不少人甚至烦躁起来，难以平静下来，平时挺容易的题目竟然一头雾水，四顾茫然，不知如何落笔。

高考来了！

几多期待，几多无奈，几多憧憬，几多煎熬，它终于来了。

黑色的七八九！我清楚地记得，有一个人因为紧张，竟然忘记了试卷反面还有题目，只做了一半；有一个女生在出了考场后放声痛哭，哭得是那么伤心，那么不管不顾的；还有考生因为准考证弄丢了，耽误了很长时间才匆匆跑进考场。那时也有父母送考的，但都是县城里的孩子。我们的父母，此时还在烈日下，脚踏在灼热的泥土上，伏着腰，挥汗如雨地夏锄……

高考结束后，回到学校。

教室里一片狼藉，书本、试卷扔了一地，有学生站在阳台上，一页一页地撕扯书，纸屑飞舞在空中，还有的干脆放弃了撕扯，直接点起了一把火，就把书本烧了。

几番煎熬后，拿到了警校录取通知书。一九九二年，从警校毕业分配到洪泽湖监狱参加工作。曾想，从此可以把考试踢到一边，这辈子再也不用理它了！然而，有时做梦：似乎又回到了考场，有监考老师在来回走动，交卷的铃声已经响起，然而试卷还有大片空白，急得是满头大汗……

江面虽然平静，但江水不曾放弃喧哗。在我内心里，仍然有一颗种子，在等待发芽、破土而出……

好像是在一九九三年，有同学劝我一起去报名参加自学考试。那时，我才意识到，在我心里的那颗种子是什么，没有在高考时考上本科、专科，只是上了一个中专，其实非常不甘心。朋友的劝说，实际上又点燃了内心对高学历的渴望。

从一九九三年开始，每年的春天、秋天，我都会出现在自考的考场。考完了汉语言文学专科，再冲刺汉语言文学本科，之后。就是新闻本科，然后又奔行政管理本科去了。这中间，还考上了南京大学文秘班，脱产学习了两年。二〇〇三年，又考上了南京大学法律硕士。

回首向来萧瑟处，也无风雨也无晴。假如当时没有参加自学考试，我在二〇〇一年不会获得参加系统内公选考试的资格，也不可能实现从农场监狱到城市监狱的跨越。那年六月，当我从全省条件最差的洪泽湖监狱调到全省最好的南京监狱时，我在笔记本上写下了：知识改变命运，学习创造未来。

一段时间，文凭考试似乎走到了终点，没有什么感兴趣的专业可以考了。

有一天，在饭桌上，受南京中院董雪峰同学的启发，我把考试的目标开始转移到了考资格证书上。于是目标转向司法考试、心理咨询师、导游员、注册安全工程师……

身边不少人非常不理解我持续投入考试的行为，考这些有什么用？

其实，他们并不知道，我这是在借考试给自己施加压力。生活中，总是有一场考试立在前方，仿佛是时间在招手："快到考试的日期了！再不看书就晚了！"

在这种压力赋予的紧张里，勉励自己去抓住寸阴和分阴。头顶有一个木棒，随时在击打着自己的神经，不能松懈！不能松懈！

到考试的那一天，进了考场，关了手机，拿到卷子，掏出文具，心情每每都是兴奋和激动！不像是上中学时的考试，还有患得患失的情绪，担心考试发挥失常，担心在班级、在年级里的排名，担心考砸了影响未来的前途。现在的考试完全不同了，自己安排自己，什么感兴趣就考什么，考过了，自然欢欣；没有通过，虽然有一刹那的沮丧，但是，于我有什么影响呢！在这样的心情下坐到考场，我当然会有一种兴奋感。有点儿像运动员进了竞技场，奔马到了草原，鱼儿游进了江河的湍流中，浑身每一个细胞都被调动起来了，大脑的机器被发动起来了，全神贯注于眼前桌上的卷子，其他的都暂时丢一边，答卷才是唯一的事情！

有紧张必有放松！完成最后一张答卷，走出考场，长出一口气。那绝对是一种享受。是战士凯旋后醉卧沙场，锣鼓沉寂后演员的卸妆，是飞机落地后的解开安全带，是产妇听到新生儿的第一声啼哭。

出了考场，走在街上，看什么都是喜洋洋的，身心得到释放。脚步也轻盈起来，恨不得当众狂喊以发泄，最终还是变成嘴角轻哼的一首小曲。上了公交车，看了老人孕妇，第一个抢着让位子，站着都快活。人多拥挤时有人踩了你的脚也不计较，嘴角带着满足的微笑说"谢谢"。世界就在这一刻变得格外美好。春的花，夏的雨，秋的叶，冬的雪，都是入眼好风景。

推辞了多次的饭局立马就安排，且喝酒不用劝，自己连着干。

敏感

堆在案头的新书，手不释卷，一定要一口气看完，否则彻夜辗转难眠。

过个月余，分数该来了。等到查分热线终于拨通，电话那里传来了：请输入准考证号码……一个数字、一个数字地小心翼翼输入号码，然后大气不敢出，屏住呼吸，聆听着话筒里传来的机械、呆板的一停一顿的声音……最后，尘埃落定！过了！

当然，也有没过的时候，就开始回忆，怎么回事？怎么回事？在哪个环节大意了，看来花的时间还是不够。革命尚未成功，同志仍需努力。再接再厉，从头再来。听听刘欢的歌曲，立马恢复了平静和自信。

经过几轮考试，到了收获的季节。拿到证书了，忍不住放在嘴边亲一下。这是成熟的果实。没有耕耘，哪有收获！

回头想想，设若不是这些年不停设定考试目标，怎会有如许收获？

考试是一场考验毅力和意志的马拉松，稍微自己原谅一下自己，就会掉队。十几年中，也有几年没有设定任何考试目标，时间顿时变得稀松平常，到了年底，常常有两手空空的失望。

我有一个体会，考试有三种境界：第一种境界是为了职业，获得一个好的生活；第二种境界是为了证书，获得一个好的平台；第三种境界是为了知识，获得一个好的体验。对于我来说，考试已经成了载我的航船，使我得以在岁月长河里有更多的审美体验！

所以，我要说，我感谢考试，我爱考试。

触摸民国的温度

大概读史与喝茶仿佛，年少时喜欢花茶、绿茶，人到中年，忽然就钟爱起铁观音、普洱，对于历史，我曾经特别青睐盛世，比如唐、宋、元、明，对于打打杀杀的乱世，一直在内心非常不待见，远者如春秋、战国，近者如民国，总觉得乱成一锅粥，城头变幻大王旗，视百姓生命如草芥，闹心得很。

近期，由于阅读民国史料渐多的缘故，我不知不觉地开始感受到那个时代的温度。军阀割据的民国，中华大地上发生"三千年未有之变局"（李鸿章语），帝王被赶出了宫殿，政治上分崩离析，军事上内乱外侮导致的征伐讨杀，乱象丛生，鱼龙混杂。"宁为太平犬，不为乱世人"，这个年代怎一个"乱"字可以说的！

可是，不期然的，民国却造就了那么多杰出人物，战场上的英雄自不必说，毕竟"乱世"是"英雄"的舞台！在文化界，竟然也孕育了无数大师级的人物，随便说出一个，都是令当下人高山仰止的泰斗级人物。辜鸿铭、章太炎、黄侃、王国维、梁启超、王闿运、胡适、鲁迅、老舍、傅斯年、金岳霖、于右任、董时进、梁漱溟、李景汉、陶行知、晏阳初、卢作孚（就在我试着在电脑上打入这些我在中学历史课本上很少出现的陌生名字时，他们竟然还是自动生成的词组，感谢还有人在记忆着他们，书写着他们的名字）……这些人物个性张扬，抱守传统如辜鸿铭、王闿运等，新潮摩登如徐志摩、傅斯年等，人人皆得特立独行，人人都可以天马行空，侠骨铮铮，人人身上都带着一股子"民国范儿"（陈丹青语），仔细揣摩民国人的精神、气节、面貌、习性、礼仪，你才能在内心深处领略到这种"民国范儿"是何等色彩斑斓！何等英气勃发！是处一地风流！

国人自古就有句话，"英雄莫问出路"！在民国，各种英雄纷纷登台亮相，任是小偷、流氓，任是青楼女子，任是江洋大盗，任是卖国流氓，且抛开成败，且抛开忠奸两道，似乎全是敢作敢为，全是个性鲜明、才性异呈的"大腕"。想想上海滩，就是那鱼龙的渊薮。似乎中华文化蜿蜒五千年，有意选择这个时刻，集中地闪耀下她的光芒！

且说，20年代初，上海泥城桥开了一个小酒馆，店名："四而楼"，一时难倒多少博学多识的文化名流，就连时任上海公学校长的胡适，也忍不住上门小酌讨教。最后，店家释疑，这不过取自《三字经》："一而十，十而百，百而千，千而万"之句，图个一本万利的口彩而已！

且说，杨振声在青岛大学任校长，邀请胡适来演讲，不料轮船抵达后，因风浪大无法靠岸，胡发电报给学校："宛在水中央"，杨接报后，回电："盈盈一水间，脉脉不得语。"

且说，重庆时期，著名政治学教授张奚若被邀请参加国民参政会，因对国民党的腐败和独裁提批评意见太尖锐，被会议主席蒋介石打断，拂袖而去。后再开参政会，张奚若收到邀请函和路费，立即回电参政会秘书处："无政可参，路费退回。"

且说，黄侃善文，袁世凯思谋称帝，送三千大洋和一枚金质嘉禾章给黄侃，嘱其起草《劝进书》，为其称帝造舆论，结果黄侃把大洋收下，游山玩水，把金质嘉禾勋章挂在自家小猫的脖子上，但《劝进文》是只字不写。

且说所谓的"军阀"吧，我们都曾把冯玉祥、阎锡山、张作霖等当成大老粗，然而，研读历史细节，我们才知道，原来他们也曾有经天纬地的抱负和施展。对于军阀张作霖，后世诸人大多认其为大老粗，听听他身边人的回忆录："张素重文人，常请教益。虽幼年读书三个月，能粗通文字，对于《孙子》十三篇和《尉缭子》兵书，常置于枕边，对军事讲话至少两三小时，滔滔不绝，言之成章，但不能执笔。"再说"山西王"阎锡山，他主政山西时，就积极主推他的"良政治"、"用民政治"，他认为，譬如煤炭，当时的中国人只是把它蒸饭燃烧，而欧美已经实现把他们用作蒸汽、化工之用，用途达七八十种之多，同样是煤炭，外国没有"亏负"，而中国却没有充分利用，亏负了它。中国人的聪明才力并非不如外国人，而是国家之政治与社会习惯有亏负人民而导致这落后局面。民无德则为顽民，无财则为贫民，无智则为愚民，因此，"用民政治"就是要"启民德，长民智，立民财"。我无意于为历史人物翻案，因知之甚少，也无法说得全，但私下以为，对于阎锡山的这种救活中国农村的乡村建设活动，我们不应全因其"政治站队"而一笔抹杀吧？

抗战期间，1939年新闻从业人孙明经，这位曾被蔡元培誉为"拿摄影机写游记的今日徐霞客"，带学生骑马到川康进行科学考察，发现西康当地的学校校舍都宽敞明亮，学生衣帽整齐、神采奕奕，这在落后的内地令人耳目一新，而环顾当地一些县政府的屋舍，却都是破烂不堪。孙明经好奇地问一位县长："为什么县政府的房子不如学校？"县长回答："刘主席说了，如果县政府的房子比学校好，县长就地正法。"县长口中所称的刘主席，就是大地主刘文彩的弟弟刘文辉。对比今天同样位于川西地区的汶川，想想那些在地震中轰然倒塌的教室，想想政府宏伟气派的办公大楼，让人情何以堪！

……

纵时过境迁，到现在，你即使闭着眼，听听那幽远、嘶哑的老唱片，或者从档案故纸堆中翻翻发黄的老照片，看看那妖艳的旗袍，不由慨叹"美人如玉剑如虹"，蒙着眼睛你都不会认错，这就是民国的味道、民国的范儿、民国的温度。

民国时代曾是一个让中华民族奋力抗争的时代，进取与彷徨，苦难与激情，伟大与卑微，一体同存。

民国给了后世太多的人才遗产，随随便便地就影响了后来的各行各业——例子不胜枚举：建筑界的陈从周、梁思成；文学界的钱锺书、季羡林、汪曾祺；科技界的如"两弹一星"的功勋人才王淦昌、赵九章、郭永怀、钱学森、钱三强等，李政道、杨振宁、李远哲、崔琦等诺贝尔奖获得者。试问，当下教育制度培养出多少能与之比肩的国之栋梁？

我无意为民国那段历史翻案，也知道那个在那烽火连三月的年代里人们曾经颠沛流离、命如猪狗。但是，对于历史，我们不能总是拘泥于教科书中程式化的认识和说教。"历史是昨天与今天永无休止的对话。"我们在中学课本上所得来的有限的历史知识，太过于浅薄和泛政治化，历史的真实存在于细节中，而这些细节就需要你静下心来，一张一张地摩挲……

时光已然远逝，可字里行间的温度还在。有时间，不妨静静地坐下来，用心灵抚摸。

他曾如此了解中国人

——卡尔·克劳（Carl Crow）《四万万顾客》读后感

上周，陪女儿到莫愁路女子中专参加国家导游员考试，顺便去了河西奥体附近的金陵图书馆去借书。自从金陵图书馆搬到河西以后，由于交通周转不便，已经很少去了。

因为最近一直沉浸在民国史料典籍中，所以在书架上选了一些与旧日中国相关的书籍。

这本书读了后，我觉得很有必要向大家推荐一下，这本曾经在20世纪初畅销美国的书籍，今天读来，依然散发着浓郁的芬芳。可见，好书的确可以抵得住岁月的侵蚀和消融。

这本书是由夏伯铭翻译，复旦大学出版社2011年出版，是"上海旧事"丛书中的一本。

了解了卡尔·克劳的生平，就不难理解书名的源起。卡尔·克劳1883年9月出生于美国密苏里州海兰镇，他的父亲是一名乡村教师，其祖先在殖民地时期也曾做过教师、传教士。1906年，他到密苏里大学读书，期间先后在《哥伦比亚密苏里人报》当过印刷工、记者和新闻编辑。1907年，他放弃了大学的学习，成为《哥伦比亚密苏里人报》的合伙人，随后，担任《沃斯堡明星电讯报》编辑。1911年，他成为上海《大陆报》（*The China Preess*）城市版助理编辑，两年后，在东京担任《日本广告报》的业务经理和代理主编。从1917年到1919年，一战期间，他在中国担任公共信息委员会的远东代表，停战后创办《大美晚报》（*The Shanghai Evening Post*）并担任主编，还曾做过上海一家广告公司的老板……用现在的眼光看来，卡尔·克劳是一位老牌中国通，他曾采访过孙中山、蒋介石和周恩来等风云名人；他熟知中国人的秉性和习俗，他曾撰写过多部介绍中国的畅销著作，他曾首开先河，用穿旗袍和留短发的中国时髦女郎形象做广告以推销商品；他曾目睹且身历中国辛亥革命、北伐战争和抗日战争，他曾就日本侵略中国的意图作出公开的预测和警告，他支持中国抗战事业，并始终热爱中国人民。1946年6月8日，卡尔·克劳因病在纽约去世，他在事先拟就的讣告里留下他致亲朋好友的意愿：别赠送鲜花来怀念我，直接把钱捐给美国癌症控制学会。

了解了他作为著名记者、广告公司经营人、媒体人的经历后，我们不难理解该书为何取名《四万万顾客》了。

1937年3月，该书由纽约哈珀兄弟公司（Harper & Brothers）。首次出版时，它的书名是 *Four Hundred Million Customers: The Experience-Some Happy, Some Sad of an American in China, and What They Taught Him*，书名后还带有一个冗长的副标题——"一个美国人在中国喜忧参半的经历以及这些经历教会了他什么"，而后来的由其他出版社再版、再印的版本，则取消了副标题。

《四万万顾客》出版后好评如潮，荣获美国当月读书俱乐部的"当月最佳图书"称号，该俱乐部的《每月读书俱乐部新闻》称它是"我们历来听说的有关中国人的生活的最令人信服和栩栩如生的描述之一"，普利策奖获得者Carl Van Doren在《波士顿先驱报》上称赞该书，"对任何读者来说都是对人性的深刻剖析"，伦敦《泰晤士报》说，"没有一个希望在中国做生意的人能够心安理得地无视这本书"。

1937年之后，该书先后以英文、法文、德文、瑞典文、丹麦文和波兰文出版。在英美读者眼里，卡尔·克劳介绍了许多他们认为非常有趣的东西，有助于深度了解这个神秘的国度。

在他的笔下，西方人是这么认识古老中国的：

例如，西方人把旗袍称为"开衩的裙子"，卡尔·克劳首次选用了穿着这种服装的美女作为广告形象，认为它展示了"世人历来见到的最漂亮的大腿"。

不是所有的人都吃米饭，实际上住在北方的人就无人知晓。餐桌上的皮蛋并不是西方人认为古代人流传下来的"古蛋"，而是新鲜的，且保存时间约为一个月。

中国铁匠是如何把来自欧洲汉堡的磨损马掌铁运回中国，经过技艺高超的手，变成了令人十分满意、质地优良的剃刀。

中国人永远坚定地相信最初使他一见钟情的香皂和香烟，那种曾经治愈他祖父的药丸对于他本人也是有效的。虽然中国人已经开始广泛接受西方商品，但是你并不能轻易地对之出售东西，这是因为他们的保守主义及其令人气馁的派生影响，在中国享有优势地位的大多数外国商品只是通过经年累月的良好声誉才获得这种地位。

中国，几乎没有什么东西被浪费，在上海的黄浦江江面上，

敏感

你看不到海鸥，是因为漂在江面上的垃圾几乎都被捞垃圾的人及时地打捞起来，并把它变成货币。

对于中国人的性格和民族心理，他也有深刻的观察和研究。他认为，"中国妇女是保守的，但是她们比我们所了解的更'时髦'"，按照收入比例来看，在化妆品上花的钱最多的，既不是美国人，也不是法国人的家庭，而是中国人的家庭，中国女人穿得漂亮不是为了赢得彼此的赞美和嫉妒，而是为了取悦于男人，尤其是使自己的丈夫喜欢。面子是始终支配中国的"女性三症候"（feminine triad）——恩惠（favor）、命运（fate）、面子（face）——之一。中国人根深蒂固的和占据优势的本能不仅是保住自己的面子，还要顾及别人的面子，即使这个"别人"是自己的对手和仇敌。保面子、丢面子、得面子全都是一种互惠哲学的一部分。中国人绝不会犯下夺人生计的过错，绝不会支持这种做法，也不会容忍这种做法。对立双方都是必需的，为了组成一个完美的整体，你必须允许对方成功才能获得成功。

卡尔·克劳也看到了中国人对西方人的日常态度，即使西方人多爱清洁和每天都洗澡，也总会散发出一种气味，这种气味就连最亲密的中国朋友也承认，不仅令人讨厌，而且令人作呕。这气味让中国的狗闻到了也会发出凶恶的吠叫，连通常驯顺而友好的水牛也不能容忍一个顺风走来的外国人，当他（外国人）出现时，水牛会扬起尾巴，发出吼叫，用蹄扒地，准备冲锋！

……

卡尔·克劳的公司也曾雇用了很多员工，虽然他曾试图改变他们的习惯，但最终还是选择了放弃。他的忠诚、勤勉和刻苦耐劳的中国员工们总是不顾他的劝说，把会客室里堆满了各种样品和信笺，在中国员工看来，只有这样，才会给走进会客室的来宾

155

留下公司业务繁忙生意兴隆的深刻印象。

对于国人的一些粗鄙的做法，他也有真实的叙述，"在出口业务中，中国商人的方式变得最见不得人，因为他们发现，把不合格商品卖给出口市场是有钱可赚和较为容易的"。比如，汉口附近有一家专门用泥土制造假的马蚕豆的厂家，他们造出的马蚕豆几可乱真。还有假发票的问题等，也经常发现。

他对市场的调研之深入似乎令人不可想象，甚至是瞠目结舌。你能想象到当时四川政府"剿匪"与世界市场上牙刷质量下降之间的关系吗？他找到了，因为当时所有的牙刷都是用猪鬃制造的，而全世界的猪鬃大多来自中国，优质的牙刷是用白猪鬃制造的，而饲养白猪最多的省份就是四川。假如因为战争、因为霍乱，四川的生猪饲养业不够兴旺、健康，世人将不得不选用令人不太舒适的黑色牙刷。卡尔·克劳在文章中得出这样一个结论："请考虑你的牙刷和世界的狭小，狭小的世界使你成为中国四万万人的邻居。"这不就是我们现在熟得不能再熟的"市场的全球化"嘛！

出于卡尔·克劳的职业是广告和商品推销的代理商，所以他必须细致入微地观察、体会中国人的心理和性格特点，必须把四万万中国人看作潜在的顾客。卡尔·克劳的生意是成功的，而就书的写作而言，他更是成功的。他的写作目的是要使每一个读者"对令人关注、令人恼怒、令人困惑以及总是令人喜爱的中国人民产生新的认识"，无疑，他做到了。

更重要的是，因为卡尔·克劳十分了解中国人，热爱他们，所以他理智地看待他们，风趣地写下他们的言行，以独特视角、充满深情和诙谐有趣的理解力，生动地叙述了他的从商经验，许多中国人的怪癖、怪事，全书充满了供人轻松阅读的逸闻轶事，通俗易懂，令读者大长见识，无怪乎会获得西方读者的阅读愉悦。

时光穿越了一个世纪，如今，我们还可以通过对这本书的阅读，通过卡尔·克劳的介绍，来见识百年之前我们古老中国的一些片断。有些事情，已经改变；有些事情，曾经发生，现在仍然还在继续。

写到这里，我还想多说一句题外话，去年我曾专门慕名看了电影《一九四二》，影片里那个一直不顾各种危险，奔跑在灾区一线的非常固执、富有正义感的美国记者给我留下深刻的印象，虽然我已经记不得他的名字，但是，正是因为这些走进中国、讲述中国、帮助中国的国际友人们，才让世界更加了解中国，也让国人更加客观、理性、清醒地看待自己。他们才是国人的好朋友，真朋友。

阅读由这些好朋友、真朋友手中写出的文字，非常重要，也很必要，因此，我推荐这本《四万万顾客》。

南京图书馆的"老读"们

　　"老读"是我送给他们的外号。每次在南京图书馆碰到他们，我都充满了敬意。

　　他们大多数都已经退休，我也不知道他们过去都是做什么职业的。

　　每到周末，孙子孙女们都不用他们去接送了，也不用再来往于菜场和厨房了，他们风雨无阻地来到这里。

　　借几本书，然后坐到大厅里的沙发上，享受着图书馆里特有的知识的气息。或者是冬日温暖的阳光，或是夏日习习的空调。这是社会公共福利带来的享受。任你是高官，还是乞丐，这里都欢迎你。

　　记得好像在哪里看过这样的一个故事：

　　有一个大学教授，衣冠光鲜，来到图书馆的阅览室，翻看图书。又进来一个人，坐到他身边，也从书架上拿起一本书，在那里一张一张地认真阅读着。这是图书馆里很正常的场景，每天都有。

　　但是，一会儿，大学教授就在那里左顾右盼，兴致顿失。什么情况？原来，刚来的人身上散发出了难闻的气味，从穿着打扮上，似乎是农民工，大概是好几天没有洗澡了，夏天嘛，自然会有一身特别的汗馊味。教授想离开，换个位置，无奈，正是周末，每一张桌子前都坐满了人。教授也还挺有修养，虽然用手遮了遮鼻子，继续忍耐着。可是味道依然源源不断地送过来，余味绕座，经久不息。教授实在忍不住了，他想请农民工离开，但是，又怕发生直接冲突，弄得自己下不来台。于是，他请来了图书管理员，请她去劝农民工离开。这里是高雅的地方，这么一身味道地进来，影响环境。但是，图书管理员的一句话，让他顿时再也没有更多的话。

"对不起，先生，这是公共图书馆，即使他是乞丐，我也没有权利请他离开。如果您实在无法忍受的话，您可以选择暂时离开。"

记得当时我听到这个故事，我非常震撼。是的，在图书馆里，我们都是一个简单的读者，无论贵贱尊卑。

绕了这么远，该回来继续说说老读们了。

老读们不仅喜欢去报纸阅览室里戴着老花镜，仔仔细细地翻阅每一页报纸，不仅喜欢三本两本地去借书，而且，他们更喜欢图书馆的各种活动。这其中就包括图书馆每周举办的讲座。

南图的讲座非常丰富，经常从各个大学、研究机构、行政机关请来一些资深的专家，就各个领域开展一些讲座。

这个周末，陪女儿去女子中专学校参加国家导游考试，她进了考场，我想起多日未去南图，也该再去亲近下了。搭了两站地铁，到了大行宫。大厅的海报有讲座信息。周六上午是南京大学历史系的杨晓纯副教授开讲的"漫谈南京的伊斯兰文化古建筑"，周日是南京艺术学院电影电视学院的董蓓主任的"感受——打开朗诵艺术大门的一个钥匙"。

进了报告厅大门，放眼望去，嚯，全是老年人。这感觉不会错。从他们身后放眼过去，不是银发如霜，就是各式各样的帽子在攒动，鸭舌帽、栽绒帽、华侨帽。过道里一边，竟然还有轮椅。

听讲的过程中，不少人还拿着便笺本在仔仔细细、一丝不苟地做笔记，比我看到的学生还认真。这年头，除了在机关开会的会场，还有谁会在讲台下做笔记？有的老人还戴着摄像机在拍照、摄影。有的老人颤巍巍地交替使用着挂在脖子上的不同的眼镜。

周六的时候我还在内心里想，也许是因为杨教授作的是关于老南京的文化古迹介绍，对他们很适用，很熟悉，他们才会有听讲的热情。周日的讲座嘛，应该是年轻人更感兴趣。实则不然，周日还是满堂的老年人。有几位还是昨天曾坐在身边的，面孔似曾相识。

他们听得很认真。该鼓掌的时候，丝毫不掩饰、不矜持，很卖力。带动了台上的主讲人都感动，更投入。

散了讲座，他们还拿着记录本，走上台来，找主讲人签名，一口一个"老师"称呼着，尽管那两位授课人都比他们年轻很多。在知识面前，术业有专攻，师不必贤于弟子，弟子亦可长于师，我信了。这种争相签名的场面，任谁做主讲人，也都会很受用吧？

他们衣衫朴素，或是服饰潦草，他们步履蹒跚，行走迟缓，不像我在玄武湖看到的那些坚持锻炼的老人，行走如风，童颜鹤发，也不像在郊区鱼塘看到的那些钓鱼老人，闲淡散逸，更不像寻常巷陌里打牌、下棋的年长者。物以类聚，人以群分，他们，就像荷叶上的水珠，跳动着，闪烁着，就涌到一起了，聚到南图的门口。

讲座中，我也曾经有那么一阵子对他们有些微词，他们每个人的手机铃音都是那么大，时常在报告厅里响起，声音响响的、

敏感

大大的，干吗不能调成静音呢？

他们经常会听着听着就起来，一趟一趟地出去上洗手间，全然不顾身边的人让来让去。

他们还会时不时地插话，像小学生一样举手，踊跃着发言，有些观点风马牛不相及，有些观点偏颇到了极点。就像有次作家鲁敏签名售书，接受记者采访时，有位老者就不管不顾摄像机正在拍摄，记者在采访，非要走上去，告诉书里哪哪地方写错了。

真是越老越小！你除了摇头，也只有苦笑。然而再想想，也许老年人都会这样吧？

周六的下午，就是在河西的另一个图书馆，金陵图书馆新馆那里，有一场乐嘉的讲座，我也去了。不过，到了那里，报告厅里已经挤爆了，门票已经售罄。其实我也并不是追星族，也是顺便，假如还有位置的话，就进去看看。外面大厅里乐嘉的书也没有去买。大略看了看现场，好多年轻人，与南图截然相反。

这或许就是南京图书馆与金陵图书馆的区别。一个是传统的、内敛的、温和的、拙朴的，一个是现代的、张扬的、华丽的、动感的。这于我是有实证体会的，原先金陵的图书馆借书证我办得很早，后来新馆搬迁到河西的奥体，路远了，就不方便去了，于是就到市中心的南图。南图的借书证多年未变，南图的活动也很传统，无非是书评、报告会、优秀读者评选，而金图呢，则是举办现代名人见面会、幼儿培训班等，把越来越多的年轻父母、青年男女吸引来。

两者没有高下之分，都好。反正读者高兴去哪里，哪里的门都是敞开的。

看着南图的那些老读们，我不由在内心里反观自己，等我老了，我是深坐在沙发里，蜷缩着，半寐着看电视呢？还是也和老读们一样，拎着老布书包，出现在图书馆各个角落，也让哪个年轻人或喜或嗔地称作"老读"呢？

赫尔波斯曾说过：天堂，应该就是图书馆的模样。这话再引申些讲，对于都市南京，愈来愈现代、喧嚣的南京，也还有两个值得走动的地方，有它们在，那里就是读书人的天堂。

敏
感

读黄金明的《少年史》

在这个讲求快速写作、快速阅读的年代，散文铺天盖地，但让人手不释卷拍案称美的美文却少。

好的美文，对于作者来说，需要作者用心地写，才情和心情都要俱妙才好。对于读者呢，能在嚣嚣红尘中遭遇美文，既需要时间，更需要共鸣的心情和经历！

就在最近，黄金明的《少年史》来到了我身边。

《少年史》分为三个部分：第一部分《个人的地理》，记述了"河与桥"、"井台"、"农场"，第二部分《饥饿的食粮》记述了农事诗、三种作物（番薯、萝卜、花生），第三部分《拆散的记忆》记述了金蝉记、烧砖记和求学记。

每篇散文都可独立阅读，合在一起也浑然天成。珍珠穿成链，溪流汇成江，草成茵，木成林，闪耀着自然的光辉。

诗化的散文语言，潺潺缓缓，如林间的溪水。没有跌宕湍急的情节，甚至让人感觉，作者似乎是静静地坐在那里，背对着欲沉的夕阳，或者是隔着一层毛玻璃，在低缓地诉说旧日的故事。

作者的少年记忆是从朦朦胧胧的颜色感知开始的，婴孩的眼睛里，变换的颜色像幻灯片一样——祖母的背影是黑色的、河里的鹅是白色的、泛滥的河水是黄色的、落日是金色的……尽管会不明白颜色后面的含义，但是，婴孩的世界认知是从颜色开始的，对了，还有声音，咿呀的水车、不知疲倦的蝉鸣、稻田里的蛙声如潮……故乡的石板桥上，或者光着脚板到井台挑水，打着补丁的单褂，高高的露天电影的白色幕布，每帧画面在我的感觉里，都是黑白的、依稀的泛黄。粮食带来的不是温饱，是饥饿的记忆。插秧、田管、收割，写在诗里是"稻花香里说丰年"，落实到乡村生活里咸咸的汗水、一裤脚的泥巴、难耐的腰酸腿痛。三种作物，番薯、萝卜和花生。虽然作者是生在南方的化州，而我是生在苏北鲁南交界的赣榆，但是，除了叫法有些不同，番薯在我的家乡叫"地瓜"，花生叫"果子"。但是，我格外熟悉那些曾经的播种方式、田管和收获的场面。拆散的记忆里还有蝉，还有打泥砖。求学记忆里并非只有琅琅读书声，还有学校组织的劳动课，恐怖的劳动课。

正如作者所说："在刹那间，往事与记忆，经验与想象，梦幻与冥思，犹如蜂群嗡鸣着飞扑而来，并将我蜇痛。那是我积郁了20多年的晦暗时光，如今汇成滚滚洪流，就要决堤而出。仿佛不是我在书写，而是文字的激流通过我的手倾泻到纸上。"

一开始，我似乎是在听着黄金明的讲述，然而，渐渐地，渐渐地，我又似乎走进了我的童年，我的赣榆老家。许多的往日情感像暗室里的显影胶片，被水淋淋地从显影液里提了出来，一点一点透出了过去的轮廓。

仅仅是这些，还不够。

对于每一个曾经通过少年奋斗走出农村的人，注定一生都要

敏感

打上乡村的烙印。

贫瘠的乡村成长经历注满了与之俱来的苦难和忧患情绪！乡村是今生必须承担的一个宿命。从一个身世贫穷并曾一度失学的乡村少年，最终通过传统的读书入仕方式走出了乡村，又从一个不起眼的人民教师变成一位公众视野里的报纸编辑，再成为我国最畅销的都市报之一的专栏作家和我国知名诗人。

虽然现在戴着夺眼的花冠，然而，有谁知曾经的荆棘累累？被荆针刺了也不说痛！

贫穷、苦难的生活带给他许多的自卑、迷茫、痛苦，形成了他忧郁的性格。这种起于生活艰难所致的忧郁贯穿于少年时代。在跳跃的散文化的字里行间里，我深切地感受到他身上的深蓝色忧郁。多么沉重的起飞！然而，庆幸的是，他完成了这个蜕变，完成了一个从忧郁到快活、从屈辱到幸福、从荒芜到思索，澄明的蜕变过程。

借助少年乡村生活的回忆，黄金明还彻底回顾自己性格之转变及生成的过程，并将个人成长跟土地、自然深刻地结合起来。那种对乡村场景及生命、记忆与流逝的刻骨铭心的记录，那种气势磅礴的叙述和渗入骨髓的怀念，使人深深地看到了一个时代之殇的震撼。有评论家把这部书称为："一位乡村少年永恒的心灵史诗！"命运的幽暗照亮，不单单是少年成长之忧郁及成长后思辨、解脱的梳理回顾，更呈现在由此性格而形成的压抑、坚韧与释放。

"他在广州里的化州"是诗人潘漠子写黄金明的一个最好的句子。

广州是黄金明大学毕业后工作居留的造梦之城，化州则是他出生和成长的发蒙之乡。如果不是以广州为参照，恐怕化州的生

165

活回想该是另外的一种。以我自己的乡村童年生活作观照，我是格外地认同并接受这种忧郁的叙述，自觉地感受着黄金明细微的情感沟回。

个人的成长，必须要把苦难作为土壤，否则，这样的人生太过于单调，太过于平坦，缺乏跌宕起伏，缺乏丰富的情感孕育。在农村，有多少这样的少年，有着各式各样的天真而浪漫的梦，也曾为自己未来的命运而进行抗争。然而，贫穷而落后的乡村并没有给梦的种子提供肥沃的土壤，父母不能给予一个衣食无忧的不缺玩具的童年，学校不能提供一个起码的教育，经过风雨的侵刷，有多少梦想甚至还没有来得及起飞，就夭折在贫瘠乡村的一个一个的角落。有多少少年都和黄金明拥有同样的少年史，但现在都不为我们所知。风雨中可知花落多少！

每个人都会习惯地用自己的人生经历去阅读。

我曾写过不少关于乡村的一些回忆性文字。许多文字里都是洋溢着阳光，洋溢着暖色。但是，只有我自己知道，这些都是经过了岁月的过滤。

怎么能够忘记，曾经在雪后的课堂忍着一阵一阵的饥饿来袭，还要跟着音乐老师去歌唱？怎么能够忘记，曾经的缺衣少穿，在冬天把潮湿的棉袄罩褂用扇子疯狂地扇？怎么能够忘记，在许多人引吭歌颂美好春天，鲜花开放时，而我的家庭却开始了瓜菜代的春荒时刻？怎么能够忘记，为了不多的学费借遍村里的所有亲朋好友？怎么能够忘记，沙丁鱼一样挤在潮湿低矮阴冷的防震棚里，雪花曾穿过门缝，落满了身上单薄的棉被？怎么能够忘记，在历经"黑色的七八九"，终于拿到了警校通知书，却自卑地发现，自己除了学习，其他一无所长，于是经常会躲出人群，一个人独处？怎么能够忘记，在农场中队工作时一场重感冒让我卧床

敏感

三天，烧得天昏地暗，没有一个人到床前问一声冷暖？怎么能够忘记……？！

读黄金明的《少年史》，品味沙砾在蚌的眼泪里变成珍珠的感觉。

岁月是用来回忆的，虽然往日多磨难，但有这些磨难打底，就算是阴雨连绵，也会微笑着去面对。

这一天比任何节都重要

这一天是我所知道的西班牙塞万提斯、英国的莎士比亚和中国宋朝大儒朱熹辞世的纪念日。

这一天，是西班牙加泰罗尼亚地区的人民互相赠送玫瑰和图书的日子，又称作"圣乔治日"。

乔治是一个人的名字，是加泰罗尼亚地区传说里的人物：一位美丽的公主被恶龙困在了深山里，英勇的乔治为了解救公主，只身闯进深山，杀死了恶龙，将公主解救出来。这是一个十分俗套的英雄救美的故事情节，在中国古代传说里，俯拾皆是。但是，西班牙人的智慧并不仅仅停留于此，故事峰回路转，恶龙被殛杀后，血洒之处，长出一丛丛的玫瑰花，乔治顺手采了一朵给公主，"投我以木瓜，报之以琼瑶"，公主回赠了乔治一本书。女人爱花，男人爱书，就像老鼠爱大米，于是就有了"圣乔治节"互赠玫瑰和书的习俗，于是就有了"世界读书日"。

这一天就是每年的4月23日。

当下喧嚣浮躁的时代，知道春节、圣诞节的人很多，否则就不会有世界人口大迁移的春运、狂欢至嗨的圣诞狂欢；知道情人节的很多，洋的、土的情人节，都是玫瑰共幽会并存，鬼话与酒杯同在；知道清明节和中秋节的也不少，从"牧童遥指杏花村"到"但愿人长久，千里共婵娟"，都曾触发多少人思古怀远情怀。喜欢命名的世人计划将一年三百六十五天中的每一天都加以命名，甚至对某一天会冠以诸多"节"的名称，但是，这一天却是那么低调，低调得甚至都不以"节日"自称，只是谦虚地说："世界读书日。"

中国人并不缺少读书的传统和习惯，从传统科举制度所树立的"万般皆下品，唯有读书高"的社会信仰和理念，就已经播种了无数的读书种子。传统的农业文明社会里，书籍的承载从甲骨到竹简，再到后来的笔墨纸砚，一次又一次让文明得以传承和发扬。书让一个人变得人儒雅、俊逸、超凡脱俗，不然，为什么一说到"读书人""书生""书卷气"，好多人就肃然起敬？对于书卷，古人都怀着一种神秘感、敬畏感和归属感，"书中自有黄金屋，书中自有颜如玉，书中自有千钟粟……"连用过的字纸，都要用专门炉子焚烧，"敬惜字纸"的习惯已经渗透进每一个读书人的血液里。

然而，随着工业时代的到来，随着印刷技术和传播技术的改善，书是越来越多了，读书人为什么却越来越少了呢？

你随便走在哪一个现代都市，放眼望去，洗头、洗脚的招牌是比比皆是，但是负责洗脑的书店，却是凤毛麟角，少得可怜，即使有少数的几个，也是被租金逼到偏僻的角落。当然，我说的是当下的中国大陆的情况，对于书的珍视，中国的香港和台湾地区，做得就比我们大陆好，还能找到敬惜书籍、尊重读书人的好传统。为撰写博士毕业论文，我曾托人在台湾购买了一批民国题材的书籍，看起来薄薄的一册，都要花费人民币一两百元，作家靠写作生活，如此看来并不是虚言。

书籍延续了人类生命的广度和长度，书籍塑造一个民族的灵魂。西塞罗曾经说过："没有书籍的屋子，就像是没有灵魂的躯体"，卡莱尔也说过："书籍里横卧着过去的灵魂。"我们该怎么感谢那些提升我们理智与心灵的书籍呢？因为书，我们与那么多的前圣先哲跨越时空相遇，领受他们思想光辉的沐浴，在他们睿智的眼光里，我们找到了前行的方向。一个没有书的民族，是难以繁衍生息的，也是不可想象的。日月星辰、江河大地给了人类生生不息的物质，而书则是赋予了人类内心的灵魂！

一个富含人文底蕴的城市，高品位的书店和图书馆是万万不可缺席的。再繁华的罗绮穿满身，也还要看穿衣服人的品位。浙江的杭州，江苏的南京、苏州，在这方面算是东南沿海城市中的人文长者。我曾经提到这样的一个故事，让我非常感动：

有一天，杭州的图书馆走进来一个衣着工装的年轻人，他来到了开放阅览室，翻看图书。杭州的图书馆是对所有社会公众开放的，无论贫富贵贱。大概是小伙子身上的工装好长时间没有涮洗了，散发出汗馊味，但小伙子并没有意识到，他打开书，津津有味地阅读着。边上的一位衣冠楚楚、戴着眼镜的中年人闻到味道后，几番皱眉、睥睨后，终于忍不住叫来了图书馆的工作人员，要求让那位小伙子离开。工作人员了解情况后，说的一句话让中年人赧然不语。这位工作人员是这样说的：

"对不起，先生，我们图书馆是对公众开放的，在图书馆里，没有贵贱之分，如果你实在不能忍受，你可以选择离开，但我们没有理由让他离开，就因为他身上的味道。"

这样的图书馆，这样的工作人员，这样的回答，让我真真正正地理解了读书的力量。因为这，我们的生活还有希望！

敏感

思古今

SI GU JIN

戴季陶与南京考试院

南京国民政府考试院是应孙中山先生的"五权"（立法、行政、司法、考试、监察）理论而建立起来的。孙中山在辛亥革命胜利后就任中华民国临时大总统后，立即着手政府体系的建设，但随着袁世凯窃国，考试院并没有实际成立，直到1927年4月南京国民政府成立，才开始筹备。1930年1月6日，国民政府考试院正式成立，戴季陶为首任考试院院长。

戴季陶，又名戴传贤，出生于四川广汉，因其祖籍浙江湖州，在认识蒋介石等浙江籍人士后，戴一直以浙江人自居。戴后来与蒋介石、张静江、许崇智四人结拜为兄弟。张静江利用海外捐款在上海开设证券交易所时，陈果夫充当经纪人，蒋和戴都作为合伙人参与，获益颇丰。

戴季陶早年追随孙中山先生，先后著述过《孙文主义哲学基础》《国民革命与中国国民党》等书，曾任广州政治会议委员、中山大学校长，可以说是国民党中的元老派人物。孙中山先生于广州就任非常大总统时，蒋介石担任"援闽"粤军部队的上校参谋，戴任秘书。孙中山创立黄埔军校时，原定蒋介石为副校长，蒋嫌职位低，负气不去；后在戴季陶和张静江的苦劝下，孙中山先生才改变初衷，任命蒋介石为校长，戴在学校任政治总教官。种种渊源所致，蒋介石自然对戴季陶非常器重，视为股肱。在南京国民政府建立后，蒋介石"投之以木瓜，报之以琼瑶"，委戴以考试院院长重任。从1928年10月国民党中央执行委员会通过任命决议起，历经战事、人事、国事的风风风雨雨，直到1948年《宪法》公布，二十年间，尽管其他四院"城头变幻大王旗"，院长人选更迭如走马灯，戴季陶始终稳居考试院院长位置，备受青睐，可见一斑。

考试院居于五院之一，专门行使考试权。考试院的组织机构设置情况如下：考试院设院长一人，副院长一人，下设三个分支机构：

一为日常办事机构，即秘书处，后增加人事处，主要负责日常行政机关事务处理和本院人事管理工作。

一为考选委员会，掌管平时的考试行政事务，委员会设委员长一人，副委员长一人，下设秘书处，并分为六科：一科管总务；二科管文书；三科管应考资格审查，与应考资格审查会合署办公；四科、五科编制虚挂，其职能主要是为将来公职候选人考试等事务而准备；六科负责调查统计职能。考选委员会虽负责日常考试事务，但到具体考试时，还要成立专门的典试委员会。典试委员长，也就是通常所说的主考官，由国民政府委派，另抽调各院以及大学、研究机构等社会名流、宿儒担任典试委员，如当时委员中有朱经农、周亚卫、马寅初、张乃燕、张默君、罗家伦、柳贻征等名士。典试委员会下设考务处，与其一样，均为临时机构。两机构的印章的形状也有所区别，考选委员会的印章是方形的，典试委员会的印章为长方形，也称为"关防"。

一为铨叙部，其职责是主管考试及格人员的分发任用以及全国公务员的任用资格、绩俸、考绩等事项的审查和登记。铨叙部下设甄核司、考功司、登记司和总务司，司下设科。

考试院所负责的考试主要有三大类：一是任命人员考试。任命人员考试，大致类同于今天的公务员考试，又分为高等考试和普通考试两种：高等考试招录的是大学毕业人员，通过考试后将列为荐任职使用的公务员；普通考试招录的是高中毕业人员，通过考试将作为委任职使用的公务员。此外，在实际运作中，考试院还多次推出了特种考试，如特种公务员考试（邮政、海关、盐务机关等）、县长考试、银行人员考试等。二是依法应领执业证书的专门职业或技术人员考试，指的是律师、会计师、医师以及技师考试等。三是公职候选人考试。公职候选人是指应经选举产生的民意代表或有关政府官员。这类人员的考试方法分为两种：一种是试验，就是通过真正的书面考试产生；另一种是检核，也就是审查资格，不需要进行书面考试。孙中山先生所津津乐道的考试权，其精髓也在公职候选人考试中有集中体现。但遗憾的是，南京考试院在此方面，因各种因素所掣肘，并没有得到积极的体现和运用。

南京国民政府公务员的职级序列主要分为如下几类：（1）特任——国民政府各院部会的部长、委员长。（2）选任——各部院长、副院长。（3）简任——国民政府直接任命，实际上也就是各机关长官转请任命。各部会的次长、副委员长、秘书长、委员，中央机关直属署局的署长、局长，各机关的参事、简任秘书，各部的司长，各委员会的处长（司处长是平等的），工矿机关的技监、简任技正、教育部的简任督学，各省政府的主席、委员、秘书长、厅长、直辖市市长、局长，都是简任官。（4）荐任——各机关长官推荐，呈请国民政府任命。中央及各省市各机关的科长、荐任秘书、视察、荐任督学、荐任技正及各省的县长等，都是荐任官。（5）委任——各机关直接任命。中央及各省各机关的科员、书记官、办事员、技工，各县政府的科长、秘书、科员、办事员等都为委任官。

戴季陶上任伊始，立即着手考试院的选址工作，经过多番踏勘，他选定了鸡鸣山下的关帝庙故址，也就是现在的南京市委、市政府、人大机关的办公所在地。这个地方，也是旧日明朝的国子监所在地，明太祖朱元璋定都金陵时，在应天府学的基础上建立了国子学，后更名为国子监，是培养儒学士子的最高学府。明成祖朱棣改都北京后，金陵作为留都，继续保留国子监，于是形成了有明一朝所特有的一南一北两个国子监。南京国子监规模非常大，"延袤十里，灯火辉煌"。内有五厅（绳衍厅、博士厅、典籍厅、典簿厅和掌馔厅）、六堂（率性堂、修道堂、诚心堂、正意堂、崇志堂和广业堂）。洪武二十六年南京国子监招收学生规模达到8000余名，永乐年间一度高达9900人，其中还有许多高丽、日本、琉球等国学生"向慕文教"，前来留学。可以说，此地乃中华儒学文运鼎盛繁衍之处。

考试院建筑形制取中国传统的宫殿样式，碧瓦红墙，飞檐斗拱，建筑材料中西结合，既有钢骨水泥，也有传统的木质梁檩。考试院大门是三孔门楼，中门楼的正中匾额上题曰：为国求贤，门两旁的对联是："入此门来，莫做升官发财思想；出此门去，要有修己安人功夫。"

院内的建筑有待贤馆、明志楼、华林馆、衡鉴楼、宁远楼等。

明志楼分三座，沿中轴线横排，中间的为大九楹，两边的为七楹。明志楼为举行文官考试的考场。明志楼前修建有问礼亭，1931年戴季陶到洛阳视学时，不期然寻访到南齐永明年间的"孔子问礼"石刻，如获至宝，深以为这是学运振兴的吉兆。碑刻运回南京后，建"问礼亭"翼之，戴季陶于碑阴题字曰："礼以节众，乐以和众，建国育民始于是，复兴文化在于是。"

华林馆为考试院的藏书馆，戴就任后，把多年收藏的一万多册私人图书捐赠给考试院，并在院内修建了该藏书楼。之后，戴每月把其薪水的十分之一捐出，并从考试院办公经费中拨出数百元，作为图书购置费用。楼内所藏书籍多为古典书籍，后期陆续购置了英美出版的有关文官制度以及国内新出版书刊。藏书楼专门面向考试院工作人员以及经考试录取的人员开放。

衡鉴楼为考试院用来阅卷的大楼。宁远楼是考试院办公大楼。院长起居处称作"待贤馆"。因考试院原址为关帝庙，考试院内还建有武德楼，安奉关帝、岳飞神位，并以张飞等二十四人从祀。每到传统节俗之日，戴季陶都要率众僚属焚香致祭。关公是传统的武圣人，孔子为文圣人，考试院供奉关帝，也是取文武相济之意。

考试院门前有条成贤街，南北走向，从明朝建立国子监时，就有此名，在这条街上，从文昌桥开始，分布有中华民国临时教育部、南京图书馆、谭延闿故居、杨廷宝故居和东南大学。民国时日，莘莘学子意气风发地走在这条街上，朝着考试院走来，正所谓"谈笑有鸿儒，往来无白丁"。和夫子庙的江南贡院一样，成贤街两侧有多家旅馆，取名"成贤"、"聚贤"、"群英"等，无非是图个好口彩，吸引赶考学子前来投宿。时至今日，成贤街两侧栽满了国槐，每到夏日，槐花香气馥郁。选栽槐树，也是大有讲究，槐树自古以来就是三公九卿的象征，槐树又与科考有密切联系，过去科考的年份又称为"槐秋"，举子赴考称"踏槐"，考试等月份称"槐黄"，谚语谓："槐花黄，举子忙。"槐荫树下的成贤街，弥漫着十分浓厚的文化气息。

戴季陶早年深受传统儒学思想浸淫，后期信佛，笃信黄老学说，可以说是集儒、释、道之思想于一身。戴还是九世班禅的佛门弟子，曾在"时轮金刚法会"上公开对班禅顶礼膜拜。戴的办公室、会客室等处，放满了佛经、佛像，考试院的工作人员都喊他"戴佛爷"。戴季陶书法很好，得益于其深厚的家承，现中山陵广场前的孝经鼎，就是戴母手书。戴曾撰写过国民党党员守则十二条及其前言，宋美龄所积极倡导的"新生活运动"之倡议书，也是他的手笔。

戴季陶的教育背景和文化信仰，也深深影响了考试院，无论是考试的程序、录取还是庆典活动，都带有旧日科举烙印。

考试院也设有大门警卫，但并非如其他各院机关，安排荷枪而立的现代戎装卫兵，而是身着古典服装、身佩宝剑的武士。

1931年7月，第一届高等考试举行。戴季陶聘请了三十多位名流学者及政府高官分别担任典试委员会、襄试委员会和监试委员会委员。为防止作弊，主持阅卷评分的襄试委员都是突然接到任命通知，立即被接送到宁远楼全封闭，直到两个月后放榜，才可以出来，参加发榜仪式。有位襄试委员于能模的夫人是法国人，在于入闱期间，前去探视，被卫兵拦住，写信又被退回，她认为丈夫是被考试院秘密逮捕了，于是就到考试院大吵大闹，最后还是戴季陶亲自出面说明，才悻悻而去。

考试分三个阶段：一试、二试、三试，前一场考试通过后方能进入第二个阶段，类似于科举考试中的乡试、会试和殿试。发榜的名单由戴季陶朱笔圈定，一如旧朝科举考试中皇帝亲笔圈榜。

发榜时，考试院长戴季陶身着传统礼服，手捧金榜（黄纸金字，白绢泥金洒制），率领全体典试、襄试、监试委员，来到考试院门口影壁前。两个赞礼官接过金榜，贴在照壁。此时，鼓乐齐鸣，全体成员向金榜行鞠躬礼，以示尊贤爱才之意。放榜后，戴季陶率全体考试工作人员为及格人员颁授证书，并由全榜成绩列第一名的考生致答词。之后，戴季陶还要率领全体典试、襄试、监试委员以及考试中榜人员，赴中山陵谒陵，绕陵寝一周，瞻仰孙中山遗体，并致祭告词。谒陵时，戴季陶还规定，男士必须一律着蓝长袍、黑马褂。谒陵归来，戴季陶赐宴。因宴会地点多设于待贤馆，又被时人称作"待贤宴"，这也能让人体味到科举考试礼制中琼林宴的味道。宴席上每上一道菜，都要奏古乐，取《诗经·鹿鸣》之句"呦呦鹿鸣，食野之苹；我有嘉宾，鼓瑟吹笙"的古意。考试院专门设有古乐队，演奏乐器多用笙、箫、琴、瑟、琵琶、二胡，乐曲也选用古乐曲目，不像其他行政机关，跟风赶时髦，多用西洋军乐队。宴后还要赠送戴季陶亲笔题字的《总理遗教》一套、特制香墨一锭，各个录取类别的第一、第二名还能额外获得戴亲笔题写诗词的纸扇等文化用品。

在考试院或其他场合，凡经考试院录取的考生，见到戴季陶时，都会行鞠躬礼，尊称戴为"老师"，一如昔日科场中举的士子以"天子门生"自居。戴亦对此称呼非常享受。考试院考试过关的人员也对自己的正统出身非常看重，高等考试及格人员还于1934年12月专门成立了"中国考政学会"，最初定名"明志学社"，后在国民党党部备案时改用此名。学会"以研究考选铨叙之理论及制度为宗旨"，每年召开一次年会，进行论文交流，并办有刊物《考政通讯》《考政月刊》。会员随历次考试而增加，最多时达到五千余人，在全国各大城市均有分会。考政学会客观上成为这些会员联络感情、疏通门路、结交权贵的桥梁。有趣的是，国民党党内一些通过"党务工作人员从政考试"的从政人员为攀附此会，也曾多次申请加入中国考政学会，学会鄙视其非正统进身取士之道，拒绝了他们的申请。

借由考试权独立而建立的考试院，是五权宪法的显著特色之一。在戴季陶先生多年经营下，考试院为南京国民政府建立现代文官制度，培养高素质公务员队伍，提高行政效能，发挥了积极的成效。截至1948年6月，高等考试及格人数为4069人，普通考试及格人数为6738人，特种考试及格人数154620人，县参议员或甲种公职候选人考试及格人数583250人，乡镇民代表或乙种公职候选人及格人数2164714人，专门职业考试及格人数为35536人。

1948年6月，戴季陶卸任考试院院长，改任国史馆馆长，继任者为张伯苓。

1949年2月11日，戴季陶在广州广东省政府东园招待所，服安眠药自杀。随着国民党政权迁至台湾，南京考试院的历史也至此画上了句号。

概说南京国民政府考试院

　　鸦片战争以来，内忧外患开始渐渐打开中国传统的闭关锁国的局面。传统的制度体系纷纷解体，新的制度尚未建立，"欧美风雨"不断冲刷着古老中华传统制度的基石，无数仁人志士对新器物、新文化、新制度、新精神都提出了种种设计和实践。考试院是孙中山先生"五权宪法"思想的具体制度产物之一。

　　以今日之眼光观之，考试院制度无疑是孙中山先生秉承"古为今用"、"洋为中用"思想，批判地继承吸收古今中外"治权"思想的一大创举。一方面，他看到了西方世界的"三权分立"制度的流弊甚多，考试权隶属于行政权，常常会沦为其附庸，无法真正发挥抢才举贤的作用；另一方面，传统中国的考铨制度建立了一整套有关官吏的选拔、录用、爵禄、考绩、奖惩、致仕（退休）和抚恤制度，尤其是"科举考试"，曾为西方公务员文官制度所借鉴。但是，毕竟没有形成真正的考试权，且考试内容流于陈套，没有体现时代进步精神。在糅取中外制度的精华的基础上，他提出了建立五权政府的思想——即分别建立行政院、立法院、司法院、考试院和监察院，五院并立，互不隶属，权力相互制约牵制。对这个制度，孙中山先生深以为是："这是兄弟亡命海外底时候，考察各国宪法研究出来的，算是兄弟个人所独创，并没有在哪一国学者所抄袭的。"

就考试院制度的思想精髓和主旨，孙中山先生曾在多个场合作出阐述和演绎。

民国前六年十一月，在东京同盟会举行之民报周年纪念会上发表《三民主义与中华民国的宪法》讲词时他指出："将来中华民国宪法需设独立机关，专掌考选权。大小官吏，必须考试，定了他的资格，无论那管理是选举的或委任的，必须合格之人，方得有效。这法可以除却盲从滥选及任用私人的流弊。"

民国五年，在《采用五权分立制以救三权鼎立之弊》演讲中，孙中山称赞考试制度之良善，认为："此制度最为平允，而为泰西各国所无。"

民国七年十二月，孙中山在《孙文学说》第六章规划出我国中央政府之组织形态，即"各县之已达完全自治者，皆得选举代表一人，组织国民大会。以五院制为中央政府，一曰行政院，二曰立法院，三曰司法院，四曰考试院，五曰监察院……国民大会及五院职员，与夫全国大小官吏，其资格皆由考试院定之"。

民国十三年四月，孙中山手书公布《国民政府建国大纲》，第十五条明定："凡候选及任命官员，无论中央与地方，皆须经中央考试、铨定资格者乃可。"第十九条规定中央政府之组织为："在宪政开始时间，中央政府当完成设立五院，以试行五权之治。其序列如下：曰行政院；曰立法院；曰司法院；曰考试院；曰监察院。"

就考试院制度的具体设计，孙中山先生还进行了进一步深入实践。1912年1月1日就任临时大总统后，责成法制局迅速制订了《文官考试委员会官职令》《文官考试令》《外交官及领事官考试委员会官职令》《外交官及领事官考试令》《法官考试委员会官职令》《法官考试令》等法规草案。1924年8月26日孙中山以大元帅身份公布《考试院组织条例》《考试条例》和《考试条例施行细则》。由于南京临时政府和广州政府期间为期较短，许多法规草案没有得到完成立法程序、公布执行，真正得到后续深化和完善的时期，是在北京政府和南京国民政府。

民国十七年十月八日，国民政府公布《中华民国国民政府组织法》，分订五院职掌，确立五权分治之规模。其第三十七条规定："考试院为国民政府最高考试机关，掌理考选、铨叙事宜。所有公务员均须依法律，经考试院考选、铨叙，方得任用。"同年十二月二十日，国民政府并公布《考试院组织法》。民国十九年一月六日，考试院与所属考选委员会及铨叙部正式成立。院长兼考选委员会委员长戴传贤、副院长孙科、考选委员会副委员长邵元冲、铨叙部部长张难先、副部长仇鳌等，同时宣誓就职。

考试院成立后，先后订颁官制、官规及考铨法规，以推行现代考铨制度。在考试制度方面，民国十八年八月一日国民政府公布《考试法》；十九年十二月三十日公布《考试法施行细则》，是为考试制度之基本法规；有关典试事宜，国民政府于民国十八年八月二日公布《典试委员会组织法》，十九年十二月三十日公布《典试规程》，二十四年七月三十一日公布《典试法》。民国十九年十一月二十五日国民政府公布《监试法》，规定有关监试事宜。在国民政府陆续公布有关考选法规条例，以为办理各种考试之标准后；第一届高等考试于民国二十七年七月十五日在首都南京举行，分普通行政、财务行政、教育行政、警察行政及外交官领事官等五类考试；同年八月九日榜示，计录取100人。第一届普通考试于民国廿一年十二月在山西省举行，其他各省在廿二年举行，首都普考于廿三年四月举行，全部计录取409人。民国二十年一年之内，在江苏等二十九省市，分别举行高等及普通检定考试，全部及格者，计高检85人，普检71人。在特种考试方面，首于民国廿二年举行特种考试承审员考试，此系为适应各省于地方法院未经完全成立以前之审判需要而举办，计录取43人；民国廿三年复举行特种考试承审员及会计人员考试，自是尔后，并续有举办。在检核方面，分专门职业及技术人员检核与公职候选人资格检核两种。关于前者，国民政府于民国三十一年九月二十四日公布《专门职业及技术人员考试法》，列举律师、会计师等为专门职业及技术人员。检核除审查证件外，得举行面试；是年办理律师检核，计合格618人。关于后者，国民政府于民国二十九年十二月十六日公布《先参议员及乡镇民代表候选人考试暂行条例》，翌年一月间由考试院公布施行细则及检核办法，是年办理前项检核及格人数，计县参议员候选人997人，乡镇民代表候选人198人。民国三十二年五月国民政府公布《省县公职候选人考试法》，同日废止前述考试暂行条例。是年十月一日，考试院公布施行细则及检核办法。

在铨叙方面，各项人事规章，亦均次第颁布实施。如民国十六年九月九日国民政府公布《官吏恤金条例》；民国十八年十月廿九日国民政府公布《公务员任用条例》，规定各官等之任用资格；民国十八年十月三十日公布《现任公务员甄别审查条例》，以甄审全国各级现任人员。民国十九年七月八日国民政府核定修正《官吏恤金条例施行细则》，是年即据以办理公务员抚恤审查条例业务，经核准者448件，共760人。民国二十年六月二日国民政府公布《官吏服务规程》。国民政府于民国二十年九月十二日公布《第一届高等考试及格人员任用规程》及《第一届高等考试及格人员分发规程》，以办理考试及格人员之分发任用。民国二十一年七月三十日公布《县长任用法》，规定县长任用资格。民国二十一年三月十一日公布《公务员任用法》，同日废止《公务员任用条例》。同年九月公布《文官官俸表》；同年十二月公布《颁给勋章条例》。民国二十四年七月十六日公布《公务员考绩法》；同年十月三十日公布《公务员考绩法施行细则》，复于同年十一月一日公布《公务员考绩奖惩条例》。民国二十八年十月二十三日公布《公务员服务法》，取代原服务规程；民国二十九年十二月二十日公布《各机关人事管理暂行办法》。民国三十一年九月二日公布《人事管理条例》，使全国各机关之人事管理得以统一。有关退休与抚恤，国民政府于民国三十二年十一月六日，分别公布《公务员退休法》及《公务员抚恤法》。《公务员服务法》复于民国三十二年一月及三十六年七月两次修正。

民国三十六年，《中华民国宪法》公布后，重新公布考试院组织法。翌年（1948年）六月二十四日，总统特任张伯苓为院长、贾景德为副院长；戴季陶卸任考试院院长，改任国史馆馆长。

狱中瞿秋白

"瞿秋白同志是中国共产党的卓越的政治活动家和宣传家。"[1]这是官方对他的盖棺定论。关于瞿秋白，历史上众说纷纭，也几度沉浮起落。他的入狱以及被害，是他人生最为辉煌的写照，格外折射出他的伟大人格魅力。

瞿秋白原名瞿爽，后改名瞿霜，1899年出生于江苏常州一个没落的官僚士绅家庭。1922年，瞿秋白在苏联由张太雷介绍加入中国共产党。1927年大革命失败后中共中央在汉口召开"八七会议"，瞿当选为临时中央政治局常委，主持中央日常工作。1928年赴苏联参加中共六大会议。1930年回国后被王明排斥出中央领导机关，重返文学园地，与鲁迅并肩作战，至1934年初，先后写出了近100万字的著作和译文。1934年2月接中央电报，赴瑞金，任中华苏维埃共和国中央政府教育人民委员（即教育部长），同时兼管艺术局和苏维埃大学的工作。

1　引自瞿秋白烈士的碑文首句。

被　捕

　　1935年2月，留守苏区的中央分局根据当时极其危险的斗争形势，决定疏散干部。时任中央分局宣传部长兼中央办事处教育人民委员的瞿秋白奉命转移，在福建省委护送队的保护下，离开瑞金，向江西会昌和福建长汀、武平交界的四都山区转移。同行的还有项英同志的妻子张亮、梁柏台的妻子周月林等女眷。24日，国民党保安第十四团开始在汀江两岸搜捕共产党。26日上午，瞿秋白一行的队伍来到了汀江边的水口。这时，瞿秋白正在病中，身体极度虚弱。在福建长汀县水口镇小迳村牛庄岭，敌人发现了瞿秋白的队伍。经一番激战，何叔衡身中数弹牺牲，瞿秋白、张亮和张月林由于体力不支，没有能够突围脱险，不幸被俘，被关押在上杭县城的监狱。

化　名

　　保安团长钟绍葵得知被俘的人员行李中有港钞、黄金，随行护送人员多数携带着驳壳枪后，判断被俘人员身份不低，说不定"有大鱼"，于是当晚就亲自审讯。

　　早在1931年9月，国民党中央执行委员会和国民政府就发布密令，悬赏缉拿瞿秋白、周恩来、陈绍禹、沈泽民、张闻天等七名共产党中央委员，其中，瞿秋白和周恩来的"价码"是大洋二万元，张闻天等人是一万元。瞿秋白深知，国民党做梦都想抓到他，暴露身份是十分危险的。因此，必须要想办法与敌人周旋，争取早日脱身。

　　在遭受了残酷的拷打后，瞿秋白三人都没有暴露真实身份。

敏感

瞿秋白谎称自己名叫林琪祥，江苏人，肄业于北京大学中文系，曾在上海等地经营旧书店及古董生意。张亮化名周莲玉，是香港商人的老婆。周月林化名陈秀。

在狱中，瞿秋白于3月9日写了《自供》。保安团十四团二营营长李玉看过瞿秋白的供词后，说："如果情况属实，可以取保释放。但要向上海朋友索取证明，或在当地寻觅铺保，以证实确与共产党向无关系，即可予以释放。"

4月15日，瞿秋白为了脱身，又写了一份要求保释的《呈文》，并写信给上海的鲁迅、周建人和妻子杨之华，请他们设法办理保释。在给鲁迅的信中，瞿秋白称："现在我被国民党逮捕了，你是知道我的，我并不是共产党员。如有人证明我不是共产党员，有殷实的铺保，可释放我。"为了不至于给鲁迅带来麻烦，瞿秋白极力回避与鲁迅的深厚友谊，"我在北京和你有一杯之交，分别多年没有通信，不知你的身体怎样"。其实，就在瞿秋白离开上海前往苏区时，他们还曾有过披肝沥胆的彻夜长谈。瞿秋白知道，这信的内容肯定是要被敌人检查的。写这些信，也是为了迷惑敌人。当然，上海的鲁迅和杨之华看到信中熟悉的字迹，自然会明白写信人是谁。

经过几番讯问，敌人都没有什么收获，已经丧失了信心，把他们当作了一般的俘虏，准备收监。

就在此时，又发生了意外。

4月10日，中共福建省委书记万永诚的妻子被国民党第八师俘虏，刑讯中供出了瞿秋白在濯田地区被俘虏的信息。第八师又把这情况电报国民党驻福建绥靖公署主任、东路军指挥蒋鼎文。蒋鼎文非常重视这一情况，立即电令国民党三十六师师长宋希濂和第二绥靖区司令李默庵，要求他们在俘虏中进行彻查。宋希濂接到命令后，立即安排师参谋长向贤矩进行了排查。

5月4日，保安团十四团团长钟绍葵向宋希濂发出密电："职部在水口俘虏男匪林琪祥一名，经派传达由船解汀，到否乞电示。近查该匪有云似系瞿秋白，乞严讯。"

5月8日，有叛徒告密，说林琪祥就是瞿秋白。这时，已经被保释的张亮、周月林也被重新收押。

5月10日，三十六师军法处长吴淞涛提审瞿秋白。

瞿秋白依然是不紧不慢地回答："上海人"，"36岁"，"职业是医生"，"林琪祥"……吴淞涛一把拍在桌子上，大声喊："你是瞿秋白，你不是林琪祥！民国十六年我在武汉听过你演讲……"瞿秋白摇摇头："你们搞错了，我不是瞿秋白。"

吴淞涛又使出最后的一招，把叛徒吴大鹏带来，进行指认。吴曾经在中央苏区教育人民委员会工作过，与瞿秋白有过接触。

吴大鹏变节后，迫不及待地邀功献媚，"我用脑壳担保，他就是瞿秋白，我说了不算，还有他本人的照片可核对……"

在叛徒的指认下，瞿秋白坦然一笑："既然这样，也用不着这位好汉拿脑壳作保了，我也就不用'冒混'了，瞿秋白就是我，十多天来我的'林琪祥'、'上海人'之类的口供和笔供，就算作一篇小说了。"

5月11日，国民党电台播报了瞿秋白被俘的消息，《中央日报》刊登新闻：俘获共产党首领瞿秋白及项英妻子张亮、梁柏台妻子周月林三人。

写作与刻印

身份暴露后，瞿秋白被关押在长汀监狱。

这期间，国民党政府先后派了宋希濂（系瞿在上海大学教书时的学生）和中央特派员王杰夫等去劝降，但都先后碰壁。刑讯、堂审、逼供、软化、诱降，各种手段无所不用，均告失败。瞿秋白说："人爱自己的历史，比鸟爱自己的翅膀更厉害，请勿撕破我的历史。"

瞿秋白自知时日不多，在这绝灭的前夜，决心用自己的笔向世人和党组织吐露最后的心声，于是就有了《多余的话》。由于明白自己身处囹圄，时刻处于敌人险恶的监视下，文字中充满了很多的曲折和隐晦之处，许多语言和造句都让人费尽心思，琢磨不透。在大爱之下的忧虑和低沉笔调下，用了五天五夜的时间，两万字的《多余的话》得以存世，"知我者谓我心忧，不知我者谓我何求？"正是瞿秋白肝胆胸怀的写照。

瞿秋白在写完《多余的话》之后，还准备写作《读者言》和《痕迹》两本书，已列好了写作目录，一并合成为"三部曲"，可惜很快被国民党政府杀害，没有能够完稿。

瞿秋白有着良好的家学渊源，自小就饱受传统文化的熏陶和训练，琴、棋、书、画、印、诗、文，多有涉猎，其中，治印的功底也是非常了得。他的篆刻技艺，既有家传，也有学校教育。在常州庙沿河冠英学堂读书时，就曾以"铁梅"自号，他的心爱藏书上，也多落上篆体阴文方形图章"铁梅珍藏"。在常州府中学堂，善于治印的国文教师市挚夫就曾对少年瞿秋白进行悉心传授指导。瞿秋白自己曾用过的印章有：瓠舟，寓意引自《庄子·逍遥游》"今有五石之瓠，何不虑以为大樽而浮于江湖？"，抒发自己立志要养身成才、兼济天下的少年抱负；铁梅，寓意岁寒三友之松竹梅，他的少年同学杨世栋、金君叙分别用"云松"、"晴竹"之别号；为纪念与妻子杨之华结婚，刻图章"秋之白华"，情深意长。瞿秋白在苏联时为图书馆讲师列昂洛娃雕刻一枚"梨盒落华"古体汉字狮钮印章，暗含其姓名之俄语字根"狮子"，雕刻技艺十分精美，令人叹为观止。瞿秋白还为丁玲、郑振铎、澎湃等人治过印。瞿秋白在狱中应不少人的美求，雕刻了不少印章，如敌三十六师军医陈炎冰、王廷俊。瞿秋白的共产党人的高尚情操还感化了上述两人，使他们反思国民党的反动政策，最终也走向了革命阵营。

瞿秋白最后的一个印号是"息为"，其中蕴含了对生死的大彻大悟，也寄托了对革命事业的追思与感慨。"息为"印章不是一般闲章，它是瞿生前最后的一枚章，大义存焉。

瞿秋白在狱中还作有七篇诗词：《浣溪沙》《卜算子》《梦回》《题照》《忆内》（集句）、《偶成》（集句）和《无题》，其中前四首是写给三十六师军医陈炎冰的。

就　义

1935年6月17日夜，狱中的瞿秋白做了一个梦。梦中的他似乎行走在一个格外荒凉的山径，山石嶙峋，残阳如血，流霞依稀，寒风阵阵吹身，身边似乎有人走过，转身时又四野阒然。忽然，一阵雾袭来，所有的一切都消失了，眼前似乎是亘古的黑暗……

18日早晨，瞿秋白读唐诗，看到"夕阳明灭乱山中"，忽然心有所动，记起了昨夜的梦，集句得一诗：

> 夕阳明灭乱山中，落叶寒泉听不穷。
> 已忍伶俜十年事，心持半偈万缘空。

上午8时，有人打开了监牢的门。瞿秋白明白了，到上路的时候了。瞿秋白上身着黑色中式短褂，白色齐膝短裤，长筒黑袜，足蹬黑鞋。中山公园的八角亭子里，摆着酒菜四碟，一壶酒，瞿秋白自己为自己倒了一杯，旁若无人，自斟自饮起来。酒尽，不由大笑："人之工余休息，为小快乐；夜间安眠，为大快乐；辞世长逝，为真快乐。"

之后，他昂首长啸一声，唱起他翻译、配曲的《国际歌》，歌声激荡在公园里，响彻云霄。

到了刑场罗汉岭的草坪，瞿秋白提出，要盘腿坐着正面受枪。这样，在倒下时，就可以仰卧在脚下的土地上，从此，开始真快乐地休息了。席地而坐后，他坦然说："此地正好，开枪吧。"

瞿秋白饮弹洒血时年仅36岁。

祭　奠

1935年，将瞿秋白视为知己的鲁迅先生抱病为瞿秋白编辑文集《海上述林》。1945年，在毛泽东的主持下，中共六届七中全会通过的《关于若干历史问题的决议》对瞿秋白作出了正确的评价。

1951年，中央指示福建地方政府寻找瞿秋白烈士坟墓和遗骸。调查组找到了当时为瞿秋白烈士就义前后照相的"艺院照相馆"老板赖韶九。赖韶九证实，当时由他为瞿拍过2张照片，一张是就义前在亭子里的，一张是牺牲倒地后的。

1951年，烈士遗骸被启土保存。1954年7月，福建省委在当地隆重举行公祭仪式，之后，护送烈士遗骸进京。1955年6月18日，时值瞿秋白烈士牺牲20周年之际，中共中央将烈士安葬在八宝山公墓，墓旁右侧，是任弼时同志墓。

陈独秀父子三人与监狱

对于陈独秀，大家并不陌生。他是中国共产党的创始人和早期领导人之一，又是五四新文化运动的主要组织者和领导者。但是，很少有人知道，陈独秀和他的两个儿子都曾先后在监狱中谱写了革命者高尚情操的篇章。

陈独秀早年留学日本，1915年起主编《新青年》，提倡"民主"与"科学"。1918年起与李大钊创办并主编《每周评论》，倡导新文化。1920年在上海成立中国第一个共产主义小组，并发起成立中国共产党。1921年7月在中国共产党第一次全国代表大会上当选为中央局书记，至1927年一直担任党的主要领导。大革命惨败后，离开中央领导岗位，曾被推选为中国托派组织首领。1932年被国民党逮捕入狱，1933—1937年遭囚禁。1937年抗战爆发后出狱。晚年陈独秀回到了马克思主义立场，1942年在四川江津病逝。著有《独秀文存》《陈独秀文章选编》等。

陈独秀一生中曾五次入狱。1919年6月8日，《每周评论》刊出了《研究室与监狱》，经常有骇世妙语的陈独秀提出了监狱是"文明发源地"一说："世界文明发源地有二：一是科学研究室，一是监狱。我们青年要立志出了研究室就入监狱，出了监狱就入研究室，这才是人生最高尚优美的生活。从这两处发生的文明，才是真文明，才是生命有价值的文明。"

陈独秀生性孤傲，志趣高洁。1932年又一次被捕入狱，与他一起被捕的还有托派组织成员彭述之、郑超麟、罗汉、濮德治等十多人，当时，陈独秀已经被开除出党有五年，自组托派。陈被解往南京时关押在江宁法院等待受审。陈独秀在看守所时气定神闲，酣睡如常，拒绝向当局"悔过"、"具保"。

陈抱定必死之心，他给人题写下"三军可夺帅，匹夫不可夺志"的墨迹，但求速死。但"审判约在本月底，计尚有月余逍遥"，大觉不爽快，便给老朋友胡适写信，托他带些书来，"只有终日闷坐读书，以待最后"。信中说："……如能得着些纸笔，或者会做点东西，现在也需要看书以消磨光阴。先生能找几本书给我一读否？——英文亚当·斯密的《原富》，英文李嘉图的《经济学与赋税之原理》，英文马可·波罗的《东方游记》，崔适先生的《史记探源》——此外，关于甲骨文的著作，也希望能找几种寄给我。先生要责我要求太多了吧？"

陈独秀被捕后，各界都伸出援手。蔡元培、柳亚子、林语堂等名流在《申报》刊出合署声明，要求当局刀下留人；蒋梦麟、周作人、钱玄同等12人致电张静江和陈果夫说情；胡适、罗文干等人或致电蒋介石或私下奔走营救，以求从宽处理。世界著名物理学家爱因斯坦给蒋介石拍来电报，电文说：陈独秀是东方的文曲星，而不是扫帚星，更不是囚徒，请求给予释放。当时被誉为"世界二十世纪的三大哲学家之一"的罗素、美国知名人物杜威等也纷纷致电给蒋，字里行间不无对陈的钦佩和景仰之情。1933年4月，江苏省高院判处陈独秀有期徒刑13年，陈拒不认罪，两次上诉，一次抗辩，措辞激烈，气势雄健。在各界影响下，法院最终判决有期徒刑8年。

1933年5月（民国二十二年），陈独秀被关押在国民党江苏省第一监狱，俗称老虎桥监狱。最初，监狱向陈宣布"三不准"政策——不准探监，不准看书，不准看报。陈冲着典狱长大骂一通："你们执行恶法，我拼老命也要抗议！"陈宣布绝食。在陈的抗议下，监狱方同时也是为了怕其向其他罪犯"传播共产主义"，把陈独秀因禁在一间单间青瓦的牢房里，大小大约12平方米，有书桌、单人床，独门院落，天井里还有树有花。

来自于社会各界名流、旧日朋友赠送的书籍堆满了牢房，经史子集样样俱有。在这样一个独特的天地里，陈独秀竟然孜孜不倦地把因室当成研究室，开始起自己的学问研究了。

他给自己制订了一个著述计划：《古代的中国》《现代中国》《道家概论》《孔子与儒家》《耶稣与基督教》《我的回忆录》……

这些计划由于提前出狱而永远定格成了计划。但他在文字学和音韵学方面的研究却收获不少，其中《识字初阶》更是不可多得的上品。这是部倾注心血的书，也是部多灾多难的书。陈独秀痴迷于中国汉字的形、事、意、声、转、假"六书"研究。陈独秀还与来探监的人争论探讨《说文解字》。著成《实庵字说》《老子考略》《孔子与中国》《干支为字母》等论文。前三篇发表在《东方杂志》，郭沫若看了后，写文章称赞陈独秀是文字学的行家。

陈独秀在狱中并不寂寞，时有外人来访。既有昔日老友，也有慕名来访的陌生人，还有政府当局派来的说客，如何应钦、宋美龄、顾孟余等。来探监时，先由看守递来名片，陈是特立独行，想见就见，不想见就一律闭门羹伺候。老友刘海粟从美国回来，与陈见面时说："你伟大！"陈独秀哈哈大笑："你才伟大！敢画模特儿，和封建势力斗。"刘海粟向陈索字留念，陈铺开宣纸，一挥而就：行无愧怍心常坦，身处艰难气若虹。

陈独秀有多个儿子，有两个儿子先后步他的后尘，在监狱里走完了人生之路。这就是陈延年和陈乔年烈士。

陈延年是陈独秀的长子，陈乔年是次子。

1915年，陈延年和陈乔年被陈独秀接到了上海求学。当时，陈延年是十七岁，陈乔年是十三岁。陈独秀把弟兄俩接到身边，意在培养见识，开阔眼界。两年后，弟兄俩双双考进了震旦大学。

弟兄俩都继承了陈独秀的性格，倔强，不同凡俗。

陈独秀早年传播马克思主义对陈延年和陈乔年兄弟俩并无直接联系。二人是陈独秀的前妻所生。陈独秀后来与其妻妹（与其妻高晓岚同父异母）高君曼意气相投，并最终同居结婚。陈延年和陈乔年一直站在其生身母亲一边，与陈独秀的父子感情并不深。

陈延年、陈乔年赴法国勤工俭学后，逐渐放弃无政府主义开始笃信马克思主义。1922年6月陈延年与赵世炎、周恩来一起被选为旅法少年共产党旅欧支部第一次代表大会的委员。回国后，二人都成为中央委员，陈延年曾任中共广东区委书记。在党的会议中，父子三人也都是以"同志"相称。

1927年陈延年被捕，在狱中并没有暴露身份。同时，他沉着冷静地请求上海亚东图书馆经理汪孟邹求救。

汪孟邹委托胡适营救，胡适转而委托吴稚晖，不料好心办成坏事。吴稚晖曾经与陈独秀和胡适都非常熟悉，又曾经帮助过陈延年和陈乔年兄弟去法国勤工俭学。陈独秀文笔下不留情面，撰文骂过吴稚晖，加之陈延年、陈乔年二兄弟又在法国转而信仰马克思主义，导致父子与吴稚晖的政治裂痕较深，怨恨亦深。

吴稚晖知道陈延年被捕后，立即向上海警备司令部杨虎告密，说：陈延年"恃智肆恶，过于其父百倍"，陈延年的身份遂暴露。1927年7月，陈延年在龙华刑场被刽子手乱刀砍死。次年6月，陈乔年也被捕，年仅26岁，也在龙华遇害。

至今，在安庆江边陈家的老屋旧址上，还有一块碑，说明是烈士陈延年和陈乔年的故居旧址。只是，很少有人知道，他们还是陈独秀的儿子。

（撰写本文时参考文章：1.《领导文萃》2011年1月上半月刊，叶尚志、陈长璞《陈独秀的子女们》。2.思笠主编：《心灵底片》，凤凰出版社，2010年6月第1版。3.《南京监狱志》中载有的吴跃农等人文章，在此致谢。）

敏感

从夏朝出发

——有感于《南粤监狱》的办刊宗旨

拿到最近几期《南粤监狱》，悄然发现其办刊宗旨已经发生了改变。以前是"弘扬法制精神，缔造监狱文化"，现在提出了"法治改变未来"。这一转变，与其说是一个眼界的放大，倒不如说是境界的提升，与其说是一句口号，倒不如说是一个沉甸甸的期待。

法治能否改变未来？需要时间的检验。但以古鉴今，反观人类文明发展史的每一步，我们却能清晰地发现，法治始终是那只力量无穷的推手，不断提升着文明的水平。

我们是监狱职业人，就拿监狱来说话。

中国的监狱滥觞于第一个奴隶制国家夏朝，这已为史界公认。从夏朝开始，继之殷商和周朝，并称三代。监狱就随着法律文明的发展而走上了漫漫征程。

站在今天，向夏朝那个遥远的起点眺望，虽然隔了四五千年的风云，虽然大大小小的王朝旗帜变幻，但我们总能透过一些挂满青苔的里程碑，看出监狱在历史隧道中艰难地前行。

夏商周三代是监狱发展的始发站。监狱在夏朝叫夏台，殷商时称羑里，周朝时为圜圉。这一时期监狱关押的对象既有奴隶、战俘，也有贵族、官吏。夏朝初期刑罚体系以生命刑和身体刑为主。随着社会生产力和法制的发展，开始出现了以拘禁人身自由、施以劳役之罚的劳役刑，这也直接催生了监狱制度的完善。荀子《劝学》里提到的治国大臣傅说就曾经被拘禁在圜土修筑傅岩城。至周朝时，监狱狱制已经相对成熟，"周朝存在监狱而且监狱的建设有了长足的发展，是中国上古文物典章制度达于粲然大备的重要表现"。这一时期的监狱制度取得的成绩可以简单概括为：一是监狱组织管理体系初步完备。监狱有中央和地方之分，朝廷的叫狱，地方叫犴，均有专职的管理狱官。二是监狱关押的对象有明确划分。按照罪行轻重分别关押于不同警戒等级的监狱，监狱分为已决监和未决监，兼具收容和监禁职能。三是专门的狱具制度得以建立。有专门的桎、梏等狱具，对应不同罪行程度的罪犯。四是监狱的基本元素均已出现。如围墙、囚衣、狱具、专门的狱官、禁具（如蒺藜、丛棘）等。

考察上古三代的监狱及其管理制度的建立，我们可以看到，这一时期的监狱，标志着刑罚制度已经走出了远古蒙昧时期的血腥杀戮和残酷肉刑，法律文明迈出了大大一步。

从春秋到战国，百家争鸣，群雄并起，逐鹿中原，但最终是秦国取得了胜利。公元前221年，秦灭六国，一统天下。秦朝的治国思想吸纳了法家学说，强调以法治国，实行法治主义；主张"刑无等级"、"法不阿贵"，反对封建特权；主张"轻罪重刑"、"以刑去刑"，以达到轻罪重罚、杀一儆百。明法重刑是秦朝集其大成的代表性思想，也始终贯穿于秦朝的监狱管理中：一是要

敏感

以法治狱；二是要以刑罚预防犯罪，"刑用于将过"；三是不赦不宥，王子犯法与庶民同罪，不容宽免。这些，都是秦朝法治改革进步的因素所在。虽然秦朝政权在历史上只是倏然而逝，其治狱思想过于严苛，但秦朝监狱所体现的历史意义却极其深远。"一部法律治天下"，法律的统一带来了罪犯收押、管理等方面的统一，这无疑在监狱发展史上又前进了一大步。

两汉时期，法治思想与此前的秦朝开始分野。秦朝"刑重狱恶"导致民不聊生，政权迅速垮台，也令后来治国者深思。儒家思想开始走上政治舞台，迅速渗透进法制和治狱思想中。以往的重刑治狱思想开始演变为"德主刑辅"，强调以德礼教化为主，以刑罚惩治为辅，阴阳结合，礼法结合。反映在刑罚上，有很多体现，其中汉文帝十三年，"缇萦上书"导致若干肉刑废除就是一个很好的例证。反映在治狱上，就出现了一系列的德政举措，比如录囚、颂系、听妻入室等。

唐宋不愧是封建王朝的鼎盛时期，在这一时期，统治思想的成熟也体现在法典制作的成熟上。《唐律疏议》是中国封建法律的巅峰和代表之作。其中第11篇捕亡律1卷10条，是关于缉捕逃犯，加强罪犯管理等方面的法律。第12篇断狱律2卷34条是关于司法审判及监狱管理方面的法律。此外，还制有《狱官令》，对狱制规定得更加详尽。对囚犯分贵贱、男女异狱分押分管。还有具体的桎梏拷囚、安全防卫、缉捕逃犯等方面的定制。对狱官的渎职、贪赃行为，则严厉查处。具体到"诸主守受囚财物，导令翻异，及与通传言语，有所增减者：以枉法论，十五匹加役流，三十匹，绞"。唐朝关于治狱的成就实现了礼法的完美结合，不仅规范，而且全面，监狱曾一度号称"法狱"，治狱工作提升到治国的高度来认识。

明清时期，狱制的翻新并没有超越唐宋的水平。仿佛唐诗宋词一样，走到巅峰，再难有新的跨越。在明朝甚至还有历史倒退的地方，东厂、西厂的特务机构监狱令人发指，元朝、清朝的监狱都有反映民族歧视的法律规定。但放之于整个历史长河，这不过是一段曲折的回流。

治狱水平的高低，永远都是官员政绩考课的一个主要指数。在无数的清官故事中，我们都可以看到具体而鲜活的实例。包青天的狸猫换太子，狄仁杰治狱清明而被武则天称为"国老"……

历史之河，缓慢地流淌……

直到十九世纪四十年代，"天朝王国"梦境被西方列强的坚船利炮无情粉碎。一夜醒来，国人睁眼发现，整个国家已经成为别人案板上的鱼肉。西方列强借口"法律不良"把中国列为三等国，因着领事裁判权和会审公廨条文，在中国领土上竟然出现了外国建造的监狱！

生死存亡的形势催生了政治法律的改革和改良。

狱制的改良又一次被推到了风口浪尖上。沈家本从西方资产阶级感化思想的角度出发，对儒家的德主刑辅思想进行了重新认识，得出了监狱必须以"感化罪犯"为归宿。以筹设新式监狱、培养监狱管理官吏、制订法律入手，建立司法统计等内容为承载，监狱改良全面拉开了帷幕。自1908年历经近三年的努力，制定了《大清监狱律草案》，是中国近代改良、狱制西化的最为全面的第一部监狱法规，也是中国第一部独立的监狱法典。

虽然，这一时期狱制的筹划并没有真正得到实施，但其历史意义就在于，从这里开始，代代相承几千年的封建监狱体制，被逐渐牵引到一个新的航道。

刑罚思想是一个不断变化的历史范畴，从原始到现代，从简单到复杂，从君主、社会精英的刑罚思想到社会公认的刑罚思想，这是一条非常确凿也是坚定不移的轨迹。

监狱是检测法律文明的一个重要窗口，历来被尊为国之重器。监狱是一个国家法治思想的温度计。

法治的实现固然先决于成熟的法律，但是，离开了品质优良的执法者，离开了文明、进步、权威的法律文化，离开了孜孜不倦的探索和改革，只能说是一纸空文。正如长风同志在《南粤监狱》第24期卷首语上所说的："以执行法典为职责的监狱工作者当以现代文明的法治精神为执法信仰。"

回看监狱的漫漫发展史，常常会在这长河发现一些闪烁着光芒的名字，比如皋陶、钟离意、董仲舒、公孙弘、胡太初、沈家本……我们也会记起一些充满智慧和人性的制度，比如嘉石、颂系、听妻入室、录囚、儒臣治狱……监狱法治的发展，需要我们记住这些，然而，更重要的不是记忆，而是探索！

新中国监狱制度得益于一代又一代监狱从业人的探索。改革大潮最初涌起的广东，监狱制度的改革也经常有神来之笔。看了最近《南粤监狱》为迎接国庆六十周年的一些集中报道，我才知道，从警以来的一些曾经熟悉的字眼，原来是来自南粤大地！

回望广东监狱系统仅三十年进程，每一步都走得那么精彩，硕果累累，目不暇接：直接管理、封闭管理、狱务公开、政务公开、两大战略转移、全面安全观、科学改造观、公正执法观、两权分离、信息化建设……

从夏朝出发，我们不是第一个跋涉者，当然更不会是最后一个！

从夏朝出发，会不断有人加入这行列，不断接力，薪火相传。

从夏朝出发，有一条信仰在书写，这个信仰就是：法治改变未来！

这条路有多远？或许老狼的歌曲是最好的回答：

　　"有多远就走多远，我不会怕难；有多远就走多远，一百到一千……有多远就走多远，一千到一万；回忆就像梦一般，脑海中闪现……梦浮现在眼前，哪怕只一瞬间，一瞬间的改变，就在这一转眼，一转眼间扩散。一转眼间蔓延，你说还有时间，我还能走很远。"

旧文拾遗·鲁迅《谈监狱》

应该说，在鲁迅众多的著述中，少有专门谈及监狱的。最近在翻阅民国档案资料时，看到了鲁迅先生的《谈监狱》杂文一篇，文章刊登在1934年《人言周刊》第1卷第1—123期上册。阅毕，深感在浩瀚古籍里，这篇文章能在今天被笔者发现，让我们见识到鲁迅先生对民国时期监狱的评述，实是幸事。根据《人言周刊》里的记载，这篇文章是鲁迅先生用日文撰写的，发表在日本刊物《改造》上，井上（可惜原刊上查不出其完整的名字）先生将其翻译成中文，投寄给《人言周刊》；《人言周刊》的编辑还是冒着一定的风险将其登载出来。

岁月流逝，二十一世纪后的今天，笔者在查阅民国档案时，因监狱民警职业身份的敏感使然，顺带着留意了一下监狱题材的资料，并下载了大量的影印资料。珍贵的资料更应该与监狱同人分享，所以笔者又想到在闲暇之余，把这篇文章从繁体、竖排的影印资料的形式转化成简体字新体版式。

整理完毕后，欣喜之余，仍不禁嘘唏：在当时民国政府审查制度下，如果鲁迅先生不是用日文撰写，投寄到日本刊物，此文章断不能发表；假如井上先生不是慧眼发现，将其翻译成汉文，这篇文章也必将会湮没在日本的旧报刊中；假如《人言周刊》的编辑缺乏一定的胆气，这篇"出口转内销"的文章也必然石沉大海，不会出现在国人的视野里；时隔七十余载，世事白云苍狗，假如笔者不曾为写论文去查阅民国旧档案，或者不做监狱民警，也会与之失之交臂。

对于《人言周刊》的那位可敬可爱的编辑，忍不住还要多说一句。大概他也怕因为登载鲁迅的文章惹上官司，不惜使用了"春秋笔法"，在编者按语中，先是说发表该文是"举一个被本国驱逐而托庇于外人威权之下的论调的例子"，然后又期期艾艾地说："鲁迅先生本来文章极好，强词夺理亦能说得头头是道，但统观此文，则义气多于议论，捏造多于实证，若非译笔错误，则此种态度实为我所不取也"，如果触了报禁审查官员的神经，这样就能撇清自己？如果不赞同鲁迅的观点，仅仅因为他文笔好，就可以发表？不由为之扑哧一笑，他的小可爱，实在是妙！让人忍俊不禁。

鲁迅文章中提到的牛兰夫妇，也需要再补充一下：牛兰，Naulen，生之年份不详，死于1963年，真实姓名系亚科夫·马特耶维奇·鲁德尼克，波兰人，是"泛太平洋产业联盟"上海办事处秘书，共产国际派驻中国上海的工作人员。1931年6月17日牛兰夫妇在上海被民国政府拘捕，投送江苏第一监狱即南京老虎桥监狱关押。1931年6月至1937年8月囚禁于狱中。1932年7月1日以"危害民国罪"受审，牛兰夫妇不服，于7月2日起开始绝食抗议。1932年8月19日，江苏高等法院以扰乱社会治安，触犯"危害民国紧急治罪法"的罪名，判处牛兰夫妇死刑，援引大赦条例，减判为无期徒刑。当时，宋庆龄、蔡元培等社会名流曾组织"牛兰夫妇营救委员会"，出面营救。宋庆龄还多次到南京监狱看望牛兰夫妇，书面担保牛兰夫妇保外就医，并妥善安置其儿子吉米。1937年8月27日，日本侵略南京，开始轰炸，牛兰夫妇逃出监狱，后回到苏联。1943年至1948年曾担任苏联红十字会对外联络部长。鲁迅文中提到的牛兰夫妇绝食的事情，缘由大致如此。

万物皆有缘。或许，鲁迅先生这篇谈监狱的文章，折戟沉沙，历经岁月磨洗，今日能够在这里"认前朝"，就是在等待这诸多的缘分际会吧。

顷阅日文杂志《改造》三月号，见载有我们文坛老将鲁迅翁之杂文三篇，比较翁以中国文发表之短文，更见精彩，因翻译之，以寄人言。惜译者未知迅翁寓所，问内山书店主人丸造氏，亦言未详，不能先将译稿就正于氏为憾。但请仍用翁的署名发表，以示尊重原作之意。

——译者井上附白

谈 监 狱
鲁 迅

人的确是由事实的启发而获得新的觉醒，并且事情也是因此而变革的。从宋代到清朝末年，很久长的时间中，专以代圣贤立言的"制艺"文章，选拔及登用人才。到同法国打了败仗，才知道这方法的错误，于是派遣留学生到西洋，设立武器制造局，作为改正的手段。同日本又打了败仗之后，知道这还不够，这一回是大大地设立新式的学校。于是学生们每年大闹风潮。清朝覆亡，国民党把握了政权之后，又明白了错误，而作为改造手段的，是大造监狱。

国粹式的监狱，我们从古以来，各处早就有的，清朝末年，也稍造了些西洋式的，就是所谓文明监狱。那是特地造来给旅行到中国来的外人看到，该与为同外人讲交际而派出去学习文明人的礼节的留学生属于同一种类。囚人却托庇了得着较好的待遇，也得洗澡，有得一定分量的食品吃，所以是很幸福的地方。而且是在二三星期之前，政府因为要行仁政，便发布了囚人口粮不得克扣的命令。此后当是益加幸福了。

至于旧式的监狱，像是取法于佛教的地狱，所以不但禁锢人犯，而且又要给他吃苦的责任。有时还有榨取人犯亲属的金钱使他们成为赤贫的职责。而且谁都以为是当然的。倘使有不以为然的人，那即是帮助人犯，非受犯罪的嫌疑不可。但是文明程度很进步了，去年有官吏提倡，说人犯每年放归家中一次，给予解决性欲的机会，是很人道主义的说法。老实说：他不是他对于人犯的性欲特别同情，因为绝不会实行的望头，所以特别高声说话，以见自己的是官吏。但舆论甚为沸腾起来。某批评家说，这样之后，大家见监狱将无畏惧，乐而赴之，大为世道人心愤慨。受了圣贤之教，如此悠之，尚不像那个官吏那么狡猾，是很使人心安，但对于人犯不可不虐待的信念，由此可见。

从另一方面想来，监狱也确有些像以安全第一为标语的人的理想乡。火灾少，盗贼不进来，土匪也绝不来掠夺。即使有了战事，也没有以监狱为目标而来爆击的傻瓜，起了革命，只有释放人犯的例，没有屠杀的事。这回福建独立的时候，说释人犯出外之后，那些意见不同的却有了行踪不明的谣传，但这种例子是前所未见的。总之，不像是很坏的地方。只要能容许带家眷，那么即使现在不是水灾、饥荒、战争恐怖的时代，请求去转居的人，也绝不会没有。所以虐待是必要了吧。

牛兰夫妻以宣传赤化之故，收容于南京的监狱，行了三四次的绝食，什么效力也没有。这是因为他不了解中国的监狱精神之故。某官吏说他自己不要吃，同别人有什么关系，很讶奇这事。不但不关系于仁政，且节省伙食，反是监狱方面有利。甘地的把戏，倘使不选择地方，就归于失败。

但是，这样近于完美的监狱，还留着一个缺点。以前对于思想上的事情，太不留意了。为补这个缺点，近来新发明有一种反省院的特种监狱，而施行教育。为不曾到其中去反省过，所以不详细其中的事情，总之对于人犯时时讲授三民主义，使反省他们自己的错误。而且还要做出排击共产主义的论文。倘使不愿写或写不出则当然非终生反省下去不行，但做得不好，也得反省到死。在日下，进去的有，出来的也有，反省院还有新造的，总是去的人多些。实验完毕而出来的良民也偶有会到的，可是大抵总是萎缩枯槁的样子，恐怕是在反省和毕业论文上面把心力用尽了。那是属于前途无望的。（此外有王道及火二篇，如编者先生认为可用，当再译寄。译者注）

编者注：鲁迅先生的文章，最近是在查禁之列。此文译自日文，当可逃避军事裁判。但我们刊登此稿目的，与其说为了文章本身精美或其议论透彻，不如说举一个被本国驱逐而托庇于外人威权之下的论调的例子。鲁迅先生本来文章极好，强词夺理亦能说得头头是道，但统观此文，则义气多于议论，捏造多于实证，若非译笔错误，则此种态度实为我所不取也。登此一篇，以见文化统治下之呼声一般。王道与火两篇，不拟再登，转言译者，可勿寄来。

敏感

听说德国的监狱

7月16日上午，德国北莱茵—威斯特法伦州（国内习惯上简称其为"北威州"，下文用其简称）司法代表团在方源金陵国际酒店举办了一次学术报告会。15日晚上闻讯后，我主动和省局办公室联系，也去旁听下。这样高规格的学术交流会，绝对不容错过。

北威州位于德国西部，是人口超过1800万的联邦州，是德国人口最多的州，面积34067平方公里，该州是1946年由威斯特法伦省和北莱茵省合并而成，是德国非常具有代表性的州。

德国北威州司法代表团一行六人，有州司法部考试中心暨州司法部"培训与国际合作"总理事会负责人，州司法部国际法律合作处主任，有州高等行政法院法官、州律师协会分会会长，还有比勒菲尔德—布拉克韦德监狱的监狱长。

谈到司法部，必须预先介绍点德国的司法行政体制。德国属于联邦制国家，联邦和州都有立法权。经过2006年联邦立法改革，刑事执行方面的立法权交由各州专属行使。联邦和州两级层面都有司法部这一机构。刑罚执行权属州司法部行使。

众所周知，德意志民族于二十世纪先后经历了两次世界大战、纳粹主义和国家分裂的苦难，其刑事执行法思想也历经几多坎坷历程，但在德意志民族自身所独有的民族批判现实主义精神照耀下，其立法体系始终处于开放状态，不断吸收了现代法治文明理念，刑法体系尤其是刑事执行方面，在世界各国中始终保持了领先的道德优势和人权优势。回顾民国期间"六法体系"，也带着由日本渐次移植而来的德国刑事立法思想的烙印。

不用多说，罗伯特·达曼监狱长自然是我们今天重点关注的对象。这自然是出于同行之间的惺惺之情。

由于时间太过紧凑，报告团上午只能安排两个报告主题：一个是尤尔根·韦德律师作德国律师制度方面的学术报告，另一个就是罗伯特·达曼监狱长介绍德国监狱制度和比勒菲尔德—布拉克韦德监狱的简要情况。

比勒菲尔德—布拉克韦德监狱是1977年5月建成、投入使用的，占地一百余亩地，设计关押规模在550人。

用大概一个小时的时间来讲述德国的监狱制度和比勒菲尔德—布拉克韦德监狱，显然是勉为其难的讲题。罗伯特·达曼监狱长也只能结合他所在的监狱作蜻蜓点水式的讲解和说明。

不过好在我手头带了司法部基层工作司司绍寒博士的论著《德国刑事执行法研究》，书里对德国监狱制度介绍得比较系统、详细。趁会议没有开始的时候，先做点功课，打打底子。

在德国，刑罚执行属于各州内部的事务，联邦没有自己的监狱，在联邦司法职权范围内被判刑的囚犯，均羁押于各州监狱执行，其费用由联邦支付。德国的行刑成本之高，在世界各国中比较，也属开销昂贵的国家之一。有资料作了不太完尽的统计，执行监禁刑的囚犯每人每天总费用高达78欧元，在半开放、开放式

敏感

监狱，也有30余欧元。目前德国约有囚犯75000人，占其总人口的千分之一不到。德国早已废除死刑，监禁刑罚最高为终身监禁，但一般在十五年后可以被有条件地释放。德国的刑罚种类由自由刑、罚金刑和财产刑、附加刑组成。

监狱不仅承担自由刑的执行，而且还承担保安监督处分的执行。所谓保安监督处分，也就是指青少年刑罚、待审拘留以及刑事拘留、治安拘留、安全拘留、强制拘留。此外，在大多数州，驱逐前的拘留，也都是由监狱执行。

监狱由州司法部直接或间接管辖，绝大多数州由司法部长直接管辖监狱，也有个别的州，由司法部长将监督权委托给"司法执行局"一类的机构行使。也就是说，目前德国监狱的行政管理体制基本可概括为"司法部——监狱"的两级行政架构。

德国自由刑的执行具有如下四个特点：

一是适用范围的统一性。所有的自由刑均在州司法行政机关所属的监狱执行。而中国的自由刑则不全由监狱执行，还有公安机关执行部分自由刑，如管制、拘役等。

二是法律规范的统一性。在执行联邦改革前，全德国适用统一的《刑事执行法》《刑事执行条例》和《刑事执行法联邦统一行政规则》，联邦改革后，这方面略有削弱。

三是法律规范的确定性。德国人的严谨精神世界闻名，其法律规定的细密程度也是首屈一指。比如在时间和数字上都非常精确，对于会见、外出、工资、金钱都会具体到日、小时、百分比，操作性强。

四是罪犯权利的首位性。德国刑事立法采取囚犯权利中心，在《刑事执行法》的章节安排上，都注重突出囚犯的权利，将其列为基本原则部分，且在内容上占有大幅比例。

与中国监狱相同的是，德国对囚犯的关押，也是实行分押、分类、分级处遇制度。但与德国当下普遍实施的开放式、半开放、封闭式监狱并存的关押模式相比，显然中国对于该制度的执行，尚在文本阶段，缺乏实践上的探索。

在日常生活保障、离监制度、与外界交流、劳动作业方式和报酬、教育、社会矫治、再社会化等方面，德国的监狱制度有很多值得我们学习和借鉴的地方。

在互动交流中，监狱局的与会代表也提出了不少问题。

——"在囚犯劳动的工具房，假如发生斗殴事件，如何界定其责任？"罗伯特·达曼回答："囚犯是根据其表现才能够参加劳动，一般都会珍惜这种机会，不会发生此类斗殴事件。"

——"囚犯的教育是如何开展的？""囚犯的教育一般都采取囚犯自愿和自我负责，监狱不开展学历教育，都是以囚犯的教育程度自行选定教育内容。"

——"囚犯的劳动报酬是如何执行的？""《刑事执行法》规定了劳动报酬的等级，共分五级，一般相当于社会同工报酬的十分之一，计算起来，一般月基本工资近300欧元。"

——"达曼先生，您的报告中提到对于不愿改造的囚犯都要予以警戒程度较高的关押，那么请问，这类囚犯占总数的多少？""这类囚犯占总数的一半左右。我们一般对他们进行严格监禁，等其有改造的愿望时，再加以教育、矫治。"

——"德国的囚犯重新犯罪率是多少？""从封闭式监狱释放的囚犯，重新犯罪率在百分之五十左右。"

……

从罗伯特·达曼先生的回答中，可以看出德国人的严谨、细致作风，对一些我们通常理解为"不足为外人道也"的问题，他的回答也是直率、干脆，丝毫不遮遮掩掩，反倒令在座的同行有些惊讶。

因为时间关系，讲座已经到了结束时间——十二点，有好多问题都没有来得及提问，比如，笔者一直比较感兴趣的"德国监狱的名誉执行帮助人是如何开展工作的？""监狱矫正官是如何唤醒囚犯自我改造动机的？""监狱针对囚犯开展的再社会化工作具体有哪些内容？"等问题，都没有机会提出来。

这次学术报告会，虽然短短两三小时，会上听来"终觉浅"，但是对于德国监狱的感知还刚刚开始，相信今后会有更多研习的机会。

假如有机会，真想去德国考察下他们的监狱，而不是这样简单地去听说。

漫谈监狱警察精神

　　自去年省局开始倡导新时期江苏监狱警察精神："崇法崇德，致正致新"后，我就一直在思考着这样一些问题——"精神是什么？""这样的警察精神意味着什么？""这样的警察精神可以给我们带来什么？"

　　精神为何物？似乎没有人能够说得清，也没有人能够触摸得到，它至刚又至柔，至大又至小，至远又至近。有时仿佛是浩瀚夜空里的星星，虽然相隔那么遥远，却分明看得见；有时又像是埋藏在沙漠里的一口井，看不到，但干渴的旅人都在向着那个方向在寻找。是坚毅而矍铄的眼神？是与生俱来的胎记？是面壁十年图破壁的执着？还是一面虽然破碎仍然飘扬空中的战旗？

　　精神为何物？从来没有一个准确的答案，但是，古往今来，又的的确确有很多人给出了一些答案。它存在着！设若没有精神，我们真的无法解释和理解屈子赴江、苏武牧羊、鉴真渡海、武穆抗金……

　　河海滔滔。许多肉身已经灰飞烟灭，然而，总是有一些精神

敏
感

的光芒让我们念念不忘、刻骨铭心。法国思想家帕斯卡尔说过："人是一支有思想的芦苇。"但是，我觉得，并非每支芦苇都可以做到有思想。直面自我，追问有限生命之意义，探索人生精神之所在，这种追问和探索总是具有形而上的性质。正如黑格尔所说："一个没有形而上的民族，就像一座没有祭坛的神庙。"没有祭坛，也就没有信仰，没有价值，没有敬畏之心，没有法律和道德内心约束。针对形而上的精神、灵魂、信仰的追求，犹如提着自己的头发跳高，需要对自己进行不断的拷问和约束。对形而下的物质功利追求，犹如江河日下，一旦裹挟进去，很难拔身。

话题拉回到监狱这个行业。

监狱警察的职业自诞生以来，其行业地位和职业形象就很卑微，很难与正直高尚有缘。想获得认可与赞誉，真的有些比"骆驼穿过针眼还要难"。

传统的刑罚思想就是强调其惩戒性，"夫刑者，知死生之命，详善恶之源，剪乱诛暴，禁人为非者也（隋书·刑法志）"。虽然也曾有自周朝时"以德配天、明德慎罚"立法指导思想，以及一脉相承的儒家"仁政"、"恤刑"、"天人感应"的治狱思想，但是，以恶制恶、公器私用、同态复仇的刑罚思想基因仍然是衣钵相承，这也让监狱以及监狱警察蒙上了一层阴森可怖的面孔。无论是中华封建刑罚体系中的旧五刑——墨、劓、宫、刖、大辟，还是新五刑——笞、杖、徒、流、死，都还不足以称得上残酷，在一些酷刑的考据中，有剥皮、腰斩、断椎、梳洗、凌迟……其用刑之惨，令人毛骨悚然。刑罚的惨烈也益发增加了人们对监狱和监狱警察的残酷断想。流记于史的多是一些酷吏，如汉代的郅都、宁成、义纵，隋代的陈家德，唐代的来俊臣等，都是以其治狱残酷、以残忍立威而名传于世。监狱警察的称呼只是现代的说法，过去只是被称为"狱吏""皂吏"（监狱管理者的名称）。素质的低下、事务的繁重、地位的卑下、经济上的困窘、责罚的严厉等等因素纠缠到一起，势必造成狱吏集体心理上的扭曲和逆反，所以在监狱警察中存在倚狱为市、敲诈勒索、体罚虐待、聚敛财富的现象，也就不足为怪了。无论是传统戏曲、文学典籍，还是现在影视剧等文艺作品中，监狱警察的形象都很少正面肯定，这种社会群体的认知定式，也是有其广泛社会历史基础的。

作为刑罚的执行者，本该与公平、正义、文明的法律精神并肩而立，却为何背道而驰，走到了反面？

伴随着法制从传统走向现代，法律从业者的行业形象也都有了顺应时代发展潮流的重构。英国17世纪杰出的思想家温斯坦来说过："国家的管理制度包括三个组成部分：法律、胜任公职的人员，以及对这些法律的认真地执行。"就监狱文明的发展而言，我以为，监狱法律需要完善，但更重要的是我们要培养一支弘扬"崇法崇德，致正致新"的监狱警察队伍。监狱警察不仅要执行刑罚，还肩负对罪犯思想行为的矫治之职责，已经成为衡量一个国家监狱文明的重要标尺之一。

监狱文明的发展，不仅仅取决于一部完备的监狱法规、监狱硬件设施的优化，也不仅仅取决于监狱警察知识专业结构的丰富、生活待遇的提高。这些，只是形而下的物质上的衡量标准。假如，我们缺乏对形而上的精神层面的追求，用缘木求鱼、刻舟求剑这一习见的成语形容我们的目标，并不为过。

曾经物质匮乏、生活清贫的日子里，我们创造了许多令国人自豪的精神，如长征精神、延安精神、雷锋精神、大庆精神……我们曾经用这些精神去创造物质，追求理想的生活。如今，随着物质的日益丰富，我们却不得不面对这样的现实：我们的身体日渐丰腴，而我们的灵魂却日渐萎缩；我们的物质日渐丰富，我们的精神却日渐贫乏。物质上的丰富，生活内容的多彩，待遇上的提高，却反而让我们一天一天地远离了精神的家园，丢失了我们的"祭坛"。

在这样"乱花渐欲迷人眼"的年代里，提倡一种行业精神，且去身体力行之，尤显得可贵。"崇法崇德，致正致新"，这更像是夜空里的星星、沙漠中的井，值得我们去仰望、去跋涉。在监狱文明发展的路程上，在我们之前，在我们之后，都有一代又一代的监狱从业人在为之奋斗和探索。这才是我们薪火相传的精神，也是我们的共同神庙里的祭坛。万有皆逝，唯精神长存。

然而，更进一步说，仅仅有了一个监狱精神的召唤，这还远远不够。假如我们就此满足，停留于精神的形式意义上，那我们仍然是限于形而下的泥沼了。

在圣经故事里，有这样一则让我记忆深刻。

耶稣站在一条船上，向聚集在岸上的众人布道：有一个人撒种，有些种子落在了没有土的路旁，种子被鸟吃掉了；有些落在了只有浅土的石头上，幼苗被太阳晒焦了；有些落在了荆棘丛中，幼苗被荆棘掩盖了；还有的落在了肥厚的土壤中，终于长大结实，得到了好的收成。

我觉得，这故事恰好可以说明，假如把"崇法崇德，致正致新"的监狱精神比作种子的话，那么，我们每一个监狱的从业者准备好了适宜它生长的肥沃土壤了吗？在探索、实践这精神的漫漫行程中，我们都应该是亲历者，我们不只仰望星空，我们更要脚踏大地。然而，需要追问的是，我们每一个人的内心，是否都已经准备好了肥沃的土壤？

朝着那个方向，我们最需要的，还是静静地前行。

监狱的标语

标语，就是"用简短的文字写出的有宣传鼓动作用的口号"。[1]

浓缩的都是精华！长篇累牍的政策文章，区区几个标语就可以一言以概之，不仅朗朗上口还让人记忆深刻！我常常认为，标语是中国人"化复杂为简单"的大智慧的一个体现。

标语也分为两类：一类来自上层部门的创作，中规中矩，有板有眼，但往往失之于幽默、形象；一类来自最基层的创作，诙谐，幽默，贴切，不看不知道，一看忘不了。在农村，一些农舍的墙上，到处可以看到用石灰水刷的标语："要想富，少生孩子多种树"，多么精练，十个字就把计划生育和环保政策巧妙地结合起来；"电缆不含铜，偷盗要判刑"，面对潜在的盗贼，既晓之以理，说明偷盗博弈成本太大，又词严义峻地阐明了法律的严肃性；"国家兴亡，匹夫有责；计划生育，丈夫有责"，计划生育都上升到这样的高度，男人还不要管制住自己的那点小冲动？！

1　中国社会科学院语言研究所词典编辑室编：现代汉语词典，商务印书馆 1992 年版，第 70 页。

敏感

有一段时间，我非常留意搜集监狱大墙内的标语。

监狱是最能体现政治色彩的机构之一。政治的风风雨雨，阶级斗争的你死我活，斗争的结果，也被收藏到监狱里。作为监狱政策和指导思想的浓缩结晶，监狱的标语，也自然成为一段时期监狱工作灵敏的"温度计"。

中国的封建社会历经了漫长的两千多年发展时间，在此期间，占据主流地位的是儒家的思想，其中也有佛教、道教思想。儒家中的孔孟思想主体是仁学和礼制，仁学讲究的是"亲亲，事亲，泛爱，修齐治平"等仁政思想，礼制贯穿的是"君君、臣臣、父父、子子"标准社会制度和礼节体系，再加上孔子的关于认知、教育和修养观，共同织就了儒家思想的经纬。道家思想中的"福祸双倚（祸兮福所倚，福兮祸所伏）"、"灭智弃圣"、"使民无知"等思想，贯穿了其社会治理主张，讲求以处静、处柔、处弱之势制动、制刚、制强。佛教的"苦、集、灭、道"四谛，劝导人们正视人生悲苦及其由来，认识六道轮回和因果报应，通过修行，解脱痛苦，超脱生死轮回，进入不生不死、无苦无乐的涅槃世界。道教和佛教的出世思想，非常符合监狱对罪犯实行矫正、劝导、训诫的管理要求。很自然，上述三种文化流派的思想也自然演绎出一些监狱需要的标语："三省吾身"、"苦海慈航"、"群居闭口"、"独处防心"、"百善孝为先"、"知过必改"、"为善最乐"、"诸恶莫作"、"众善奉行"……在北宋开封府府司西狱的门前就有一副对联："国设刑典律万民本不分你我贵贱，我执王法清一方惟只认是非曲直。"[2]

晚清末期，受西方法律文明的影响，监狱体制进行了改良，

2　见王晓山：《图说中国监狱建筑》，法律出版社 2008 年 8 月第 1 版，第 33 页。

西方的监狱管理体制和建筑格局等被引进到中国的监狱里来。但是，从晚清一直到民国时期，传统的中华文明思想依然在监狱标语中闪烁。

民国时期的江苏第三监狱设在苏州市狮子口九号，其监舍有78间，分为男监、女监、杂居间和独居间，监房的编号按照"知"、"过"、"必"、"改"、"礼"、"义"、"廉"、"耻"进行排列，"礼"字监关押地位较高的政治犯、汉奸等要犯，"义"字监关押一般政治犯和汉奸等，"耻"字监关押的是盗匪、烟毒犯、杀人等普通刑事犯。[3] 设于南京市老虎桥的江苏第一监狱，其监舍也是按照"忠孝仁爱信义和平"、"温良恭俭让"依次进行监舍编号的。[4] 这些监舍编号，可以看作最醒目的监狱标语。

监狱的标语中，不仅有劝导罪犯的，还有训导狱警的，如大段的《中国国民党的党员守则》："忠勇为爱国之本；孝顺为齐家之本；仁爱为接物之本；信义为立业之本；和平为处世之本；礼节为治事之本；服从为负责之本；勤俭为服务之本；整洁为强身之本；助人为快乐之本；学问为济世之本；有恒为成功之本。"

新中国人民民主政权建立后，监狱从国民党政府的政权机器一下子转变为人民民主专政的工具。

与民国政府时期的监狱相比较，新中国初期的监狱发生了一些巨大变化：第一个变化是监狱收押对象发生了很大变化，除了一般社会刑事犯以外，还收押汪伪政权的汉奸、国民党军队的反动军官、敌特等与人民民主政权作对的人。第二个变化是狱警的人员组成发生了变化。旧监狱的狱警是一些国民政府的雇员，而新中国监狱的狱警大多是当时解放军的军管人员。

3　潘君明：《谈狱集》，江苏省监狱管理局编，2001年1月，第199页。
4　见南京监狱志编纂委员会高如军等：《南京监狱志》，2009年4月，第103页。

敏感

新中国的建立是靠武装斗争实现的。斗争是充满火药味的，不是东风压倒西风，就是西风压倒东风。监狱也自然体现了这种斗争的性质和风向。

过去的统治阶级变成了被统治阶级，如何会甘心？明里、暗里的斗争总是存在的，时不时会发生对抗事件和一些袭警事件。红色政权建立伊始，怎么可以容许任何反抗和破坏行为？所以，当时的监狱围墙上到处都是这些火药味十足的标语："只准老实改造，不准乱说乱动"、"敌人不投降，就叫他灭亡！"、"镇压一切反革命活动"、"镇压与宽大相结合"⁵……

经过几年的努力，政权基本稳定了。1951年到1966年，是新中国监狱创建、发展并取得巨大成绩的时期。1951年5月全国第三次公安会议作出了组织罪犯改造决定后，明确了当时监狱工作的方向和目的。1954年，政务院公布了《中华人民共和国劳动改造条例》。至1964年，先后召开了六次全国劳动改造罪犯工作会议，确定了一系列的方针政策。反映在监狱标语上，也有很多："劳动改造罪犯"、"政治思想改造与劳动改造相结合"、"惩罚与教育相结合"、"惩罚管制与思想改造相结合，劳动生产与政治教育相结合"、"改造第一、生产第二"、"阶级斗争与人道主义相结合"、"要把犯罪的人当人"、"人是可以改造的"……

1966年，十年动乱开始了。"砸烂公检法"等一系列错误举措的实行，使社会主义法治走入了历史倒退时期。监狱依然存在，但其管理却划归各省革命委员会，实行军事管制，监狱成了所谓的"阶级斗争的主阵地"。阶级斗争的每一根神经都绷得紧紧的。

"坦白从宽，抗拒从严"、"时刻不忘阶级斗争"、"你是什么人，

5　金鉴主编：《监狱学总论》，法律出版社1997年12月第1版，第103页。

这是什么地方，你来这里干什么？"、"越'左'越革命"、"千万不要忘了阶级斗争"、"谁敢反对毛主席，就全国共讨之，全党共诛之"、"与天斗，其乐无穷！与地斗，其乐无穷！与人斗，其乐无穷！"、"横扫一切牛鬼蛇神！"……

从1976年10月以至改革开放以来，社会主义的法制建设开始逐步恢复整顿，重新步入健康发展的快车道。监狱的标语上也顿时被粉刷一新。

"改造与生产相结合，改造第一，生产第二。"这是1977年12月第17次全国公安会议上提出的监狱政策浓缩。

"监狱是工厂，监狱是学校。"此标语来自毛泽东同志与记者斯诺的谈话。这也是监狱创办特殊学校的最初的政策依据。1982年10月，山东第三监狱举办的特殊学校定名为"山东省潍坊育新学校"，成为当时全国第一所特殊学校。

"像父母对待孩子，像医生对待病人，像教师对待学生。"这则标语是对"像父母对待患了传染病的孩子，像老师对待犯了错误的学生，像医生对待病人"说法的浓缩，多被用在一些少年犯管教所的监狱围墙上。

"分押，分管，分教。"这个标语来自1989年10月司法部制定的"三分"工作意见。

"教育、感化、挽救"、"惩罚与改造相结合，教育和劳动相结合"等，是对1994年12月29日颁布的《中华人民共和国监狱法》的一些法律条文的归纳和总结。

进入新世纪以来，监狱的标语随着监狱工作"法制化、科学化、社会化"的"三化"原则的推行，一些现代教育矫正思想得到更多的探索和实施，监狱的标语又发生了新的变化，一反以往的政策方针语言的归纳、居高临下式的训诫说教、理性色彩浓厚的特点，开始变得循循善诱、注重感情启迪、平等身份式对话。

"当你陷入迷茫，别忘了我们援助的手"、"扬起理想的风帆，驶向新生的彼岸"、"失败和成功，只有一步之遥"、"失足未必千古恨，今朝立志做新人"、"做守法公民，成有用之才"、"任何改正，都是进步"、"知错能改，善莫大焉""悔罪净化灵魂，劳动重塑自我"、"只要志气高，不怕起点低"、"反思昨天，把握今天，奔向明天"、"好的产品在我手中创造，希望之路从我脚下延伸"、"以听管服教为荣，以违规抗改为耻"……

青山遮不住，毕竟东流去。在人类历史长河里，监狱的刑罚观念开始逐步摆脱了以往的复仇主义、除害主义、赔偿主义、威吓主义，吸收了现代人权观念、人道主义等现代进步思想。监狱标语成为这一时代潮流的折射镜。

"监狱标语的变化，恰恰反映了监狱改造理念的重大转变。"时任山东省司法厅副厅长、监狱管理局局长王玉章这么说。

漫谈中国古代监狱建筑

如果说是为现代监狱作个素描，不外乎巍然耸立的高墙、紧紧关闭的牢门、危险恐怖的电网、森严的守卫！

那么，古代中国监狱建筑是什么样的呢？

要回答这个问题，还是让我们穿过千年历史的隧道，看看监狱自诞生以来，走过了一条怎样的路……

皋陶是监狱行业的祖师爷，他创制的监狱是什么样的呢？据《广韵》彭氏注："皋陶作狱，其制为圜，象斗，墙曰圜墙，扉曰圜扉，名曰圜土。"一是筑土为墙，围成圆形的土城；二是向下掘地形成地穴。

自皋陶祖师爷开创了监狱的样板模式后，一代又一代的典狱官吏、能工巧匠都在监狱建筑中倾注了匠心和智慧，时有独创之举，完善丰富了监狱的建筑理念。

古代国家行政机关在设置体制上，是集审判和执行于一身的。为提审和管理的方便，断狱的审判机关和监狱一般是紧邻的，按照建筑风水和中国传统阴阳学说，衙门一般要坐北朝南，监狱位于坤位，属阴，因此，我们常见的监狱坐落方位是处于衙门大堂的右角，是西南方位。监狱的建筑平面格局在旧时，多为封闭的圆形（如圜土）和方形的四合院式，后来到晚清监狱改良运动后，开始吸收国外监狱建筑思想，有放射形式、庭院式、校园式、串式等。

牢门是一个监狱的标志和眼睛。牢门要牢。牢门一般以黑色为主色调，无论铁质还是木质，追求的都是厚重、简朴、凝重、威严。牢门隔开阴阳，在罪犯心理上凝固成了此与彼、自由与桎梏、守法与违法的界限。罪犯从此门走过，既是申诫，也是提醒，更是司法威严的象征！

在牢门前，多设有照壁，又称作"影壁"、"照墙"。照壁在中国传统建筑组合中，有广泛的应用。照壁的主要功能有防止鬼魂、煞气侵扰。据说鬼魂是走直线和怕见到自己的身影的，遇到照壁，鬼魂看到自己的影子，就会吓跑，即使不被吓跑，也因为照壁的阻挡，无法进入宅院。在衙门和监牢门前的照壁上，通常有各类砖雕和石雕。壁顶有悬山、硬山、歇山和庑殿顶，基座或为须弥座或为须弥座的变形。照壁的实际作用也是增加监狱的神秘感，烘托气氛，增加建筑群落气势。

监狱牢门及其他部位砖雕和木雕中，常见有"狴犴"图案，面目狰狞、恐怖。传说，龙生九子，狴犴好打抱不平，且能断狱，因此监狱大门有狴犴把守，有勿枉勿纵之意。除狴犴外，还有獬豸，獬豸据说是"性忠，见人斗则触不直者，闻人论则咋不正者"，也是公正的象征。这些饰物已经成为凝固在监狱建筑里静态的执法思想语言。此外还有嘉石。据说，嘉石之制，初见于西周时期，犯法之人手足被桎梏，勒令坐在一块有纹理的青石上，当街示众，这大概也是最初的露天开放式监狱吧。

225

思古今

监狱一般都有外监、内监和女监之分。外监关轻刑犯，内监关重刑犯。监狱的院落都有"狱厅"，是管监狱的牢头和禁卒的起居之所，多建有狱亭，高大耸立，便于瞭望，类似于今天监狱的民警值班室。

因《苏三起解》而扬名的山西洪洞监狱，至今保存比较完好。进门就是一条狭窄的南北通道。通道两端各有东西对称的6间普通牢房，每间牢房门低窗小，占地只有4平方米，小土坑距地面不足1尺。狭小的牢房内少则关五六人，多时关十几人。入虎头牢，是一个小四合院。人在院中如落井底，小院北面有一孔枕头窑，被隔为三间，东侧的窑洞关押着重刑犯。

位于北京市宣武区自新路附近的监狱——京师模范监狱，建于清末时期，俗称"王八楼"（因狱中五排监舍以中心岗楼为圆心散射开去，状似王八而得名）。中心岗楼与周围各监舍通道相连，看押人员只需在岗楼里绕一圈，就可以看到各排监舍的情况。毫无疑问，在当时监控手段落后的情况下，要保证监狱管理者对狱内状况的掌控，这种设计可谓相当科学了。

笔者曾经工作过的南京监狱，建于1905年，是所百年监狱。监狱建有办公楼、接见室、教诲堂、中央岗亭、杂居监、独居监、工场以及瞭望台等。监内设置为东、西、南监及女监、病监五处。东、西监为双扇形，各有四翼，以"忠、孝、仁、爱、信、义、和、平"八字区分；南监五翼以"温、良、恭、俭、让"五字区分。每监设有黑房一间，内无光线，专门用来禁闭滋事罪犯。在"俭"字监外还设有水牢一座，用以惩罚人犯。病监设在东面，分杂居病监和独居病监。女监设在东南角，附有劳动场所，由女看守管理。合计监房172间，可关押三千余人。

对自由的向往，是人的天性。在高墙下，在深牢大狱内，在貌似平静的囚牢生活里，罪犯中随时都有一股冲破围墙、逃避监禁的潜流在汹涌。因此，防逃是监狱建筑最高价值追求。

为防患于未然，监狱需要居高临下，加强观察，以防不测，体现在具体的监狱建筑设计中，就是：墙要高、窗要小、门要牢、视野要开阔、无障碍物、无攀登物等。据《史记·殷本纪》记载，商纣王怀疑西伯（周文王）蓄意谋反，就把他囚禁在羑里，身戴桎梏，长达七年之久。有人考证说，"羑"的同音"牖"，也就是小天窗的意思，后来成了监狱的代名词。监狱"圜扉严邃，门牢窗小"的特色从这个名称中可窥一斑。

山西洪洞监狱的丈八墙就是防逃的一个杰作。围墙高八丈，俗称丈八墙。墙高并不足以为奇，奇特的是它1.7米的厚度，墙体里全部用沙子填满，犯人想要逃跑，唯一希望就是在墙体打洞，然而一打洞，沙子就会哗哗地流下来，洞口越大，沙子的流动速度就越快。犯人想要打洞外逃？此路不通！有的防逃措施是用丝网系满铜铃，置于封闭的天井院落上方，谓之"天罗"，逃犯稍有碰触，即振铃作响，引起看守的警觉。

也有的监狱围墙不向高处发展，也能防逃！汉成帝刘骜时期，酷吏尹赏就以筑造监狱闻名，他修筑的监狱被称为"虎穴"。其筑造方法是：先掘地几丈，然后在地下垒起砖墙，用大石头盖住出口。四周墙壁光滑，厚土就是狱墙，无法掘墙越狱，唯一的出口又被巨石塞住。凡是被投进虎穴的罪犯，石板一盖，就是黑漆漆的世界。纵有千般武艺，也是插翅难逃。龙潭虎穴大概与这个虎穴监狱也有一定的文字渊源。

除了防逃，监狱还要考虑防罪犯自杀、狱内消防的要求。如洪洞监狱虎头牢内的水井，井口直径只有23厘米，深不过七尺，小巧玲珑，打水均用小水桶，以防止罪犯投井自杀。每个旧式监狱院落里基本都有水池或水缸，既为解决吃水，也是从消防着眼。也有在监狱的院子里挖掘池塘，栽种莲花。莲池，"廉耻"也。因而莲池既可以满足消防用水，又可以起到美化环境、警示教育的功能。

监狱大门只为活人开。罪犯收监、提审、释放、解送以及押赴刑场处斩，从大门进出。罪犯瘐毙，则从监狱院墙西侧的"拖尸洞"拉出去。

旧式监狱，大多狭窄、逼仄、阴暗、潮湿、冷峻。好多文学作品和历史记载，都有许多关于这方面的描述。如方苞的《狱中杂记》的写道：狱中除禁卒的起居室外，其他房间都是四面无窗户，空气污浊，牢房内关押的罪犯经常有两百多人，"隆冬贫者席地而卧，春气动起鲜不疫矣"，因为晚上按照监狱管理制度是不开牢门的，大小便都是在房间里，如果夜晚有罪犯病死，"生人与死人并踵顶而卧，无可旋避"，所以狱内传染病非常流行，多的每天都要死去十余人。

旧式监狱的设计理念，大致有如下出发点：

要让罪犯走进牢门后，有强烈的感官冲击力。要造成压抑、收缩、森严的心理感受，主色调以冷色为主，以造成"威不可测"的神秘、恐怖感觉，使罪犯在心理上居于劣势、下位状态，自然产生服从、服帖的思想，以利于监狱对罪犯管理。

出于刑罚的惩戒性考虑。"制死生之命，详善恶之源，剪恶诛暴，禁人为非也"（《隋书·刑法志》），就是要恶化生活居住环境，以增强对社会的威慑性、警诫性，最大限度地预防犯罪。在这方面，还存留着原始社会的"同态复仇"的基因。

强化监狱的监管、防逃、防自杀、消防、防暴狱等基本性能。这是由监狱的"牢不可破"的性质决定的。

敏感

物换星移，时空流转。当我们留心现在的监狱建筑格局，我们会发现，监狱建筑的设计理念已经在不知不觉中发生了截然不同的变化，许多旧时的理念已经被颠覆。为了强化对罪犯教育、基本人权的尊重，许多监狱在设计中在保持其基本功能的同时，开始走向开阔、文明、整洁的一面。这也印证了那句话：社会在发展，文明在进步，监狱也概莫能外。

走天下

ZOU TIAN XIA

风雪走江西

仿佛是一杯沸腾的水需要冷静下来，又譬如是漫天翻搅的飞沙需要风的平静，隔了三个多月，再回过头来看江西之行，内心的汹涌情感才终于变得澄澈，我才可以缓缓诉说那次在2008年底的江西之行……

走的是红色路线

那次江西之行，路线经过精心编排，不走回头路，切实体现"旅速游缓"原则，贴近当年红色政权从"星星之火"到"燎原"再到"开花结果"的寻根之旅。

21日到庐山，在牯岭鑫缔宾馆过夜。22日到达红色城市——南昌。参观江西的洪城监狱。23日登滕王阁，在八一广场拍照留念。参观八大山人纪念馆。下午起程赴井冈山，走赣州，经昌樟高速。晚上宿井冈山上的东方假日宾馆，晚餐在毛家饭庄，品尝红米饭、南瓜汤。24日，游览了井冈山的几个主打景点：龙潭景区的碧玉

敏感

潭、仙女潭、珍珠潭，三潭流水溅玉，景色宜人。山路结冰，路滑，几欲跌跤。到潭底，索道上来。空谷绝音，清峭孤特。黄洋界上早已没有当年炮声，但触手抚摸当年炮台，硝烟似乎依然没有散尽。在朱毛挑粮的小道，为了摄影找个好角度，摔了一跤，这才体会到当年领袖闹革命的艰苦。据说，悬崖之下就是湖南境内。我这一跤，差点儿从江西摔到湖南。在大井看到了毛泽东旧居，后面的几株大树据说随着毛泽东和新中国的命运起伏几经枯荣。五指峰，中国最贵的山峰，此说是因其曾经被印到了人民币百元大钞的背面图案上。到水口的山路崎岖不平，忽上忽下，人差点儿被累个半死。参观过井冈山烈士陵园，在革命展览馆前留个影。立即起程夜奔老区瑞金，宿米兰假日酒店。

25日，到沙洲坝二次苏维埃会议的旧址参观。当年的会堂打造得很俭朴，但非常实用，据说曾被国民党的哑炮袭击过，开了个"天窗"（毛主席语）。有简陋的防空洞，与南京总统府里坚固的防空洞不可同日而语，这也是当年艰苦闹革命的写照，只是奇怪，名字怎么叫作"飞机洞"？在著名的红井，看古树铜钟，体会那句在中学课本上学过至今耳熟能详的"吃水不忘挖井人，时刻想念毛泽东"的经典话语。叶坪旧址，参观了党的中央机关早期的旧址，多有后来人为修缮痕迹，当年艰苦程度不可以此为据。印象最深的还是那无数棵参天古树，没有深厚肥沃的土地，养不出这么好的古树，古树也在岁岁年年里庇荫了这一方人。

26日游龙虎山，泛舟泸溪河。下午经景德镇，晚上赶到江西婺源。27日，参观李坑、江湾。典型的皖南民居，小桥流水、粉墙黛瓦、马头墙、花格窗，屋舍俨然，不负"中国最美的乡村"之美称。

当年，红色革命政权从八一南昌武装起义打响革命第一枪，然后到井冈山会师，开辟红色革命根据地，再到江西瑞金建立苏维埃政权，进行艰苦卓绝的"反围剿"，为保存革命火种，走上长征路。直到革命胜利，人民得以安居乐业。这一路的景点，都是曲折历程的代言符号。

"红米饭，南瓜汤，挖野菜，也当粮，毛委员和我们在一起，餐餐吃得精打光；干稻草，软又黄，金丝被儿盖身上，毛委员和我们在一起，暖暖和和入梦乡。"在去这些地方之前，我也曾多次想象当年的革命到底是艰苦到什么样的程度，但这种想象一直没有着陆的地方。如今，走在井冈山、瑞金等旧址前，才有了吊古的依托。革命的点点星火，如果不是因为得益于这些层峦叠嶂、得益于老区人民的血肉相连、得益于澎湃激昂的革命乐观主义热情，恐怕早就失去了立足之处，何谈"燎原"式的发展？

一路寒风一路雪

虽在上庐山前，收听了天气预报，但一路还是对风雪的到来缺乏足够的估计和准备。

到了庐山，急匆匆游览了老别墅、庐山会议纪念堂、仙人洞等地方。寒风凛冽，枯叶摇落。人被吹得如水晶般通灵剔透，浑身没一丝热乎气。风在耳边吹，冻得像猫抓的一样疼，急匆匆地就回到了宾馆。晚饭后，去牯岭街道闲逛，赶紧买了一顶帽子和一副手套。到底不亏"cooling（牯岭街的由来是取英文的谐音）"一词！

幸亏是买了！第二天起来，拉开窗帘，已是银装素裹的世界。这是2008年冬天的第一场雪，我们在庐山山顶与它遭遇了。

下山时买了防滑链，但是，在盘山路上，我们还是不停地看

敏感

到车辆抛锚、打滑，还有车子歪歪斜斜地横在路上挡住去路。我们的车子停下来查看路况时，被后面的车子连续追尾。协商了半天，又是找交警，又是找保险公司，终于下山。

车在半山，雪已开始融化。到了山下，搞笑的是，我们的驾驶员竟然不会打开防滑链。捣鼓了半天，准备卸轮胎了——有路边饭店拉客的服务员在吃吃地笑，很有名堂？！一问，她会解，代价是五十元！时间就是金钱，票子掏出来，她三下五除二地解下来了。这就是技术的价格，值！

上了庐山奔南昌的高速，十分钟不到，就被赶下来，说是前方出交通事故了，高速封闭。

下来走105国道，崎岖不平的国道，怎么会被称为国道？由此顿生感慨，经济必须要发展，发展是硬道理啊！

盘桓半天，再上高速。走走停停，不停地堵车，一百多公里的路途，我们走了近一天。

因为风雪的原因，桥面结冰，好多驾驶员在赶路的过程中，经验不足，一点刹车，车辆在结冰的路面上就彻底失控，原地打转，或是直冲下路。看到有辆山东牌照的运输大理石的大车追尾前面的货车，驾驶员命丧路上。一路上N次车祸场面，太惨，不忍叙述。

堵车在路上，前不搭村，后不搭店，车上所有可以充饥解渴的橘子、方便面等，都被一扫而光。所有人的肚子里都在敲鼓。听路人说，堵车是从昨夜开始的，真不知道，昨晚就被困在车里的赶路人是怎么度过这个饥寒交迫的时刻的。所谓"在家千日好，出门一时难"啊。

在路上，大家对高速公路的交警处理事故的能力也是颇有微词——这样的事故，应该是很快就处理好的，迅速打通通道。但是，一路上，我们看到虽有警车停在了路边，但交警竟然在车里打盹儿。为什么不尽快调来吊车，把事故车辆移开，让这些车辆慢速通过也好啊。而且，既然是有事故车辆堵住了道路，为什么收费站依然是开通的，让越来越多的车子进入高速，造成更多的路堵？或许是隔行如隔山，我们不太懂交通事故的处理技巧，但是，这场面怎不让我们纳闷！

大概天公也觉得对不起我们，所有的苦都在开头的几天吃了，后来，一路上看天气预报，虽不停地有寒流南下，小雨淅淅沥沥，但路再也没有堵过。路通了，心情也舒畅了。不经历风雨，怎么见彩虹！

反季节旅游

这次到江西，我们选在冬天，绝对的反季节旅游。

就庐山来说，最适宜夏天避暑。

就井冈山来说，最美丽的季节是在春天杜鹃花盛开时。不是有首歌曲《闪闪的红星》中唱的那样："若要盼得红军来，满山开遍映山红"吗？

或再拿婺源说吧，最佳季节也是春天，漫山遍野的油菜花开，金灿灿一片，映衬着粉墙黛瓦、小桥流水，才符合最美丽乡村的意韵。

一路尽是冰雪茫茫、山舞银蛇，再不然就是黄叶飘飘。山在雪的折射下，都显得清瘦了很多。

何况，淡季时，连找个饭店、导游，都非常困难。好多商店都打烊关门，不少景点也都关门谢客。

但是，反季节旅游也有其好处：

好处一：少花钞票。无论是门票、住宿、吃饭，都是非常便宜的，人均三千元，行程七天，吃饭、住宿、门票、交通，全在里面。打折多多，便宜多多。

好处二：游人少，不闹心，骚扰少。旺季时，好的摄影角度，好不容易等到一个角度，一按快门，结果，一不小心，有个脑袋闯进了镜头，回去一看，大煞风景，懊恼半天。淡季时你尽管喊里喀喳地按快门吧！人少了，远山石径，飞鸟也停下来了，叽叽喳喳，山谷幽静，人心也空闲了不少。你就是想倚在山石打个小盹儿，也随你便。

好处三：可以得到新的观感。最佳的黄金时间，对于一个景点来说，固然可爱，但是，冬日山林，让人沉静，尤其是落木萧萧，可以看到山之风骨。山以这样面目示你，还有什么好说的？就如到主人家里做客，事先通知了，你看到的是精心准备的场面，还不如突然袭击，看他闲散自在过日子的场面，多么真实！

享受旅途快乐的绝招

"上车睡觉，下车撒尿，到了风景区就拍照，回到家里，问问什么都不知道。"这是现代人旅游的悲哀。

更有的人，因为长期在办公室里缺少运动，陡然一爬山，累得腰酸背痛，于是旅游的兴致顿时索然。只想闷在宾馆打牌，或者是到了景点就不想下车，待在车里打盹儿了。

因为旅游饭菜太差，旅行社太抠门，或是买了特产被宰了，不少人为此弄得心情很糟糕，哪里顾得上去看风景？旅游本身的快乐被这些烦恼所困扰，还谈得上享受吗？

我以为，要对旅游持一颗平常心。

平常心何在？

第一，一分钱一分货，不能图便宜，狠杀价，导致旅游质量下降。杀价的结果是导游和旅行社就去安排导购，或者是降低住宿、交通和餐饮的档次，吃亏的还是自己。该让导游和旅行社赚的钱还是要让他们赚，你若只是死死捂紧了口袋，导游没有赚的地方，心情也不好，于是服务的质量也差了。所谓双赢，就是游客开心，导游开心，适当让其拿点小费和外快，赠人玫瑰，手有余香——就是这个道理。

第二，旅程的安排要有个轻重缓急，不能太疲劳，要适度安排。一味去爬山，累得半死不活的，也谈不上旅游的享受和快乐。

第三，到一个地方，要吃当地风味。去了湖南、四川和江西等喜欢辣味的地方，其餐饮特色就在于一个辣，湖南不怕辣、江西辣不怕、四川怕不辣。你如果要求厨师还是按照你的口味来烧菜，那就失去了一个旅游中的体验，再说，勉强厨师邯郸学步地学别处风味，也是不伦不类的。一个地区的特产，总是要体验一下的，好，要记住，下次再来时多品尝；差，也记住，下次再不下箸。旅游，不仅仅体现在观景，还体现在品尝风味、购买特产以留念、了解风土人情。因此，我的建议是，到一个地方，不妨全身心地进入当地的风土人情中。水土，水土，什么能够充分体现水土？一个是水，一个就是土，酒、茶、饮食等，都是大地对人类的馈赠，不妨品尝一些。喝点当地的酒和茶，吃点当地的菜，你会对一个地方理解得更深刻一些。

回　家

为舒缓旅途疲劳，驾驶员放了一些红色歌曲的磁带。有《闪闪的红星》电影里的插曲，有《十送红军》，等等。我等二十世纪七十年代出生的，对好多老歌缺乏生活体验的注入。同行的年龄大一些的旅友们却似乎是被勾起了往日记忆，情不自禁地随着音响放声高歌。歌声似水流，漂走他们火红的青春岁月……换我是他们，我也会一路高歌！

在归途，我就在想，红军在革命胜利后，踏上回江西的归乡路，是否也像贺敬之诗歌《回延安》里那样百感交集？

> "心口呀莫要这么厉害地跳，
> 灰尘呀莫把我眼睛挡住了……
> 手抓黄土我不放，
> 紧紧贴在心窝上。
> 几回回梦里回延安，
> 双手搂定宝塔山。"

玩味个园

游览园林，尤其是江南私家园林，必须要慢步踱来，耐心品味、玩味。

个园，与北京的颐和园、承德的避暑山庄、苏州的拙政园并称"中国四大名园"，盛名之下，尤在其匠心独具。

个园的命名

古人造园，在命名上大都要动一番心思，既要古雅，又要涵括园的内涵。

如苏州拙政园主人王献臣，因官场失意，回乡后建园，就借西晋潘岳的《闲居赋》中"筑室种树，灌园鬻蔬，以供朝夕之膳，此亦拙者之为政也"句子的意味，给园子起名"拙政园"，表示自己要退隐林泉、抱朴守拙的志向。

同里的退思园，也是园主人任兰生被参革职回乡后，将其园林取名"退思园"，取《左传》中"进思尽忠，退思补过"的语句，暗含自己退而思过的意思。

狮子林园则因其创建人天如禅师纪念其师父中如禅师，用"师子林"取名，又因佛祖释迦牟尼被比作无畏的狮子，改其名为"狮子林"，个中含义，一目了然。

无锡寄畅园取王羲之的"寄畅山水荫"名句。南京的瞻园取名则是乾隆皇帝驻跸此园时，从苏东坡"瞻望玉堂，如在天上"名句中获得灵感，亲笔题名"瞻园"。

个园的主人黄至筠生性喜爱竹子。他名字里的"筠"字是指竹子的青皮，后作竹子的代称。个园里万竿修竹，或丛或片，蓬蓬郁郁，置身其中，闻风起处枝叶飒飒，令人心生清幽之意。园中竹子种类很多，有罗汉竹、孝顺竹、螺节竹、苦竹、平竹，稀罕名贵者有龟甲竹、金镶玉竹、斑竹。多姿多彩的竹与建筑相映成趣。个园的"个"字，本为量词，但最初的字源却是"竹一竿"的意思，《史记正义》中载有"竹曰个，树曰枚"的说法。竹的枝叶相对行状，恰似汉字的"个"字，古人的造字构思，莫不是由此而来？清代诗人袁枚曾经有诗句"月映竹成千个字，霜高梅孕一身花"，形象地道出了竹的神韵，格调高雅，意境空灵。

个园的命名，可谓是神来之笔，也是主人爱竹、惜竹、种竹、赏竹的别致体现，后来，此园虽然多次易主，但是，个园的名称依然让我们记住了最初的造园人黄至筠。美好之物，纵使时光流逝，依然还会保有其穿越时光的光泽，信然。

个园的叠石

中国园林大致可以分为自然园林、寺庙园林、皇家园林和私家园林。私家园林由于地处人口聚居地，缺乏自然山水景观的参与，因此，必须要追求小中见大，"妙在小，精在景，贵在变，长在情"。虽然人工匠作，但必须体现自然天成的意蕴。但是，没有山，何谈园林？因此，叠石筑山是造园的第一要务。

筑山的石料大有讲究。个园选用了笋石、太湖石、褐黄石和雪石，叠成春夏秋冬四季山景。进入花园的月洞门前，可以看到门两侧的方形花坛里，植有修竹数竿，太湖石组成的假山高低起伏，竹丛里还有白果峰石、乌峰石料的石笋，宛如春来新雨后破土而出的竹笋。"一段好春不忍藏，最是含情带雨竹。"进入月洞门后，十余株百年桂花树下，太湖石叠成"十二生肖闹春图"：负重拓荒的耕牛、调皮机灵的白兔、微微昂首的蛇……惟妙惟肖，越看越像，自然幻化，叹为观止。夏山选用太湖石，色泽青灰，飘逸俊秀。太湖石的瘦、皱、露、透被充分运用，模拟成夏云的姿态万千，池塘边的"青蛙石"隐在荷塘边，分明就是"黄梅时节家家雨，青草池塘处处蛙"的夏日意境。渡曲桥后，进入夏日石屋，由石洞观景，古木阴森，清风拂面，暑意顿消。夏山如云，山顶一鹤亭，古柏苍劲，招鹤归来。抱山楼前，则是秋山所在。秋山采用黄石堆砌，凸显秋之色调，秋山用石泼辣，气势磅礴，分为西、中、南三峰，高峻奇险，秋山亦有石屋，在石屋之上，条形黄石横陈，仿佛古桥，人立桥上，宛若上临绝壁、下临古潭，是园林造景中的"旱山水意"手法。沿秋山走上南峰，有住秋阁，秋是四季中的高潮，也寓意主人在人生秋天的辉煌。秋山最南为丛书楼，旁植梧桐，构成"寂寞梧桐深院锁清秋"意境。从春山到夏山，有宜雨轩过渡；从夏山到秋山，经抱山楼过渡；从秋山的花窗远眺，可以看到冬山。冬山占地面积虽小，仍集匠心大成，山采取雪石，产自安徽宣城，"逾旧逾白，俨如雪山"，恍如冬日残雪消融，山脚以白矾石铺地，作冰裂纹，更增加了深寒的气象。

敏感

冬山还有一奇,在冬山边的南墙上,凿二十四个圆洞,代表一年二十四个节气,孔洞在处,因院墙与三路住宅形成的负压,气流从孔洞流过,犹如北风呼啸。孔洞的存在,似乎是借来了冬之寒风。这还并没有结束,冬山边的西墙上,开有一漏窗,窗外就是春山的修竹石笋,令人有冬尽春来之感慨。至此,个园叠石的艺术组曲,一气呵成,完成最后的绝唱。院子虽小,移步之间,春夏秋冬层叠而来,正所谓"春山宜游,夏山宜看,秋山宜登,冬山宜居"。智者乐水,仁者乐山。如果没有胸中的一番丘壑,怎么能够完成如此的构思?

个园的植物

"有名园而无佳卉,犹金屋之鲜丽人。"

个园的花木,前面已经谈到了千姿百态的竹子,除了竹子,还有更多值得赞赏的植物选型。

从北门进去,过了百竹园,就是一条进入客厅的甬道,路两边遍植银桂。桂花分为金桂、银桂和丹桂,寓意蟾宫折桂,寄托了希望后代子孙仕途通达的愿望。迎宾甬道旁的银桂,谐音"迎贵",迎接贵客到来之意也。秋来天清露冷,桂花香气荡漾,更有瑶池月境一番清旷。

凤凰不落无宝地,凤凰非梧桐不栖。家有梧桐树,引得凤凰来。梧桐带来的吉祥寓意,从而使得它成为庭院树种的主要树种之一。梧桐系落叶乔木,树干无节,清雅华净,皮色青翠,一般种植于井边,又称为"井桐"。梧桐树叶宽大,夏日浓荫遮天,经秋风而早凋谢,成为夏秋转换的标志物。梧桐材质坚硬而轻巧,是制作琴瑟的上等用材,古时著名的焦尾琴就是选用梧桐。桐者,同也。个园的清漪亭、宜雨轩后面种有梧桐，听雨、调琴、阅经，清雅到骨子深处。

个园以竹石为胜，少了兰花自然不行。孔子说："芝兰生幽谷，不以无人而不芳，君子修道立德，不为穷困而改节。"个园有兰花近百种，兰花有王者之香，自然成为个园主人追求理想人格的象征。

秋山的枫树，火红烂漫，增加了秋山的秋意。

冬山处三株腊梅，俱为名贵品种。一为"冬前素"，花期早，在冬至前后开花；二为"扬州黄"，花瓣短圆，花期较"冬前素"晚；三为"素心腊梅"，立春前后开花。从冬至到立春，一个冬天都有腊梅的暗香浮动，尤甚是雪霁月夜，映雪如画。

衬托冬山的还有一棵老榆树。榆树一般庭院不太选择此树，因其多生虫，且枝干粗丑，树叶稀疏。但造园人恰恰取其老树昏鸦的冬日况味，冬尽将到年，年年有余（榆）。

荷塘蛙鸣，芭蕉叶大栀子肥，绿满池塘草满坡，丁香空结雨中愁，你尽可以在你记忆里的唐诗中寻找这些花木，山石边、亭榭旁、花窗下、廊前檐下。

个园的楹联

楹联是一种附丽于园林的文学作品，常常会成为园林造景的"画龙点睛"之笔，或委婉、或雄奇、或秀丽、或雅致。文字虽短，但并非能轻易落笔，写景寓情，感物吟志，与园林景物相得益彰。

历史书卷里曾建有多少雕梁画栋，然而，终究架不住风雨侵蚀、兵燹骚突，最终落得个残垣败壁，令后人凭吊时扼腕长叹。雕栏玉砌、珠帘画栋，或迟或早，总会被雨打风吹去，能够在时间长河里永不褪色的，还是文人墨客题咏的楹联诗词歌赋。

从建筑式样比较，昆明的大观楼在众多亭台楼阁里似无格外出众之处，但是，却因为布衣寒士孙髯翁的一首一百八十字长联让许多游客寻觅再三。我记得考导游资格证时曾特别地背诵过，实在是太喜欢了，就在此全文抄录吧："五百里滇池，奔来眼底。披襟岸帻，喜茫茫空阔无边。看东骧神骏，西翥灵仪，北走蜿蜒，南翔缟素。高人韵士，何妨选胜登临！趁蟹屿螺洲，梳裹就风鬟雾鬓；更苹天苇地，点缀些翠羽丹霞。莫孤负四围香稻，万顷晴沙，九夏芙蓉，三春杨柳。数千年往事，注到心头。把酒凌虚，叹滚滚英雄谁在？想汉习楼船，唐标铁柱，宋挥玉斧，元跨革囊。伟烈丰功，费尽移山心力！尽珠帘画栋，卷不及暮雨朝云；便断碣残碑，都付与苍烟落照。只赢得几杵疏钟，半江渔火，两行秋雁，一枕清霜。"此联一出，顿时被誉为"海内外第一长联"，上联写景，下联记史，每每读来，神清气朗，不由神往大观之楼。

个园也不乏这样的楹联。

丛书楼的楹联是："清气若兰虚怀当竹，乐情在水静趣同山。"丛书楼原为个园前主人马曰琯、马曰璐兄弟所建，当时就向士人广泛开放，成就不少寒窗学子的功业。揣摩联中之意，暗含诸多深意：读书令人气清神朗，学业精进唯靠虚怀；智者乐水，仁者乐山；水动山静，动静之间可见学子之情趣。

清美堂，为接待一般来宾处所，这样的场所，楹联多是向外人宣明家风、心志："传家无别法，非耕即读；裕后有良图，惟勤与俭。"耕读传家，勤俭持家，楹联内容透出来的是中国几千年来根深蒂固的理念和生活态度。另一副楹联是："竹宜着雨松宜雪，花可参禅酒可仙。"竹林听雨、松下观棋、看花参禅、把酒邀仙、雨雪增松竹之韵致，花酒发俗世幽情。

楠木厅里，屏门楹联系扬州八怪之一金农所撰："饮量岂止于醉，雅怀乃游乎仙。"大有诗仙李白的"人生得意须尽欢，莫使金樽空对月"之豪放风骨。立柱两旁："家余风月四时乐，大羹有味是读书。"楠木厅里是宴乐聚会场所，饮食男女，本为俗事，但是，俗事之余也不忘借饮食抒怀，来点人生感悟。只是此联并不对仗，不知道还有哪些更深的意味存乎其中？

汉学堂是大宅门的主厅，也是黄家正式的礼仪接待场所。中堂楹联："咬定几句有用书可忘饮食，养成数竿新生竹直似儿孙。"楹联配上郑板桥的竹石图，再现主人对竹子的崇尚与挚爱，也寄托了主人对儿孙们的殷殷期望，做学问要勉力勤笃，做人要像竹子一样正直、虚心、有节。两边抱柱上："三千余年上下古，一十七家文字奇。"此外还有清颂堂的"几百年人家无非积善，第一等好事只是读书"。有这样浓厚的家学风气，儿孙自然英才辈出。黄至筠的几个儿子黄锡庆、黄奭、黄锡麒、黄锡禧都工于诗词，能书善画。扬州人称之为："黄氏有佳儿，勿轻之也。"

在中进厅堂中，黄至筠之子黄奭的居所楹联清幽淡雅："漫研竹露栽唐句，细嚼梅花读晋书。"居所主人是辑佚大家，与马国翰齐名，并称为"辑佚两大家"。研墨竹露，细嚼梅花，风雅至极，楹联处满溢书香阵阵。黄奭的夫人刘琴宰亦是扬州才女，室内悬挂有她写的诗句，书写于条屏："扬子江头吹白萍，年年愁杀雨淋淋。春风不识离亭苦，先遣长条向客青。"

在四时花园的假山包围中，是宜雨轩，四面镶有门窗，玲珑通透。门前楹联："朝宜调琴暮宜鼓瑟，旧雨适至今雨初来。"调琴鼓瑟，语出《诗经·小雅·鹿鸣》"呦呦鹿鸣，食野之苹；我有嘉宾，鼓瑟吹笙"，曹操在其《短歌行》里也借用了此句，抒发了渴慕贤才良友的"明明如月，何时可掇"之情。旧雨意指老友，今雨即新朋。新朋老友欢聚一堂，共赏堂前的春夏秋冬美景。人在厅中坐，景从四面来。设若没有主人的美德如玉，怎么可能会有高朋满座？

　　游走个园，驻足赏玩这些楹联，常常不能自拔于其中。映碧水榭的"暗水流花径，清风满竹林"、"静坐不虚兰室趣，清游自带竹林风"、"闲看春水心无事，静听天和兴自浓"，抱山楼的"修竹抱山，春亭映水；幽兰得地，虚室当风"、"鸟啭歌来，花浓雪聚；云随竹动，月共水流"、"如气之秋，窈窕深谷；犹春于绿，荏苒在衣"，觅句廊的"月映竹成千个字，霜高梅孕一身花"，住秋阁的"秋从夏雨声中入，春在寒梅蕊上寻"……

　　每字每句，细细研读，美得不行了。

慢城镇江

江苏有几个城市可称得上"慢城市"？

高淳那个地方不算，虽说"国际慢城"的说法已经上了央视，但是充其量，那里本来就是乡村，快也快不起来。

我考察慢城市的标准有一个最简单的尺子，不是看夜晚市民睡得多晚，城市公交有多慢，钱花得多么悠闲自在，而是要站在早晨的街头，看上班的人流，当然，也不是看上班的人流是否拥挤，而是看他们奔向生计的神态。

如今，人们生活的压力太大了。在北上广，早晨，你可曾看到有几个年轻人能有闲庭信步的悠然？哪个不是脚步匆匆，赶车如奔命？大城市如此，小城市亦不遑多让，譬如江苏，你在南京、无锡，或者常州，早晨的街头，车水马龙，熙来攘往，好多人都是拎着包，随便买点早点，一边走，一边吃，一抬头，看见远处驶来的公交车，撒腿就跑……

然而，在镇江，你绝看不到这样的场景，这里的街头，似乎时间的脚步被上帝之手调慢了一个节拍，每个人即使再赶时间上班，也要在路边饭店吃上一碗锅盖面。还有不少人，到了八九点，还公然穿着睡衣，蹬着个拖鞋，穿街走巷，登堂入室，走进面店，旁若无人地来上一句：来碗面，麻油的，干拌！

锅盖面已经成为镇江的名片。估计现在就是走在世界各地的华人圈，也都知道，镇江人爱吃锅盖面。现在，走在好多城市的街头，都有打着"镇江锅盖面"招牌的面店，希望以此勾起人们味蕾上关于镇江的回忆，停住脚步，走进小店来消费。但真正的老镇江人，从来不会轻易地上当，从来不会走进这样的店，他们嘴上挑剔得狠，舌尖上的记忆，绝不是"锅盖面"几个字就能哄骗过去的。因为他们知道，那里做不出正宗的面。

你也不要以为他们只有回到镇江才会吃面，镇江的街头做锅盖面的店面随处可见，但是，老镇江人可不随便，离家再近，价格再便宜，也不去；开在深巷，只要味道对，店面简陋，那也是门庭若市，食客们甚至排着队，站在锅台边，自己等着端。

沪宁线上的几个城市，镇江的房价最低，这些年来，始终没有涨上来，许多外地炒房团在这里都铩羽而归。这也好，这些年来，多少人为个"房"字辗转反侧，夜不能寐：年轻人愁婚房，行无车尚可原谅，住无房总被姑娘看扁，该当无妻；住院愁病房，没有床位就干挨着任病情发展，或者塞红包；生孩子的愁产房，果熟蒂落，新生的娃娃等不得，花费再多也得掏；穷人愁住房，富人愁二房、三房，坏人愁班房，制片人愁票房……

衣食住行，没有高房价作推手，所以其他三样就不算问题：食，也就是一碗面，亦不需要海鲜大餐；衣，不求光鲜，朴素得体就好；行，走二三里，不过烟村四五家，出租车起步价就可以跨个老城区，更何况还有低廉的公交车、免费的绿色出行自行车，城小，单位、学校抬腿就到，安步当车，胜似闲庭信步。

所以，任别的城市鸭梨山大，镇江的鸭梨小、脆、甜。对于营生二字，从各地方言里可窥一斑，南方人钱多，钱生钱，如淘泉，所以叫"赚钱"；苏北穷一些，靠出力气，所以低低弱弱，叫"挣钱"；更有苏北里下河一代，钱来得更不易，叫"苦钱"，风里来雨里去，小鸡刨食，得一个，吃一个，眼巴巴地等钱买米下锅，怎不谓苦？！钱来得容易的主儿除了大老板，也许就是小偷和赌徒了，不过他们似乎都说是"搞钱"、"耍钱"。

在镇江，街店的门面都不太大，但门类齐全，针头线脑的都能买得到，我经常觉得她有些像台湾的一些城市，店铺讲求生活化，小而全，物美价廉。据说，许多大品牌的连锁店在镇江很难落地，在中国第一家倒闭的肯德基店就是在镇江，苏果超市在全国各大城市都横冲直撞，但是，镇江人照样不买账，依然青睐那些小旅游超市。

镇江的工资水平并不高，像人口基数一样，不温不火。钱不多，镇江人的心也不慌，照样安逸地活着。真似乎注解了眼下流行的网络语："关键看气质！"

早晨一碗面，晚上吃火锅，"佬土"鹅肠火锅满大街都是，吃过泡澡堂，出了澡堂直奔麻将馆、棋牌室，进出不过百余元，照样可以打个通宵。到底是"京口瓜洲一水间"，江对面扬州城的"早上皮包水，晚上水包皮"的生活，在镇江也是如此。

如今在很多城市已不多见的物事，譬如澡堂子、修脸光脸的理发铺，在镇江的街头巷尾，随处可见。似乎镇江的生活节奏还停在二十世纪八十年代。

镇江城这些年来也作了一些开发，但是似乎体现在老城区的力度并不大，岁月流转，街巷宛然。

二十九年前，我曾在镇江求学；如今，重回镇江工作，竟然

敏感

还能找到几家当年的小吃店，这在当下年代，可以算是一个奇迹了。

冬季的街头，满大街叫卖大白菜和雪里蕻的，不多久，大街上就支起了晾晒腌菜、香肠的架子。

每每有人提到镇江，鼻翼间总会流淌着诸多味道，是醋的味道？锅盖面的味道？还是肴肉的味道？都有，却不尽然。镇江的味道就在于她的小，小得有滋有味，小得情韵别致，满满的全是小市民的生活味道。

警校门口一个东北菜馆，男老板姓开，老板娘姓关，早晨老板开门迎客，晚上老板娘收工打烊，朝来夕往，一开一关，大有味道。他们互不认识之前，二人的名和姓就在那里，不躲不闪，就偏偏在茫茫人海里遇到一起。姓什么不好，偏偏是这俩字；做什么营生不好，偏偏是开饭店。这不是夫妻二人的幽默，这是上帝的幽默！如此想来，黄梅戏《天仙配》里那句唱词："你挑水来我浇园"，戏中的恩爱夫妻与他俩比，不算什么。生活，其实比戏更精彩，更有味。

去台北故宫博物院

每一个地方都有其标志性景点，这也就是所谓的地标，台北故宫博物院是台北市的地标，这一点，你会反对吗？

但凡是大陆来台的旅游线路，都不会漏过台北故宫博物院。

为什么说"台北故宫博物院"而不是"台北博物院"？其实，这正恰恰说明了两岸文化的一脉相承，台北故宫博物院承继的是北京故宫渊源。

明朝建文帝登基后接受谋士建议，着手削藩，朱棣趁机发动"靖难之役"，从侄子手里夺取了江山。朱棣当了皇帝后决定迁都北京。皇宫从1406年开始大兴土木，到1420年建成。明亡清兴，直至1911年中华民国成立，在悠悠491年里，先后有24位皇帝在故宫居住、主政。古老的殿宇至今魏然屹立于天地间，匆匆过往的，只是那些所谓"奉天承运"的帝王将相。

1912年2月12日，清廷宣布退位，故宫紫禁城的外朝部分归国民政府所有，根据袁世凯与清廷达成的《清室优待条件》，逊位的清廷只保留紫禁城内朝部分。末代皇帝溥仪居住期间，不少藏品流失，有的被他以赏赐的名义，实际上是被盗出了宫廷。仅仅从1922年7月到12月12日期间，先后流失了历代书画卷1285件，册页68件，还有大量的隋唐宋元时期珍品。1924年10月，冯玉祥发动北京政变，接管北京城全城防务。痛心于宫廷文物流失的现象，冯玉祥宣布修改《清室优待条件》，将溥仪迁至什刹海醇亲王王府，成立"清室善后委员会"，宣布紫禁城全部收归国有，专门对宫内文物进行清点造册，并筹建故宫博物院。

经初步清点，清代宫廷留下的文物共计有117万余件，包括三代鼎彝、远古玉器、历代书法名画、宋元陶瓷、珐琅、漆器、金银器、竹木牙角匏、金铜宗教造像以及大量的帝后妃嫔服饰、衣料和家具等，此外，还有大量图书典籍等文献档案。

1925年10月10日，历经一年多的筹备，"故宫博物院"正式成立，下午2时，故宫博物院的开院典礼隆重举行，庆典仪式上共有3500余位社会各界名流莅会，自此，紫禁城里的神秘宫苑及其珍宝，开始徐徐拉开神秘已久的帷幕，向世人开放，供外界参观。

1928年6月，南京国民政府接收了故宫博物院，10月5日颁布了《故宫博物院组织法》及《故宫博物院理事会条例》，规定"故宫博物院直隶于国民政府"。

1931年"九•一八"事变爆发。1933年1月3日，日军攻陷山海关，大战在即，烽火连天，战争硝烟波及北平，博物院文物亦有兵燹之虞。在此国难当头之际，国民政府行政院代理院长宋子文下令，将故宫博物院的文物迁至上海，并代表政府申明"北平安静，原物仍运还"。故宫博物院召开了理事会，并决定于1月31日开始将国宝分批迁往上海。

1933年2月5日深夜，前门火车站，故宫首批文物共装箱

2118箱，被小心翼翼地送上开往上海的火车，此后，又有4批文物被运往上海。这些文物被精心安置于上海法租界一座天主教教堂里。

1937年1月，"故宫博物院南京分院"成立，又称为"中央博物院"。上海的文物又被转运至南京。

安静的日子并没有持续多久，1937年8月，淞沪会战爆发，这些国宝不得已又再次被辗转各地，先后安放于长沙、贵阳、巴县、宜昌、乐山、重庆、成都、峨眉山等地。嗣后，在峨眉山古庙，成立了故宫博物院峨眉办事处。此外，在沦陷的北平、南京，还保留了部分未及运走的文物。

抗战胜利后，南迁文物先后被集中运往重庆，然后由水路运回南京。同时，国民政府作为战胜国，还向日本索回了被掠夺的文物，包括北平故宫博物院的2972箱，中央博物院的852箱书画、瓷器、玉器，另外加上国立北平图书馆的善本图书和外交部条约档案共5422箱。

在台北博物院里的一个玉器展览馆里，导游就曾特意介绍过一组玉屏风文物，镶满了珍珠、玉石、玛瑙等珍稀之物，它是日本天皇于战败后归还南京国民政府的。

1948年末，解放战争形势日趋明朗，国民党政权败局已定，国民政府又成立"中央文物联合保管处"，将故宫博物院南迁文物、国立中央博物院筹备处文物、国立中央图书馆善本图书、中央研究院历史语言研究所考古文物等珍贵文物通过军舰运往台湾。

迁台后的文物被安置在台中县雾峰乡吉峰村，并成立了"国立中央博物院、图书院联合管理处"，负责文物保管之责，隶属于"教育部"。1951年6月，"两院存台文物清点委员会"成立后，对文物进行重新登记造册，直到1954年完成清点工作，最终建立了《点查清册》，成为存台北两院文物的原始清册。

1955年11月，台北故宫博物院成立。1961年，台湾当局决定在台北市士林区双溪至善路2段221号建设新馆，该馆于1965年落成，为纪念孙中山先生百岁诞辰，取名为"中山博物院"。1965年台北故宫博物院正式面向社会公众开馆。

台北故宫博物院的藏品包括南京国立中央博物院、清代故宫、沈阳故宫和原热河行宫等处馆藏之精华，以及后来海内外各界人士捐赠的文物，分为书法、古画、碑帖、铜器、玉器、陶瓷、文房用具、雕漆、珐琅器、雕刻、杂项、刺绣及缂丝、图书、文献等14类。台北故宫的藏品虽然不及北京故宫，但是由于当时国民党政权带走的多为精华中之精华，因此，又有"故宫宝物半台北"之说。

台北故宫博物院仿照北京故宫博物院样式设计，单檐庑殿顶，淡蓝色琉璃瓦，米黄色墙壁，洁白的汉白玉栏杆，青石基座，风格淡雅，体式凝重。

二十世纪初的中国，政权迭变，犹似白云苍狗，故宫脆弱的文物，势如危树之巅的鸟卵。藏宝还须有爱宝、护宝之人，国宝才能得以妥善保存，不能不庆幸当时有那么多洞见长远的有识之士，如冯玉祥、宋子文、翁文灏、王世杰、傅斯年、李济、徐森玉、朱家骅……

这其中，尤其不能忘记的是这个人，他的名字叫杭立武。

在百度上搜寻杭立武的名字，可以看到很多的称号：教育家、政治学家、政治家、外交家、社会活动家……他生于距南京市约三十里的安徽滁州，毕业于金陵大学，即今天南京大学前身。杭立武曾任国民政府教育部常务次长、政务次长、教育部长、国立中央博物院主任。在1937年日军侵占南京前夕，时任金陵大学校长、中英庚子赔款董事会董事、中国政治学会总干事的杭立武就向国防最高委员会秘书长的张群呼吁，要保护好国宝，尽快将其撤离危险之地。蒋介石在张群作了汇报后批示，同意国宝撤离，并由杭立武全权指挥，杭立武经过请示中英庚子赔款董事长朱家骅，动用庚子赔款10万元作为迁运国宝的川资，故宫文物得以避过抗战时战火。解放战争前夕，又是杭立武负责撤离故宫国宝，当时他的职务是教育部次长、故宫博物院理事会秘书长、中央博物院筹备处主任。杭立武联系海军司令部司令桂永清，桂派来"中鼎号"运输舰与一个排的官兵协助搬运国宝。

1948年12月9日，成都新津机场，最后一班小飞机即将撤离大陆，飞往台湾。杭立武和阎锡山、朱家骅、陈立夫、张大千都在等待启程。穷家难舍，行李再三取舍，仍有很多，但摆在眼前的矛盾是：飞机小，载重少，行李带多了，超重了，飞行中稍有不测，势必机毁人亡。在随行物品中，张大千带有62幅敦煌壁画临摹画和16幅古画。杭立武是识宝之人，两相权衡，他毅然决断，将个人的二十几两黄金和随身行李全部扔下，带走画卷，但条件是张大千到台湾后必须将画卷捐给故宫博物院。张大千当即从身上摸出一张名片，写下了字据。就这样，杭立武拿自己的家私换来这批国宝，使它们得以出现在今天的台北故宫博物院。

从1948年12月21日的"中鼎轮"开始起航，到1949年12月9日新津机场最后一班飞机起飞，杭立武将总计有5606箱珍贵文物运往了台湾。

据导游介绍，现在台北故宫博物院已经与大陆多地的博物院（馆）开展过合璧展出，先后举办过"大观——北宋书画特展"、"大观——北宋汝窑特展"、"雍正——清世宗文物大展"等活动，在这些展出上，两岸多家博物院（馆）都竞相亮宝，从合璧展出

256

敏感

的文物上，观众享受到了多年未遇的全方位、多角度的人文、社会历史风貌，直呼快哉！这其中，就有2011年6月的《富春山居图》的合璧展，成为两岸文物交流活动中的一大盛事。

行走在台北故宫博物院的展室里，大家似乎都不由自主地被文物传承的博大精深的文化精神征服了，个个屏气凝神，细心玩味品赏。

台北故宫博物院的管理非常严格。走进馆内，必须先根据顺序排队，由导游去柜台申领耳麦，每个人都戴着耳麦收听导游的讲解，避免不同旅游团之间讲解声干扰，也创造了一个静静谛听的安静世界。每个陈列馆里都是静悄悄的，随时都有服务人员引导着参观路线。

以我去北京故宫参观的经历来比较，它的游览管理实在不敢恭维，与台北有天壤之别。北京故宫对参观人数缺乏人流控制，到处是熙熙攘攘的游客，导游的讲解声音此起彼伏，三大殿的门口拥挤得水泄不通，即使踮着脚，也只能看到前面游客的后脑勺。喧嚣之声填于宫殿内外，何以进入悠然欣赏文物的静美世界？而且，故宫博物院开放的文物很少，展示的藏品更少，许多珍贵文物依然是躲在深宫人不识。

较之于台北故宫科学、精心、安全的管理，我们北京故宫的管理者真该醒醒了。也许，仅仅是醒醒还不够。

台北故宫博物院的亲民色彩非常浓，所有参观者都是座上宾。每个周末晚上都免费开放。一般民众都可以预约免费的"导览"，文化的宽容、开放与温和，在台北故宫博物院得以淋漓尽致地流露。据介绍，台北故宫博物院除了相对固定的展品外，还经常组织一些专题展出，展品众多，轮流出场，因此，每个游客遇到的都是"不一样的台北故宫博物院"，即使是同一个人，你这次来和下次来，所见均有不同，常见常新，这恰是其魅力所在。

许多大陆游客都会奔着镇院三宝——"毛公鼎、翠玉白菜和东坡肉形玉石"而去，依我看，大没必要，文物的分级都是人强加给它的标注，什么一级国宝、二级国宝，每件文物代表一个历史标注，都是独一无二的。

所以，只要你喜欢，尽可以选择一个属于你的安静角落，细心地、静静地享受这一刻，这一刻，你完全可以历史穿越，与它进行一次心灵上的对话。

喜欢玉，你就去看"翠玉白菜"、"三镶玉如意"、"辟邪雕刻"，玉器多达5万件之余，巧夺天工，匠心独具。

喜欢书画，你就去书画展厅寻找王羲之的《快雪时晴帖》、黄公望的《富春山居图》、苏东坡的《寒食帖》、张宏的《华子冈图》、颜真卿的《刘中使帖》，书画真迹有1万多件，文人寄情山水，直抒胸臆，笔意龙蛇。

喜欢看陶瓷的，大可以去寻找天青水仙盆、鸡米缸、宝石红僧帽壶、婴儿枕，灯光下这些光洁细腻、色调独特的陶瓷珍品，个个都是古代工匠巧妙运用火的温度，将陶土赋予生命的杰作，令人叹为观止，现在想来，难怪老外会用"China"一词来代表中国。

离开台北故宫博物院，为了纪念，我在商品部挑选了一个茶具，希望每次坐在家里品茶时，还能时不时地想念着台北，想念着台北故宫博物院。

视觉的盛筵

——我看厦门、永定的建筑

在旅游中，我的一个主要关注点就是各地的建筑。

中国的建筑与欧洲建筑、伊斯兰建筑共同被列为世界三大建筑体系。中国建筑体现的是一种东方特有的大地文化，糅合了当时当地最先进的技术、最优质的材料、最切实的需要和最主要的社会思想。都说"建筑是凝固的音乐"，我个人觉得，流传下来的建筑更是凝固的沉甸甸的历史。

这次，到了福建的厦门和漳州的永定，在视觉上享受了一次闽南大地上古建筑提供的盛筵。

鼓浪屿——万国建筑博物馆

"鼓浪屿四周海茫茫，海水鼓起波浪，鼓浪屿遥对台湾岛，台湾是我家乡。登上日光岩眺望，只见云海苍苍，我渴望，我渴望，快快见到你，美丽的基隆港！……"这首歌曲想必不少人都耳熟能详，因为这首歌，国人知道了鼓浪屿。

在没有登上鼓浪屿岛之前，我是把它与女诗人舒婷联系到一起的。看过她的《致橡树》、散文集《真水无香》等作品，也知道她至今还住在岛上的一个深深的院落，心内还曾经揣着一个念想，也许真的会在岛上碰到舒婷吧？

但是，踏上岛上的码头栈桥后，却立时惊诧于岛上的建筑。听导游介绍，鼓浪屿被称作"万国建筑博物馆"，一路走，一路拍，忙得不熄火。

青石巷路，古色古香的招牌，弯弯曲曲不知深几许的巷子，矮矮的石墙上探出的怒放的三角梅，郁郁芊芊的花草缀满山墙，高大的凤凰木、榕树撑起了绿伞……

岛上没有机动车，空气干净得无法想象，弯曲的古巷让你无法抑制走进去的欲望，许多我曾经在书本上看到的建筑术语在这里找到了活生生的标本，哥特式的尖顶、罗马式的圆柱、伊斯兰式的圆顶、巴洛克式的浮雕，每一栋房子都各具特色，但都和周边的环境搭配得格外妥帖和融洽，真得要感谢当时的时代，外出经商的华侨们当初慧眼独具，共同选中了这座美丽的岛屿，把他们积累的财富，幻化成眼前的风格各异的院落建筑，每一座建筑似乎又能烙印上主人在外的不同生活环境，每一座房舍和院落都书写了主人对理想生活的向往、艰苦海外生活的磨砺、归隐田园传统的儒家思想。

从阳台高挑出来的竹竿上，晾晒着大大小小的衣服，洋溢着生活的气息；即使院门紧闭，悠扬的钢琴声也依然萦绕耳畔；黑铁的镂空大门上随手挂上的花束，是主人还是游客的雅兴？

这些都不足为奇，在小巷子里，经常还看到有破败的院落，大门被砖石封起，透过院墙，可以看到落满树叶的台阶、荒芜的野草、剥落的墙壁、腐朽欲坠的窗户……这些老房子，躲在浓浓的树荫下，向外人诉说着曾经的辉煌和荣光。不知道它们的主人或者其后代男女现在何处？是继续在海外漂泊？还是已经另选吉宅？

这样的古宅，非常贴近聊斋小说里的氛围，不知道深夜走过，会有什么感觉？建议再有导演拍聊斋，可以直接选用这些地方做场景用地。

在旅游行程中，鼓浪屿只有半天的时间。利用最后一天的自由活动时间，我又去了鼓浪屿一次。纯粹是跟着自己的感觉走，走到哪里算哪里。

皓月园边有郑成功的石雕像，向着台湾的方向在眺望，是在回想昔日收复台湾的隆隆炮声？还是在代替今人祈福，让两岸之间再没有人为的藩篱，国人都可以在鼓浪屿和基隆港之间自由地来往？

毓园是著名的医生林巧稚的故居。

菽庄花园已经被辟为钢琴博物馆。

小巷弯弯曲曲的，每每走着看到前面似乎没有了路，待走到近前，一转弯，前面又豁然开朗，路又宽了起来。迷宫一般的路，路随着山势铺展，山岩就在屋后墙檐。平平仄仄，仄仄平平。曲曲弯弯，弯弯曲曲。宽宽窄窄，窄窄宽宽。仅仅从每一家房子的门楣，你无法判断主人的身份，每一家主人都在窄窄的窗户后面、窗帘后面，紧闭的门扉后面。也许是因为喧嚷的游客已经让这些门窗无法随意洞开，但是，每一个岛上的居民都那么友好和善意！你随便问路还是什么的，他们都会友善地耐心回答。

那些名人的故居在哪里呢？黄萱、陈寅恪、舒婷、张圣才……

站在这椰风海韵的海岛，我顿悟了，大隐隐于岛，在这人流的熙熙攘攘中，说不定从你身边擦身而过的那个，就是！

南普陀寺——香火旺盛的圣地

佛教自东汉时期传入中国，渐渐与中国传统文化土壤结合起来。佛教在中华大地上有三条传播路线：一是北路，亦即大乘佛教之路、汉传佛教之路，沿着丝绸之路经过中原大地，最后到朝鲜、韩国和日本；二是藏传佛教之路，主要是西藏和青海地区；三是小乘佛教之路，在东南亚等各个国家，在我国主要是在云南、福建和两广之地。

这三路的佛寺也都有所不同。汉传佛教的寺庙大多采取木架构，加上受皇宫建筑的影响，建筑规格比较高，多取皇宫的庑殿顶，斗拱结合，宏大威严，装饰华丽，规格严谨，基本是"伽蓝七堂"模式。藏传佛教佛殿高，经堂大，建筑多依山而建。小乘佛寺多是以佛殿为主，屋顶坡度大，檐口低，不一定像汉传佛教的寺庙那样采取中轴对称的格局。这三种佛寺的建筑，我都见过一些。这次，在南普陀寺见到的寺庙，有汉传寺庙和小乘寺庙的一些结合。

南普陀寺最早建于唐代。到清朝时，靖海侯施琅在废毁的旧址上重建寺庙，增建了大悲殿，供奉观音菩萨，因为观音菩萨的道场是在浙江的普陀山，厦门在普陀山以南，所以，这里就称作南普陀寺。

南普陀寺的建筑充分体现闽南地区特色。适应多雨的气候，屋檐坡度大，且多回廊连接。地处海边，面海背山，拾级而上，建筑恢宏，层次分明。寺内多巨石，碑刻较多，书法笔力遒劲，石底红色，于绿树蓝天之下格外惹眼。闽南信奉观音菩萨，因此，大悲殿的香火格外兴旺，其建筑也很见功力，奉千手观音。殿立于石砌多角形高台上，主殿呈八角形三重飞檐，中间藻井由斗拱层层叠架而成，造型巧妙，结构严密，俗称蜘蛛结网。寺内的树木也很南国，尤其是我第一次见到了佛教的圣树——菩提树，当初佛祖就是在菩提树下参禅悟道，大彻大悟的。北方的气候不适合菩提树的生长，见不到这树。此树天生洁净性情，叶似白杨，鸟不搭巢，终年常绿，很有佛性。庙前的石塔也吸收了缅甸佛寺的建筑风格，如倚天神剑，绝无仅有。

寺庙或许是相似的，但是，在这种相似的同时，我们总是能够找到一些不同的内容。在山西恒山，在白山黑水的东北，在云贵高原，在江南平原，你找到它们的存在了吗？

永定土楼——客家人传世的瑰宝

湘西有吊脚楼，陕西有窑洞，北京有四合院……在现今这个日渐趋同的潮流中，我们只有通过它们，来阅读曾经生活在这一方水土的先人的历史。

传统民居就是一本书，我们的祖先用砖和瓦、木和石、泥和水写就的书。民居渗透了中华文明中儒家的哲理思想、天人合一的理念、宗法制度和礼制观念，还有一脉相传的神秘的风水观。

永定土楼就是闽西的这样一本书，建造它的是客家人。

客家人的祖先居住于中原地区，在四世纪初，也就是西晋末年，为逃避战乱，从中原一路辗转到广东、福建等地。客家人，就是客居他乡之人。由于对战乱生活的惊悸记忆，再加上客居身份容易遭受欺侮，客家人在建造房屋时也把这种认识写进去了。

为了保护家园安全，客家人建起了土楼。土楼纯用土、石、木材料，坚固无比。建筑的构造参照阴阳八卦的理论，分为内外圈。高高的夯土墙，视野开阔的瞭望口，坚实而又单一的进出大门，从外面远远看去，朴拙浑厚，自然天成。

一座土楼就是一座精致的城堡。里面生活设施、祭祀场所、娱乐场所一应俱全，完全适应了客家人聚族而居的需求。

据导游介绍，土楼在安全防卫、防风抗震、防火防涝、通风采光等方面都有独具匠心的细节体现。

说句实话，如果与江南的民居、北京的四合院相比较，在书法镌刻、建筑选材、家具的等级等方面，土楼无法与其相提并论，还是显得有些粗粝、乡野。但是，土楼的传世价值也就是在其与周边的山野浑然一体，它的坚固，它的实用，它的宏大与微小、方与圆、自然与人的完美结合！

在第32届世界遗产大会上，"福建土楼"被正式列为《世界遗产名录》，成为我国第36项世界遗产。古老的土楼已经开始走向世界。

离开土楼时，站在村边吱吱呀呀作响的老水车边，不觉有些恋恋不舍，等有时间，一定要再来一次，在土楼里住上一夜……

此次厦门之行，值得一看的建筑还有很多，比如胡里山的古炮台，可以说是古代军事设施的一个见证；比如在集美，爱国华侨陈嘉庚所建设的集美中学等建筑，是中西建筑结合的混合……

在这些古建筑前面，我经常会陷入这样的思考，对比古人，我们现代人的物力、财力、人力和技术等方面，都具有无法比拟的优势。但是，在越来越多的鳞次栉比的高楼中，试想多年后，还会有一些能够传世的作品吗？

但愿。

敏感

武夷山的茶

今年，又去武夷山。

作为中国仅有的四个"世界文化、自然双遗产地"之一的武夷山，以"蛇的王国、鸟的天堂、茶的世界"而闻名。以往的旅游线路是攀天游峰，坐竹筏九曲漂流，这次来武夷山，不想旧地重游，离开了团体，自己随便走走，寻访一下武夷山的茶。

武夷山在地理成因系雅丹地貌，山多坡陡，平地少，山岩容易风化，土壤肥力瘠薄，水土易流失，不适宜种植农作物，但一方水土养一方人，到了武夷山，放眼望去，到处茶山层叠，山脚、沟畔、溪边、岭背，无处不茶园，有土皆茶树。

山水佳处出名茶，武夷山茶种类丰富，当家名品当属大红袍、肉桂和水仙，还有新秀丹桂、黄观音、金观音等。大红袍最初产于武夷山内九龙窠的悬崖峭壁上，山岚环绕，清泉滋润，落叶苔藓为肥，遂得天地灵气，发岩骨花香，被乾隆皇帝誉为"建城杂进土贡茶，一一有味须自领。就中武夷品最佳，气味清和兼骨鲠"。至今山内尚存有六棵母树，堪称国宝，据说，新中国成立后福建军区的叶飞司令员还专门安排了军队驻防看守。

武夷无处不茶，茶馆、茶铺目不暇接，真真可以称作是"凡有井水处，皆可饮茶"。买茶自然先要问茶，"不怕不识货，就怕货比货"！几天下来，先后跑了下梅古镇、武夷山自然保护区、黄冈山、武夷山老市区，每到一处，不管你买或不买，尽可以坐下来，主人会热情地为你泡上一壶茶，与你娓娓道来武夷茶的妙处。如若你还能和主人谈论一番，说出武夷茶之一二，他兴许还会把珍藏的好茶拿出来请你品鉴呢！

茶有大益。

唐代名臣刘贞亮曾总结茶的十大品德："以茶散郁气，以茶驱睡气，以茶养生气，以茶除病气，以茶利礼仁，以茶表敬意，以茶尝滋味，以茶养身体，以茶可行道，以茶可雅志。"唐代高僧皎然赞饮茶："一饮涤昏寐，茶思朗爽满天地；再饮清我神，忽如飞雨洒轻尘；三饮便得道，何须苦心破烦恼。"常饮茶胜于吃药，苏东坡也写道："何须魏帝一丸药，且尽卢仝七碗茶。"朱权在《茶谱》中说道："茶，食之利大肠，去积热，化痰下气，醒睡解酒消食，除烦去腻，助兴爽神，得阳春之首，占万木之魁。"

今人总结茶之益处，林林总总，约有二十余条：安神、明目、止渴生津、清热、解毒、消食、醒酒、去脂减肥、下气、利水、去痰……

茶有大意。

饮茶与喝酒，大有讲究。饮茶不比饮酒。饮酒的场合多是闹市红尘，揎拳捋袖，吆五喝六，你来我往，觥筹交错。酒，令人血脉贲张，令人目空一切，令人醉眼迷离，令人心性迷失。酒中虽然可得半时神仙感觉，酒醒后依然是空虚漠然……再没有比空酒瓶更能令人嗟伤的物事了！

然，一杯清茶，却可以引人入胜，幽雅顿生，身心澄澈，如处空谷幽山。

品茶的最高境界是"探虚玄而参造化，清心神而出尘表（朱权语）。"次第说来：一曰得味。能够品味出茶的类别、品种、新陈、优劣，且能领悟茶的内在美。二曰得韵。能够借助品茶超凡脱俗，在普通的茶事中发现艺术，开发出人、茶、水、器、境、艺的美之所在。三曰得道。放下烦躁，放下烦恼，放下尘世的诸多困扰，静心品茗，一茶一世界，一叶一菩提，察物体性，明心见性，尚自然，悟幽趣，养天年，茶之遇人？人之遇茶？此刻，此地，神思幽幽，物我两忘，天人合一。

饮茶到了如此境界，犹如庄生梦蝶，茶耶？人耶？梦耶？幻耶？

茶有大艺。

剑有舞，茶有艺。聪明的武夷人把选茶、鉴水、用火、择器、布席、造境、冲泡、奉茶、煮茶、斗茶、鉴茶等饮茶环节与自然景观、文化艺术巧妙地融会贯通，形成了一整套雅致的"武夷茶艺"，有"恭请上座、丝竹和鸣、焚香静气、叶嘉酬宾、岩泉初沸"等二十七道程序，闻香，观色，品味，茶盏未举，心已远，物我两忘。茶艺讲究人、茶、水、器、境、艺六要素，人必端庄静雅，不问男女，举手投足，大有仙风道骨。茶必名、形、色、香、味俱美。水要清、甘、冽、活，所谓："茶性必发于水。八分之茶，遇十分之水，茶亦十分矣；八分之水，试十分之茶，茶只八分耳。"只有做到六美荟萃，方能令人渐臻佳境。南京灵谷寺后有眼古井，即有名的"八功德水"，清代两江总督曾题字——"水不在深"。八功德，就是：一清、二冷、三香、四柔、五甘、六净、七不噎、八蠲疴。这样的水冲泡武夷之茶，味道定然不错。"水是茶之母"，只有好水才能催发好茶的品性和禀赋。杭州的龙井须得虎跑泉的水，方能相得益彰。"蒙山顶上茶，扬子江心水"，曾被誉为"茶与水的绝配"。

据《武夷山志》记载，能与武夷山茶相配的五大名泉有：山南虎啸岩语儿泉、天柱峰三敲泉、御茶园呼来泉、小桃源泉、接笋峰的仙掌泉。这些名泉都是当日文人雅士策杖山间，探访所得。涧花落泉，山间明月，野泉烟火，松风吹衣，只为试泉品茗。真正的好泉来自山间，绝非如那些玄乎的"梅花瓣上雪、荷叶晨间露、腊月席下霜"。

日本茶道讲求"和、敬、清、寂"，融合了禅宗的思想。中国茶道讲究"四规"、"七则"，四规是：待客亲善，互相尊敬，环境幽雅，陈设高雅；七则是：点茶的浓度，茶水的质地，水温的高低，火候的大小，煮茶的炭料，炉子的方位，插花的艺术。

"放下亦放下，何处来牵挂，做个无事人，笑谈星月大。"茶之艺，令人跳出三界，不在五行，自由驰骋心境。

茶有大义。

义者，道理也。"茶之为物，可以助诗兴而云山生色，可以伏睡魔而天地忘形，可以陪清淡而万象惊寒。"武夷山的大儒朱熹，以茶比喻生活，茶初尝时苦，再回味时甘："先生因吃茶罢，曰：'物之甘者，吃过必酸；苦者，吃过却甘。茶本苦物，吃过却甘。'问：'此理如何？'曰：'也是一个道理，如始于忧勤，终于逸乐，理而后和。'"（《朱子语类》卷第138载）做学问亦如茶，对学问要皓首穷经，钻研透彻，执着专注，不可浅尝辄止，蜻蜓点水，被诸多学问所迷乱，犹如煎茶，不可把乱七八糟的姜盐椒桂等添加进去，结果是一团糟，失去了本来滋味。

识人如识茶。人不可貌相，茶亦不可貌相。大红袍号称"皇帝的身价，乞丐的貌相"，茶的外形像焚过的草，黑黢黢的，大多色黑条索紧，叶条干枯，但是，经热水充注，立马满溢出逼人的香气。世间待人接物多陷于以貌取人的流习。在清代名士袁枚那里,武夷山的茶也曾经有过这样的遭遇,《随园菜单》里提道:"余向来不喜欢武夷茶,嫌其味苦如饮药",后来却发现其"清香扑鼻,舌有余甘,令人释躁平矜,怡情悦性"。

"酒入世,茶出世。"饮酒令人醉,让人壮胆鼓气,狂狷傲世,血脉贲张,狂歌猛进;饮茶令人醒,一盏茶饮下,使人冷静处事,敛气约性,温文儒雅。青壮时喜饮酒,暮老时爱饮茶。

在武夷山自然保护区的龙川,遇到一看摊卖百货的村妇,品到了可称绝品的茶。在草棚搭就的棚子下,就着山石落座,攀谈了半天,后来她拿出了自家采的土茶,也是大红袍,从山涧的溪水里舀了一壶水,烧开,泡了茶。那茶果然令人叫绝,茶汤鲜亮红润,杯口袅起一股香气,一杯入口,舌底生津,腋生清风。

仅仅认识了武夷山茶之"艺、义、益、意"四美,还不能说是全部,这最后的篇章就是张艺谋的《印象大红袍》。

去武夷山的那几天,正值细雨绵绵。虽然已经被告知:《印象大红袍》的剧场是露天剧场,下雨时在江边,寒风冷雨,不去为好。心内踌躇再三,还是痛下决定,去!难得来武夷一次,绝不能留下遗憾。

当晚,饭后,打的去了剧场。票价是218元,买!在场外的广场上,撑着伞等待了有个把小时,开始检票进场。没想到,在这样的天气里竟然还是满场!

开场就不同凡响:古装的茶人亲切问候:"您放下来吗?""您放下来了吗?"每个人只有放下烦躁、放下身份、放下悲喜、放下执着,还有,放下眼前身上的寒冷,才能进入茶的世界。

旋转的舞台,随时把时空转换,光影、舞美,给你以强烈的视觉震撼。以大红袍的故事为主线,在大王峰山下的林谷河溪山野里得到纯美的演绎。红衣少女一支竹篙，便将舞台悠悠地撑开……仙鹤飞舞，翩跹自来；白马绝尘，空谷传音。高山流水，知音相期，大王与玉女金风玉露一相逢，便柔情似水，佳期如梦。斗茶，虽是杯盏之间，却也似有刀光剑影，但最终却是握手言欢。喝茶，可以竹林小憩，可以空谷听琴，可以雪夜啜茗，饮茶时心驰神往，遐思古人……

依依不舍武夷山，在踏上列车的一刹那，不免又想起了那位美利坚老太的话："假如我在世界上任何一个地方迷了路，请把我带到中国福建的武夷山。"

此生，当我白首苍苍，当我万水千山走遍，能够把我的梦带到武夷山的，恐怕还是那无法忘怀的大红袍吧？

婺源的古树

有一个地方，位于皖浙赣交界，被称为"中国最美的乡村"，它叫婺源。就在最近，我到了这个地方。

说句实话，我对现今的一些列为旅游风景地的乡村，并没有抱太多的奢望，商业气息太浓，且多是后来的复制品，很少能有欣喜的发现。比如周庄、同里以及浙江的乌镇等等。所以，在婺源的李坑、江湾等古街道上，我的脚步是随着导游，走马观花。

然我走到古村落"晓起"这个地方时，却被那些遮天蔽日的古树震撼了。摩挲着粗糙苍黑的树皮，看枝叶婆娑，仿佛站在一位位睿智的老人脚下，我的内心忽然升起苍波无限的悲凉。

时候正是腊月，四周的寒意包围了我，我以为，这样的气温恰好是给我滚烫的额头敷上难得的幽凉。

婺源作为区区只有2947平方公里的山区县，却是"全国绿化百佳县"、"全国造林先进县"、"全国生态农业建设先进县"、"全国文化与生态旅游县"。这都是蒙婺源世世代代卓有远见的先祖们的荫蔽。

如果说婺源是一只彩凤，那么这些遍布山山湾湾的古树就是彩凤的羽毛。山水相依，村树共存，天人合一，在老一辈的婺源人心里，大树就是乡亲们的保护神。一个村子里，树越老，村里人的福气就越好。轻易不砍树，尤其是处在村子的"来龙"、"水口"的风水林，更是动不得。为了保护古树，每一个村子都有封山的习俗，由族长主持，宰杀肥猪，按户分食猪肉，晓谕村民，开始封山了。假如有谁违反此封山的乡规民约，村人就要强行到其家里，宰杀其家里肥猪，无偿分给村里人，还要其出资用红布书写乡规民约到处散发，以示惩戒。

据说，在婺源的文公山，有片古杉树林，其中有十六棵古树是名儒朱熹手植。在朱熹辞世的当年，故居有一棵巨树被飓风连根拔起，故居前面的河堤被冲垮数百尺。有老人说这是"木稼山颓"，昭示大贤之厄。

在晓起村的后山坡上，我看到一个参天的古树，被精心地用栅栏围起来，我们游览到那里时，还看到有村民在挑土护树。听说此树需要五个成年人才能合抱。这棵古树有1700年了，依然枝叶繁茂，浓荫蔽日。1700年？！应该是东晋时栽植的了。树若是人，该阅尽多少世事变迁物换星移？树不是人，没有驿动的心，虽然饱经风雨沧桑，依然对脚下的土地不离不弃，庇佑一方苍生。

据说，晓起村还有一个名贵树木观赏园，古樟、红豆杉、古楮数不胜数。因为旅程紧张，我没有时间过去欣赏。

河畔村头、山崖下、房前屋后、水井边，似乎没有一处不适宜树的生长，每一棵树，无论大小，都长得格外生机勃勃。树身上青苔漫渫、藤蔓披拂，粗皆合抱有余，但是，丝毫没有老态龙钟的衰相，触目皆是青翠郁郁。

是因为交通闭塞、山水环绕的钟毓才保佑了这些古树逃脱历朝历代的战火和那大炼钢铁年代的刀斧？还是因为村民的纯朴和禁忌使古树们得到特别的厚爱？可能，这些因素都统而有之。这一方宜树爱树护树敬树的古村落呵，让我怎么抒写对你们的敬仰呢？！

我所在的工作单位金陵监狱，临近南京城市郊野公园青龙山生态走廊，也有许多得天独厚的林木资源，但是，难得看到参天古树，有许多地方，因为开山采石，水土流失，山石裸露。树是人类最古老的朋友，但是，它们却永远玩不过人类的私欲膨胀，常常难免刀锯之厄。树的幸与不幸，都要仰仗人类是否有一颗敬畏自然的心。轰轰烈烈的交通、住宅建设已经让许多古树销声匿迹，倒是在新的住宅小区，常见被开发商强行移民来的古树，刀锯斩梢去根，伤痕累累，生机皆无，奄奄一息。如果爱树，我们为什么不可以自己去种，非要在老祖宗的遗产上动可耻的念头呢？

婺源的美丽，有人爱她春来漫山遍野的油菜花，有人爱她"青砖黛瓦马头墙，回廊挂落花格窗"，有人爱她小桥流水、人在画中游。我呢，从现在开始，我要把这些古树深深地放在记忆深处了。

时不时地，我该要在梦里寻它一回，就算是坐在古树下，背靠着大树，做一个南柯之梦，也是我的福分了。

西　北　望

"地下文物看陕西，地上文物看山西。"

陕西是中华文明的主要发祥地。从蓝田人、大荔人再到半坡人，从始祖伏羲、女娲到炎帝、黄帝，从西周、秦、西汉、新莽、西晋、前赵、前秦、后秦、大夏、西魏、北魏、北周到隋唐，这片广袤的厚厚黄土，始终以其生生不息的乳汁，哺育着华夏文化。

没有物力和地力的丰饶，是养育不出灿烂的五千年中华文化的。曾经的黄土高原，也是一块气候湿润、河流密布、土质肥沃、植被茂盛的土地。《诗经·大雅·绵》里曾经记载："周原朊朊，堇荼如饴。"这句话是说，这里的野菜都如糖一样甜。还有周朝时"凤鸣岐山"的说法，在我们老家有这样的俗话："凤凰不落无宝地"，居住在凤凰飞翔、宝藏丰富的地方，老祖宗能不发达吗？过去的长安，曾经因周围的浐河、渭河、泾河、滈河、沣河、涝河、潏河、灞河汇流而被称为"八水绕长安"。

然而，曾几何时，这片黄土又是以其水土流失、植被缺乏、贫瘠贫穷而著称。上中学开始学习地理时，我们就从教科书上认识到这一点。海拔800—1500米，流水把这片土地切割得千沟万壑，形成了塬、梁、峁、沟。气候干燥，多风沙，生存环境恶劣。后来读高建群先生的《最后一个匈奴》，其中提到了清光绪年间翰林院大学士王培，受光绪皇帝委派到陕西考察，后来写了一份折子送给皇帝，叫《七笔勾》，从山川地貌到衣食住行把陕西说得一无是处：

"窑洞茅屋，省上砖木措上土，夏日晒难透，阴雨更肯露，土块砌墙头，灯油壁上流，掩藏臭气马粪与牛溲，因此上把雕梁画栋一笔勾。

万里遨游，百日山河无尽头，山秃穷而陡，水恶虎狼吼，四月柳絮稠，山花无锦绣，狂风骤起哪辨昏与昼，因此上把万紫千红一笔勾。

没面皮裘，四季常穿不肯丢，纱葛不需求，褐衫耐久留，裤腿宽而厚，破烂亦将就，毡片遮体被褥全没有，因此上把绫罗绸缎一笔勾。

客到久留，奶子熬茶敬一瓯，面饼葱汤醋，锅盔蒜盐韭，牛蹄与羊首，连毛吞入口，风卷残云吃罢方撒手，因此上把山珍海味一笔勾。

堪叹儒流，一领蓝衫便罢休，才入了黉门，文章便丢手，匾额挂门楼，不向长安走，飘风浪荡荣华坐享够，因此上把金榜题名一笔勾。

可笑女流，鬓发蓬松灰满头，腥膻乎乎口，面皮晒铁锈，黑漆钢叉手，驴蹄宽而厚，云雨巫山哪辨秋波流，因此上把粉黛佳人一笔勾。

塞外荒丘，土鞑回番族类稠，形容如猪狗，性心似马牛，嘻嘻推个球，哈哈拍会手，圣人布道此处偏遗漏，因此上把礼义廉耻一笔勾。"

应该说大学士王培的描述不无夸张之处，但是，无风不起浪，这里面也是当时当地自然地理人文风貌的反映。

这样的环境，怎么可能成为炎黄子孙精神寄之信之倚之敬之重之的家园？

曾经美好的家园是从什么时候变得面目全非？

这次陕西之行，我觉得我开始接近了那个答案。

前文已经说过，仅仅建都长安的大大小小朝代就有十四个，这么多的政权更迭，都是"枪杆子里出政权"（在中国几千年的封建社会时期，好像鲜有靠和平演变实现政权更迭的例子）。在秦始皇一统河山之前，烽火连天起，兵戈林立铁马骤突，春秋五霸、战国七雄之间展开了狼撕狗咬、弱肉强食的对抗……战争是存在于这块土地上的第一个破坏性因素。

秦始皇统一六国以后，人民本应开始休养生息了，但是，与战争同样具有破坏力、某种程度上更甚的国家工程又开始了。仅秦国一个国家，就先后进行了万里长城、秦始皇陵、灵渠、阿房宫等几项超级工程。秦始皇陵自其登基时就开始修建，前后达38年，动用民工70余万，先后多处斩凿石材、木材，陵冢高40余米，方圆56平方公里，有70个故宫那么大。再说阿房宫，在杜牧笔下："覆压三百余里，隔离天日，骊山北构而西折，直走咸阳"，"五步一楼，十步一阁"，"蜂房水涡，蠹不知其几千万落"。这样宏大的规模，任你怎样调用你无限想象力恐怕也很难说得出它的富丽奢华！……

这还仅仅只是秦朝一个时代的事情。

在中国，封建王朝绝大多数帝王在登基后都有一个共同的爱好，在建造阳世宫殿的同时，还要开始缔造阴世的世界。建都西安的大大小小的王朝有十几个！需要修多少宫殿？需要建造多少陵墓？

在旅行中，导游介绍了大明宫、未央宫、秦陵地宫、乾陵、永泰公主墓等古建筑。中国古建筑区别于西方古建筑的一个地方是，西方主要是用石材，中国古建筑主要是土木。气势恢宏、制式讲究的宫殿和陵墓，都是需要巨大的珍贵树木才得以建成。从遗留的许多宫殿的石柱础上可以看出，好多的木柱都是整根的巨树砍削而成。主要是材质坚硬的金丝楠木、楸木、柞树等珍稀木材。这些生长了数百年、数千年的大树，就这样倒在了叮叮当当的斧锯之下，在雨季到来时，顺着山洪漂流到江河里，然后又被扎成木筏，继续顺着河流，漂到帝王的皇家木材场。

在听讲解的过程中，我心中的问题就越来越强烈："这些浩大的工程，到底需要砍伐多少森林？"

更为痛心的是，这些宫殿、陵墓自其建成以后，就摆脱不了一个命运，那就是迅速地毁灭！在古老的曾经繁华的土地上，我们可曾看到还有保留完好的宫殿？

中国古建筑区别于西方古建筑的不仅在于其结构，更在于其命运。西方的古建筑无论政权如何更迭，大多会得到精心的珍视和保护。而中国的古建筑呢，则是政兴物建、政亡物毁。每一个王朝建立者都会选择将前朝建筑推倒重来，砸烂一个旧世界，建造一个新世界。"楚霸王的熊熊火炬"在任何朝代都不鲜见！

不是毁于疯狂的战火，就是永久埋藏进深深的黄土！

一批批地建！

一批批地毁！

无数的森林就在这建和毁的过程中灰飞烟灭！

储量再丰富的森林也架不住这样的砍伐和焚毁！

曾经林木丰美的田畴上，绿色在一点点地减少，黄色在一点点地增多！

我看过黄土高原的地理介绍，从这里的地质结构上看，厚厚的黄土堆积在中生代形成的河床基岩以及砂石层上。砂石层是不能涵养和承托水源的。缺少植被的保护，松软的黄土层非常容易受到雨水的冲刷和切割。日积月累，天长日久，就形成了黄土高原特有的塬、梁、峁、沟。而在陕西，这样的黄土高原地质接近总面积的一半有余。水土的流失，带走了曾经的富饶和文明。奔腾不息的黄河成了黄土高原一根巨大失血的大动脉。

这次旅行中，公路两边，到处可见深深的沟壑。去壶口瀑布的路上，在宜川境内，路经正在修建中的西兰高速公路施工现场，车内忽然有人惊呼，原来是看到紧邻盘山公路深深沟涧下的布满乱石的河床上，发现有辆失事的小车，已经被拧成了麻花状。

曾经美丽的黄土高原为何沦落成今日的贫瘠和荒凉？不是因为天灾，而是因为人祸！这就是我所得出的答案。

在来陕西之前，说句实话，对于此次旅行中触目可见的苍凉、浑黄，我是有充分思想准备的。大概是在五六年前，我曾经去过更西北的宁夏。在那里第一次看到了漠漠的黄沙和荒凉的戈壁滩，看到了西北因为干旱缺水、植被缺乏的真实场景。我那次的确是被震撼了。因为缺水，到处是尘土飞扬风沙漫天，因为缺水，到处植被贫乏，而只要是有水的地方，就必定是富饶的地方。我后来取道西安，那次因行程匆匆，只在西安附近走了一圈。然在我的想象里，大西北基本上就是这样。黄土高原上，估计也是大差不差的。

然而，让我大跌眼镜的是，此次一路上，除了在去宜川壶口的路上还会看到一些裸露的山岩和黄土，其他的行程中，满目都是浓浓的绿色。这是我早已耳熟能详的陕西黄土高坡吗？！

听了导游的介绍，原来是从二十世纪九十年代开始的退耕还林工程起了作用。仔细去看，果不其然，山上的绿色虽然浓浅不一，杂树盎然，但是，还是能分辨出横竖成行的植树造林的明显痕迹！过去战天斗地所开辟出的一些梯田，现在已经种植上梨树、石榴树、苹果树、枣树等果树。国家对退耕还林的地区，实行了粮食补贴。其实，在这样的土地上，生产粮食的成本远远高于平原地区，永远是得不偿失！对于一些生存环境恶劣的村庄，国家还实施了移民工程，把他们从塬上迁移到平原地区。过去，他们居住在植被脆弱的塬上、山上，为了生存，不得不开荒辟地！不得不伐薪烧炭！毕竟生存高于一切。

虽然，在山坡上、塬上，还可以看到一些裸露的黄色，但是，这毕竟已不是过去风沙漫天的黄土高原！这已不是我想象中的黄土高原！

现在的陕西，已经被探明，有丰富的石油、煤炭和天然气储藏。这些形成于数万年前的地下资源，被开发出来，成为现在唾手可取的能源。石油、天然气、煤炭是数万年前的森林形成，这些远古的"森林"虽然被今人以另外一种方式"砍伐"着，但这无形中也延缓了人们伐林取材的步伐。这块深透灵性的土地啊，是不是拥有着超越时空的远见卓识，用它旧日的储藏，来挽救仅存的绿色，使更多的树木得以生长出来！

十年不是"沧海桑田"，百年不是"沧海桑田"，但是，假如人类对脚下的地球，始终心存敬畏，爱之珍之敬之重之，那么，十年，百年，这里会发生"沧海桑田"的变化，数千年前如海的森林会在这里再次复活！

西北的那片广袤的黄土高原，在默默地告诉我们这一点。

湘西归来

从湘西归来。

就像在天子山巅，一阵山岚袭来，雾气马上掩盖了眼前的一切，几步开外，就是一片山雾白茫茫。从湘西归来，你让我再述说一下，湘西是怎么样的，我再回首，也是云雾缭绕，只在那西南崇山峻岭处，云已深，我怎知？！神秘湘西，就在我登上飞机的舷梯时，悄悄扯过云和雾织就的面纱，再度隐去……

我只能凭着相机里的图片，再度回放匆匆几日里一路风景，一路的惊叹。

急湍飞流的猛洞河漂流是湘西吗？古色古香的芙蓉镇和凤凰镇是湘西吗？神秘莫测、云山雾罩的"赶尸、辰州符、放蛊"是湘西吗？危峰耸立、林茂水清的黄石寨、天子山是湘西吗？桑植民歌、大庸阳戏、土家花灯、芦笙踩堂、打渔鼓这些令人眼花缭乱的习俗歌舞是湘西吗？

也许是受以往文学影视作品里太多的渲染，对湘西我有太多的想象和向往，但一路走来，在内心里进行比对，我常常会发出一声喟叹："这是湘西吗？！"

那晚，在凤凰古镇，沈从文的家乡。夜色里，走过青石板路的小巷，来到西水关边的一个酒吧，坐在临窗的位置，对面是古老的吊脚楼，旧日岁月里，上面经常有唇红齿白的青楼女子招手。中间就是那条流淌在小说《边城》里的著名的沱江，沱江很窄小，沱江似乎也很浅，在夜色中，格外温柔缱绻。在沱江里，我和妻子放了一组五颜六色的河灯。沿着青石的路，走到临街的店铺，坐到酒吧里，恍恍惚惚地，似乎穿越了时光隧道，走进了沈从文的小说里……

在这时，才知道，鱼儿不在水里，怎会知道水的味道？鸟儿不在林中，怎么会知道树之宽容？普通的走马观花式的旅游，怎么可以了解湘西？怎么可以被湘西接纳？

外出旅行，最怕水土不服。怎样可以融入这方水土？我以为最佳的办法，就是喝当地的酒、泡当地的茶。酒是粮食和水酿制的，茶是汲取了当地的水土精华孕育而成的。品茗、酌酒，感觉在一觞一筹中做了一个幸福的湘西人。

年轻的张家界，古老的大庸府。有史记载就有两千年，战争史就有一千七百年，一个真正以血与火铸就的城市，怎么会轻易就被理解？大庸府城，有容乃大，不移为庸。大气凝结，怎容你轻薄的指点！

也许是山高林密造就的禀赋，也许是沉留纯洁的野性还在血液里流淌。不少湘西男人都有一身深藏不露的上刀山、走火海的绝技。女子虽然柔情似水，但，没准从你身边走过的那一个，就会整你一盅，让你为情所困、为情所苦。

湘西，古楚蜀文化的交会地，苗族、土家等五大少数民族的聚居地。因其山高路远，隔绝于传统的中原文化；也正因其山高路远，才会保留远古文化的正统基因。土家吊脚楼的古朴大气，苗寨的神奇秀美，侗族风雨桥的浪漫多姿，瑶族盘王殿的神秘威严，白族三坊一壁的清幽绚丽，檐角飞扬的马头墙，精致秀美的雕花门窗，艺术灵动，身材飞扬。濒临失传的江永女书，滩头年画，土家织锦、侗锦、苗绣、瑶族挑花、白族扎染，许多手工艺已经行将失传，湮没在历史的长河里。五大民族服饰绚烂多姿、色彩浓郁，土布、银饰、挑花等，诠释着独特的美感，犹如一部走动的服装史册，鲜活的历史。

这里的文化不同于婉约细腻水木清润的六朝古都南京、厚重浑朴博大精深的燕赵北京、张扬恣肆大气堂皇的汉唐长安，这里的文化总是给人一种奇诡神秘气息。总会让你仿佛隔着一条河，难以靠近，却又拒绝不了诱惑。

在大庸城，我买来了一张傩面具。据说，傩面具有喜怒哀乐四种，放在室内有驱鬼辟邪的作用。我并不太懂那些夸张诡异的面具表情，但是，带一面具回来，摆在客厅，会让我时不时地记住湘西。

在猛洞河漂流时，一双牛皮凉鞋被湍急的水流冲走了一只。在上岸时，我顺手把另外一只也扔到了河里。假如它们还有缘的话，或许，会在哪块滩头搁浅，再度找到彼此。私下里也是有这样的一个想法，就当那是我在湘西留下的脚印吧。

从湘西归来，记忆渐渐淡去，脑子里依然充溢着往日对湘西的想象和憧憬。如果有机会，还要再去湘西。

新疆七日

许多人还在向往，而我们已经实现，去新疆旅行，就在现在，出发了！

新疆，一生中不能不去的地方。

对它的向往，恰如酒的酵母，随着时间的发酵，越来越醇。早在中学时，地理课本上就有很多关于它的风土人情的介绍，之后的时间里，也接触了更多的关于新疆的一些文字。但遗憾的是，一直没有机会身临其境地到新疆。毕竟，它离我们太远，远得仿佛就是一个梦。

在我迈入四十岁的当口，这瓶酒终于得以启封了。一下子就与新疆的空气、新疆的土地……融合到了一起。

同行的是单位的三十位同事，早了解过了，大家都是第一次到新疆。每个人都揣着一肚子的心思，准备好了相机，准备了轻快跟脚的鞋子，墨镜是必需的，防晒霜是必需的，遮阳伞是必需的，旅游指南是必需的……第一次的感觉真好！

这次去的是北疆。

当天中午起飞，直到晚上八点多，才降落在新疆乌鲁木齐的地窝堡国际机场。地窝堡？啥意思？来不及细想，就赶紧登车，进市区。

进入市区后，维族导游阿米娜告诉大家，路左边的房子就是"八楼"。刀郎的歌曲《2002年的第一场雪》中所唱的"停靠在八楼的二路汽车，带走了最后的一片黄叶……"，二路汽车可以停靠在八楼？那不成了直升机了吗？如今谜底揭开了，"八楼"只是因为这幢楼宇是最早建成在乌鲁木齐的高八层的建筑，犹如二十世纪八十年代时南京的金陵饭店，所以这个地方的公交车站也被当地人骄傲地命名为"八楼"。原来如此！

虽然已经是近九点，天光依然大亮，如果在南京，早已经是夜色沉沉，半入梦乡了。入住煤炭酒店后，本来还想趁着天未彻底黑，出去转转，结果竟然下雨了，只好返身回宾馆。要知道，我们早就听导游说了，新疆一年之中难得下雨的。难道我们是贵人？老天爷也太抬举我们、太给力了吧？

内地的七月，晚上没有电风扇和空调，热得根本无法入睡。但是在这里，晚上，只要把窗户打开，凉爽到睡觉还需要盖被子。这夜，也许是旅途劳顿的原因吧？睡得十分香甜，一夜无梦。

第二天，直奔著名的火洲，吐鲁番盆地的火焰山。

这个地方是在新疆的东部，天山以南，在《西游记》里已经有关于它的描述，不需赘述。从乌鲁木齐向东，经过一处废弃的古城堡时，导游介绍，这就是轮台。这地名并不陌生，唐朝边塞诗人岑参曾经写过的《白雪歌送武判官归京》中的场景："北风卷地白草折，胡天八月即飞雪。忽如一夜春风来，千树万树梨花开。散入珠帘湿罗幕，狐裘不暖锦衾薄……"遥想当年诗人戎马跋涉，关山几万重，最后征戍驻防在这里。长安的繁华已在身后，这里只有冰天雪地、铁衣难着。难得看到故人，且故人很快就要远行，只好在轮台东门送别，看卷地的白雪渐渐淹没了马蹄的足迹……

道路继续随着山路抬升，经过一处风力发电厂、盐湖，到了一处牧草丰富的绿洲，这里就是达坂城。

达坂城？！王洛宾的歌曲里曾经让多少男士艳羡不已的地方。达坂城的姑娘辫子长啊，西瓜大又圆。可惜，我们只能擦肩而过。也许，我们还会有机会来，看那一驾马车从远方踏着歌舞而来……

经过小草湖风口地区，这是两山之间的狭长地带，看河谷里红柳、胡杨还有野草的十分雷同的侧歪长势，你就可以猜想出这里的风有多大。它们都被风吹得朝着一个方向侧倒，就像被篦子梳理过的头发。过峡谷时，下起了大雨，雨点噼里啪啦地打在旅游客车正面的车窗上，雨借风力，响如爆豆。

夏季，风口地区一般会在下午起风。威力到底有多大？听导游说，能把数十吨重的大货车吹翻，我们还是将信将疑。继续前行，很快看到了一辆车轮朝天、仰躺在路边的货车，我们才彻底信服。据说，前几年还多有火车被吹翻，直到后来铁道部建设了沿路的防护林，才很少有翻车现象。风区的路都是单行道，且隔得很远，据说就是防止起风时车辆对行时形成横风漩涡，导致车辆倾覆。

车子过了天山下的风区，明显地感到车内的温度在升高，汗珠在脸上流下。据此可以判断，火焰山快到了。

本来在风口是茫茫的戈壁滩，到了火焰山，常年无雨的地区，反而看到了十分宝贵的绿色。究其原因，这都是坎儿井的功劳。聪明的吐鲁番人开凿了坎儿井，躲过了风沙的侵袭和高温的蒸发，把雪山的雪水引到了戈壁、沙漠，于是这里就成了最出名的瓜果之乡。

在去火焰山的路上，我们看到了有许多未完工的砖瓦房，有的是已经建成，有的是砌了一半的墙，但显然就像广西北海的烂尾楼，工程不会继续下去了。导游卖了个关子，问大家："这些房子是干什么用的？"大家七嘴八舌地猜了一通，都不着边。最后，导游告诉我们，是当年三峡移民时，有一部分移民计划安排在这里，房子快建成时，移民派了几个代表到这里来侦查，结果，到吐鲁番后的第二天，人就像水珠一样蒸发了，原来当天晚上就回去了，移民？从此就杳无音信。不由感慨，移民办真是太有才了，把老百姓从雨水丰沛、山环水绕的三峡，搬迁到这茫茫戈壁滩，这真是一个天大的黑色幽默！

火焰山的温度高，果然名不虚传。尽管去的当天是多云的天气，景区打造的那根"金箍棒"上的温度计已经明确显示有四十七度。要是太阳出来，整个五六十度绝对没问题。景区的雕塑都是应景性的，有牛魔王、铁扇公主等，无非是借助《西游记》的名气招徕游客。

从火焰山出来，到了葡萄沟。虽然火焰山是一片寸草不生的山，但是，在山脚下的山沟里，还有许多景色宜人的所在。葡萄沟就是其中之一。凡有水的地方，全是绿色满目。各种葡萄琳琅满目，不是古丽导游的介绍，外行人真看不出。

午饭后，参观坎儿井博物馆、维吾尔古村和交河故城。火洲的威力在午后格外肆虐，热浪滚滚。前些年，听说老家有一教育局长，到吐鲁番旅游，人从旅游车里下来，脚刚落地，再抬脚，鞋底竟然被地面的高温烫掉了，只好一蹦一跳地回到车上，地面温度之高可见一斑。

到交河故城时，正好是午后时分，阳光直射，逼得眼睛都睁不开。交河故城据说是世界上最大、最古老的土建筑城市，建造人是早于秦汉的车师人，交河城被河流分流围绕，故称交河。13世纪，交河城毁于蒙古族的战火，历经一次疯狂的杀戮，如今风沙吹老了岁月，只剩下一片层层叠叠的夯土废墟。故城分为东区和西区，东区为官署区，西区是手工业作坊、居民区和佛教寺院区。即使是败落的废墟，依然让今人为其宏大规模和奇异的地形咂舌称奇。到交河故城，我个人觉得最适宜的时间应该是晨昏之际，或者是在明月朗照的夜晚，那种朦朦胧胧、恍恍惚惚的感觉，似乎这里又能重现昔日的繁华，街道上仍然熙熙攘攘、人来人往，繁华和苍凉只在一念之间。站在官署区的城门处，遥想当年这座防守森严的城池，风不得进，雨不得进，只有国王可以进；如今，风也进得，雨也进得，纵有秦皇汉武的大业，也难免折戟沉沙，被岁月湮没。

第三天的目的地是天池和布尔津。

天池湖面海拔1910米，长3400米，最宽处约1500米，最深处达105米，旺水时面积达4.9平方公里，总蓄水量1.6亿立方米。这是一座200余万年以前第四纪大冰川活动中形成的高山冰碛湖，现在阜康市，在唐朝时属北庭都护府管辖。谈天池离不开西王母和穆王的神话传说。李商隐《嫦娥》里有过描述，"瑶池阿母绮窗开，黄竹歌声动地哀。八骏日行三万里，穆王何事不重来？"天池的发现得益于清朝大臣明珠。如今登临天池，碧水蓝天，雪山青松，野花烂漫，空气如洗，浑身每一个毛孔都格外通泰。天山的天池还有一个奇特的物产，那就是天山雪莲。白色略带一些青翠，花朵硕大，武侠书中说它有奇效。如今，恰恰是因为这神奇药效，反而导致了天山雪莲被严重盗采。

从天池下来，就踏上去北疆布尔津的漫漫长途。216国道始终是沿着古尔班通古特沙漠的边缘在不断地向着远方延伸。沙漠并非如我们想象的那样寸草不生，还有一些红柳、梭梭草，格外耐干旱，它们的生存毅力令人肃然起敬。黑色的柏油路面上，可以看到扬沙天气时留下的黄色的细沙，如雪霰随风拂动。路边有标牌不断指明，这里是"卡拉麦里蹄类动物保护区"，这里是"布尔根河狸保护区"……不由怀疑，在这样恶劣的环境还能有动物生存？

过了恰库尔图，渐渐可以看到阿尔泰山脉。远远的山脚下，有郁郁葱葱的柳树，而路两边，依然是呈焦黑色的戈壁滩。不用说，那有树的地方肯定是有水的地方，查了地图，才知道，那就是著名的额尔齐斯河，中国唯一的一条流入北冰洋的倒流河！只有在这无边的沙漠和戈壁滩上，你才可以深切地领会到"母亲河"的博大含义。

在新疆这几天，让我深切地体会到水对于生命的重要性。我们生活在水乡江南，平日里触目皆是绿色，依偎着长江水系里的各条河流、湖泊，何尝感觉到水的珍贵？只有置身这无边的贫瘠的西北荒漠，我们才会洞悉水的珍贵。那句公益广告词："也许，地球上最后的一滴水，就是人的眼泪！"实在是沉重之极！一路走来，无论是吐鲁番，还是古尔班通古特沙漠，对于水的那种热切执着，曾是那样深刻地撞击着我的内心。吐鲁番的生机是因为水的存在！坎儿井是人类在恶劣环境下取水用水的杰作！天山的山麓，颠覆了我以往的万物朝阳的思维定式，山之南因为朝阳，蒸发旺盛，所以植被很难存活，而只有山之北，才会生长出葱郁挺拔的青松。克拉玛依千里迢迢地修堤借水，因水而兴旺。我甚至有一个天真的想法，假如只是把喀纳斯和内地的一些湖泊相比，喀纳斯无论是在水的规模和秀美，难以占据上风，但是，当你从茫茫的戈壁和沙漠走过，来到了雪山脚下，看到这一山绿色、一湖碧水，除了心生膜拜之敬意，还能有何杂念呢？

抵达布尔津，已经是晚上八点多，阳光还像内地两三点钟那样灼人。布尔津是典型的旅游城市，每年的七、八、九三个月是其最热闹的季节，其他的时间都回归了边陲小镇的宁静。当那大雪封门的冬季，这里不知道是一番什么模样？

第四天，喀纳斯。

从布尔津翻过三道山，就来到了贾登峪。这里就是参观喀纳斯的起始点。在这里，我们要换乘景区的环保车继续旅行。喀纳斯一带据说是"中国的瑞士"。沿着山脚向上，依次是河谷、阔叶林、针叶林、草原、荒漠地带，最后就是山尖处的雪山地带。中学地理课本的知识在这里找到了实证。那时，就连地理老师都没有来过新疆，记得当时他的课堂讲述是那样栩栩如生、娓娓动人，勾起我们多少如痴如醉的向往，假如他来过，岂不要更加生动得不可收拾？

一路经过月亮湾、神仙湾、鸭泽滩，最后到了湖边。雪山倒映在幽深的湖中，湖中还有我们想象良多的喀纳斯湖怪，湖光山色，美不胜收，除了赞叹，别无语言。

去观鱼亭要爬1065级台阶，每个台阶上都标志着台阶序数。开始还为了给自己鼓劲，数着台阶数向上，后来，看到两边的河谷、湖面、雪山，已经忘记了辛苦。不管三七二十一，先用相机拍了再说。阳光晒在手臂上，如针刺一般灼人，但阴凉处的山风又会立马吹干你的汗水。到了观鱼亭，亭中有立亭的小记，看了几段，多为附庸之想。其实有了这山、这湖、这草原，还要那多余的《记》干吗？

下山不走回头路。沿路的野花不可胜数，管理者为了不让游客践踏草地、采花，树立了"小心有蛇"的标牌，也许真有蛇？

但我不相信，不信归不信，还是尊重这雪山和草原，只拍照片，不采花。很多的花我都叫不上它们的名字，美丽得让人心疼。

第五天，去白哈巴。

沿路都依然是河谷，高耸的松树枝干粗大，苍翠欲滴，也有不少枯树横七竖八地倒落在草地上、河谷里，似乎也没有人去留意。边境检查格外严格，一路上要进行三四次身份证的检查，可以理解，假如边境可以随意通过，也就不叫边境了。

路上经过一片原始白桦林，导游安排下车拍照。空气依然清冽清新，含氧量极高，浑身内外毛孔都舒服至极。白桦林沿着山坡的坡度三五成林，皆有一搂粗。有的白桦树被人揭去了树皮，据说白桦树的树皮可以做纸用，但是，看着那几棵被揭去树皮，呈紫红色的白桦树，依然让人叹息游客的轻狂和无知。

翻过一道山，就是一片草原。白色的毡房紧紧依偎着道路。继续停靠。有一些哈萨克族的小孩子牵着马，邀请游客骑马，一次二十元，价格不算高，可以体验一把跃马扬鞭的感觉。我在少年时放马，骑过光背马，那是一段美好回忆。如今，这可是真正的长在西北草原的马，不能不试试，寻找下往日的记忆。上去后，马缰轻提，一磕马肚子，马就在草原上快走起来。不了解马的脾性，没有敢策马疾驰，那样或许有危险，不值得。一圈子走下来，感觉还不错。牧民还摆了摊子卖各种草原风味小吃、物产等。酸奶尝了一口，又浓又腥，玩不起，放弃。油炸果子还不错，又甜又脆，吃了还想吃。

到达西北第一村后，我们来到国境线上的五号界碑处留影。游客很多，要排队。我们千里迢迢地，不，应该说是万里迢迢，从江苏来到最西北的地方，不留下一张照片，不是一辈子的遗憾吗？必须的。

界碑所处的山坡下，是一条细长的河流，河的对岸，就是哈萨克斯坦。神奇的是，界碑旁有一处缓坡，四周长满了树，中间是草地，那围成的形状，俨然就是一幅中国地图。世界真奇妙！有另外的一个团的导游，在介绍这处神奇的山坡后，唱起了《中华人民共和国国歌》，在场的人都情不自禁地和了起来。到了这里，对于祖国的感情格外浓烈！

白哈巴村子人不多，三三两两地依着山坡而建。多是原木搭建，有很多家庭旅馆。假如行程允许的话，能够在这里过夜，体验下边境的静谧的夜晚，应该是不错。

当天返回布尔津居住。

距离布尔津不到五十公里，有五彩滩景观。紧靠额尔齐斯河，风蚀加上水蚀，河岸的土地中含有多种金属元素，在阳光和氧化作用下，颜色各异，故称五彩滩。额尔齐斯河在这里绕了一个弯，河水潺潺，植被茂密。不少游客在这里捡拾小石头，颜色精美。天空落下了小雨，这已经是在我们路途中第四次落雨，新疆如此奇旱，而我们却接连被上天眷顾，虽然细雨如丝，但却大大减少了旅途中的炎热，让我们不由心生感谢。

进入布尔津市区，都十一点多了，天色依然熹微。

这些天，我们行程匆匆，为了赶路，基本上是按照南京的时间起床，遵守新疆的时间入眠，计算下来，每天大概要从老天爷这里抢回三四个小时的时间。光阴如梭，在这里却放慢了节奏。

第六天，从布尔津返回乌鲁木齐。

路上经过乌尔禾魔鬼城和卡拉玛依大油田。乌尔禾魔鬼城是亿万年前的大海河床因喜马拉雅地块抬升，逐渐成为高地，后被风蚀，形成了千奇百怪的地貌，被地理学上称为"雅丹地貌"。中餐是在克拉玛依市区。一路上看到不少抽油的"磕头虫"油井机，密密麻麻。虽然这里地表贫瘠，但地下却埋藏了储量丰富的石油。据说，这里随便挖一口油井，就可以出油。上天总是公平的，就如老家那句话——"老天饿不死瞎鹰"。

第七天，逛完大巴扎，直奔机场。

匆匆七日，新疆印象依然在脑海里回旋。对于偌大的新疆，我们不过是走了北疆的一个小圈子。

这样的讲述，是新疆吗？大概也就是盲人摸象吧？但是，蝴蝶飞不过沧海，谁又怎忍心责怪呢？

雨中探访新中国监狱的摇篮之地

溯本求源、寻根问祖是人的天性。五月中旬，我到江西赣州参加华东六省一市的监狱学论文研讨会，主人安排了一个与众不同的会议考察点，让我对共和国监狱的滥觞之地有了意外的认识和收获。

提到江西，大多想到南昌起义，想到庐山、三清山、龙虎山，想到井冈山，很少有人能优先地提起赣州。其实，在江西这片古老而又神奇的地方，处于闽、粤、湘、赣接壤之地的赣州，自古以来就非同凡响。江西为什么简称"赣"呢？

赣州下辖18个县，占全省面积的1/4，人口900万，占全省人口的1/5，是江西省最大的行政区，绝对可以称得上"老大哥"级别的。境内有29个民族，少数民族主要有畲族、回族和瑶族等。赣州的得名也是由其处于章江与贡江交汇处而来，"赣"字就是"章"与"贡"组合。在我对于古代城市的认识中，几乎所有的领一时风骚的城市，大都要临近大江大河，因为过去的交通工具主要是靠车马船，而这三者中舟楫之利又居于其首。处于古代驿道与水路交汇的枢纽，赣州虽然地处偏遥，但在史册中并不寂寞。《山海经》记载，远古时期就有"赣巨人"活动。赣南在春秋隶吴越，战国属楚，秦隶九江郡，汉高祖六年（公元前201年）设赣县，有了行政建制。唐代开通梅岭驿道后，这里成为"五岭之要冲"、"粤闽之咽喉"。到宋代，国都南迁，丝绸之路受阻，中原货物运往外国改由水路，通过大运河，进入长江，然后过鄱阳湖，溯赣江而上，进章江到达大余，经过梅关西驿道，再在南雄浈江上船，经北江、珠江出海，往南洋，转欧亚各地，因此赣州就有了"水上丝绸之路"要塞之称。遥想赣州当时，"商贾如云，货物如雨"，能被列为全国三十大名城之一、南方经济、文化重镇，自不足奇。

赣州的出名，还因为这里曾是红色政权的摇篮。就拿赣州瑞金县来说，是享誉中外的红色故都。在中共党建史上留下浓墨重彩的一笔。第二次国内革命战争时期，瑞金是中央革命根据地的中心，中国第一个红色政权——中华苏维埃共和国临时中央政府诞生地，是举世闻名的红军二万五千里长征的出发地。毛泽东、朱德、周恩来、邓小平、刘少奇等老一辈无产阶级革命家都在瑞金战斗和生活过，拥有国务院批准的以"一苏大"、"二苏大"、"红井"为代表的全国重点文物保护单位15处，省级重点文物保护单位3处和市级重点文物保护单位17处，是全国重点革命历史文物最多的县市。

会议举办方江西监狱局，用心良苦，匠心独具，考察地点就选择了到瑞金乡村探访我们中国监狱的摇篮之地。一是苏维埃政权的司法人民委员部旧址，二是苏维埃政权的第一劳动教养院旧址。

1931年11月，第一次全国苏维埃代表大会在瑞金叶坪隆重召开，宣告中华苏维埃共和国成立。大会选举产生了中华苏维埃共和国临时中央政府，同时作为九部一局中一部的司法人民委员部也成立了。司法人民委员部下设刑事处、民事处、劳动感化处、强迫劳动管理局、总务处等机构。1932年2月19日，中华苏维埃共和国临时中央政府召开第七次常委会，梁柏台提议创办劳动感化院，得到中央领导的一致赞同。梁柏台负责起草了《劳动感化院暂行章程》，对劳动感化院的设立条件、隶属关系、任务和内部机构设置等作出具体而明确的规定，规定劳动感化院是裁判部下设的一个机构，其职能是看守、教育及感化违反苏维埃法令的一切犯人。同年8月10日，司法人民委员部发布司字第二号《关于实施劳动感化院暂行章程问题》的命令，同时颁布了《中华苏维埃共和国劳动感化院暂行章程》。司法人民委员部先后在江西、福建以及瑞金直属县办了5个劳动感化院。

司法人民委员部旧址博物馆里陈列了很多苏维埃政权的珍贵史料，但由于修葺一新，缺乏历史真实感，而这次我们探访的第一劳动感化院就不同了。

先前在赣州开会期间，天气出奇地闷热，走在街上，几乎是挥汗如雨。天公作美，去瑞金那天凌晨，狂风骤雨，掀天揭地，酣畅淋漓，到了早晨，又转为细雨蒙蒙，空气如滤。这样的天气，清新凉爽，非常适合访古。

车到瑞金。有当地监狱的人在前面迎接带路，走过风岗村那一段泥泞的乡间小道，路窄得恰好一辆客车通过，路边池塘里蛙声呱呱汩汩，也被我们扰得噤声，早稻成行，荷叶渐呈田田，我们都在琢磨，这劳动感化院看来还真的隐居乡间啊。

正遐想着，前面车子停了，有人喊着："下车了，到了。"到了？我心生猜疑，这里到处都是民宅，哪里有古旧屋宅的样子。打着雨伞，雨还在丝丝地飘着，随向导绕过一幢乡间常见的两层民居小楼，贴着一处小池塘的草径，走进一处颓圮欲倒的小巷，巷子窄到必须把伞收起来才可以通过，这样的地方能收押犯人吗？不少人都在嘀咕着。

穿过一处深深的夹巷，终于走进一个十分宽敞的厅堂，厅堂的正前方是一处供奉祖先的牌位，高大的廊柱，柱础青石上满是青苔，不少柱子已经布满了虫蛀出的木屑，门当上挂着七八面匾额，天井里长满了深深浅浅的青草，屋檐上还有雨水叮咚叮咚地落着。天井边的廊柱下，还坐着一位须发皆白的老人，惊奇地打量着我们这些不速之客。这里还有人住？我纳闷了。向导用当地我听不懂的方言同老人高声地交谈了几句，估计是介绍我们到这里的目的。老房子，老人，颓圮的屋墙，似乎一下子把我们拉回到了沉重的历史中。

一路看过来的红色政权的若干旧址，除了第一次苏维埃会议的大会堂，大多数都是借用大家宗族的祠堂、民居，很少有自己的建筑。这也难怪，处于国民党层层包围封锁和多次围剿中，幼小的红色政权还很难有长久的立足之地，遑论安定的居所？设立于凤岗村的中华苏维埃第一劳动感化院就是借用了当地宗族祠堂，因陋就简地建成。钟唐公裔祠？是姓钟和姓唐两大家族的公裔祠，还是"钟唐公"裔祠？询问了闻讯赶过来看热闹的村民，都是摇头，说也不清楚，也许是我与他们语言交流的问题，也许是历史的确已经湮没？

据向导介绍，这所中华苏维埃共和国第一劳动感化院于1932年8月成立，设有反革命犯、重刑犯、普通轻刑犯3个关押点，共关押罪犯500多名，在组织结构上，该院还设有感化部、生产部、营业部和总务处。劳动感化院的目的是看守、教育及感化违反苏维埃法令的一切罪犯，使这些罪犯在监禁期满后，不再违犯苏维埃的法令。此外，苏维埃政府还把劳动作为改造罪犯的重要手段，1933年5月30日中央司法人民委员部在《对裁判机关工作

敏
感

的指示》中指出："对于劳动感化院的工作，特别要注意生产与感化。生产和发行方面，与国民经济部共同组织劳动感化院企业管理委员会，来管理和监督生产与发行的事宜，有计划地进行生产和发展……"这样，罪犯通过劳动，不仅减轻了苏维埃政府的负担，也改善了罪犯的生活，解决了劳动感化院的各项开支，还将剩余部分上缴财政，支援前线红军作战。这种实行惩罚与改造相结合的方针，强调对犯人实施感化改造，是当时苏维埃监狱的一个显著特点。假如要探寻社会主义监狱"劳动改造"方针的由来，相信能从这里找到答案。

无论是对比我们现在监狱的建筑，还是我们的监狱法规体系、组织体系，应该说，当时红色政权的劳动感化院都极其简陋，与当下的监狱具有天壤之别。但是，假如我们穿越历史的时空，回到二十世纪三十年代，它又的的确确是打破黑暗、野蛮的传统监狱体制的第一粒萌芽。正如毛泽东同志所说："苏维埃的监狱对于死刑以外的罪犯采取感化主义，即是用共产主义精神与劳动纪律教育犯人，改变人的本质，废除了司法范围内的一切野蛮封建遗迹。"正是在这里，新中国的监狱文明发展，走上了具有自己特色的筚路蓝缕的"长征路"。

祠堂门口两旁，蹲着一对大石狮子，虽然遭遇过毁损，但依然透着旧日的威风，昭示着曾有的威严。祠堂，劳动感化院，这似乎是相互重叠的历史印象，在这初夏的雨中，似乎逐渐模糊起来。假如没有它的存在，我们这些今日的监狱从业人，还能够拿什么去追寻历史？从这个意义上说，我觉得，或者是江西监狱局，或者是更高的管理者，真的应该出资将这里修缮保护好，让它成为中国监狱行业缅怀历史的"祖堂"。

合影之后，大家离开了风岗村。雨又开始大了，敲打在伞上，不，确切地说，应该是历史的回音，又开始敲打在心上……

中国传统监狱建筑小品漫谈

中国传统的建筑历来注重建筑小品的设置。建筑小品除了使用功能外，还具有特别的观赏或装饰功能。园林建筑小品主要有亭、桥、榭、舫、廊、叠石、洞门；宫殿建筑小品有华表、须弥座、石狮、铜龟、铜鹤、日晷、吉祥缸等；坛庙建筑小品有望柱、棂星门、天心石、渎山；民间建筑小品有抱鼓石、影壁、牌楼等；宗教建筑小品有塔、经幢、造像碑等；陵墓建筑小品有墓表、碑碣、阙、石像生等。

监狱建筑是中国古代建筑的一个组成部分，监狱建筑亦有其独特的内蕴文化，体现监狱建筑文化的建筑小品有哪些呢？

据笔者考证，监狱建筑小品主要有：莲池、狱神庙、桥、嘉石、獬豸、狴犴等。

莲　池

建于隋代大业十二年的密州古县衙监狱，距今已有1400余年

敏惠

的历史，是隋唐时代具有代表性的监狱，有非常高的研究价值。

在县衙监狱的门前，有一个莲池。池塘位于县衙的中轴地带。莲池由罪犯挖掘，莲藕的栽培以及收莲子、莲藕也由囚犯承担。莲池既是县衙官员狱卒休息娱乐的地方，也是罪犯室外"放风"、"洗心革面"、汲水洗衣的去处。

监狱的建筑里为什么要开凿莲池呢？莲花是一种水生植物，具有"出淤泥而不染，濯清涟而不妖，中通外直，不蔓不枝"的高尚品质，在中国传统的观念中，因这种特殊的寓意象征而受到人们青睐，被誉为"花中君子"。莲花的这种品性在佛教教义中也得到积极的推崇，传说佛教创始人释迦牟尼的家乡就盛产莲花，释迦牟尼取莲花的清净无染来寓意佛教的清净无染、超凡脱俗。佛教的建筑里多有莲池、莲花宝座、须弥座等以莲花为象征意象的作品。

监狱里开凿莲池，有多重作用：一是美化作用，可以装饰点缀监内环境，调节监狱的单调压抑气氛；二是消防作用，莲池里的水可以在遇有火灾时提供紧急汲水的水源；三是有积极的文化寓意，荷花出淤泥而不染，时时提醒狱卒：在罪犯群体中要洁身自好，秉公执法，保持气节。对于罪犯来说，"莲池"的谐音是"廉耻"，也是劝诫罪犯识诗书、明礼仪、知廉耻、明进退。

莲池可大可小，视监狱的内部环境而定，其外周形状，多做成莲花花瓣形状。

狱　神　庙

正如木匠尊崇鲁班、梨园子弟推奉唐明皇一样，提到中国古代监狱史，就必然要从皋陶说起。

皋陶，舜禹时人，又名咎陶或咎繇，姓偃，字庭坚，生于山东曲阜，是传说中东夷部落的首领。据《大宋·重修广韵》记载："狱，皋陶所造也。"传说舜称帝后，为应对蛮夷侵乱、寇贼四起的混乱形势，任命皋陶为司法长官，清理狱讼，制订法律，建造监狱，建立起支撑统治体系的国家法律机器。皋陶善理狱讼，执法公平，因此享有很高的威望，还曾一度被推选为禹的接班人。后世把皋陶尊奉为狱神。从明朝开始，狱神庙里供奉的就是汉朝名相萧何，个中原因，有待于考证，但是，应与萧何精通律令、执法如山不无关系。

从奴隶社会、封建社会一直到明清民国时期的监狱，都建有狱神庙。罪犯出入监都要向狱神叩拜，管理监狱的官吏在上任伊始也要向其敬拜，即使死囚犯在临刑前，也要辞拜狱神。据《汉书·刑法志》记载，东汉桓帝时光禄勋主事范滂被人诬陷入狱，逮至黄门北寺狱，狱吏就对其说："凡坐系者，皆祭皋陶。"范滂答曰："皋陶，古之直臣，知滂无罪，将理之于帝，如其有罪，祭之何益？"存于史书的这一记载也说明了祭拜狱神传统的存在。

监狱是否安全，罪犯管理得好坏，都是考课狱吏成绩的依据。我以为，在监狱设置狱神庙的意义有四：一是表示对监狱祖师爷的"慎终追远"，缅怀敬仰；二是祈求神灵荫蔽，庇佑平安；三是神化监狱以及法律的威慑力，法自君出，神法一统；四是维系监狱特殊的囚牢文化及其道德支撑，增强心灵安慰。

前文所提到的密县古县衙监狱里，就有狱神庙。大约30平方米，供有狱神神龛。北宋开封府的"府司西狱"也建有狱神庙。河南开封的八卦楼监狱，是西北军阀冯玉祥在主政时期建造的，狱中也有狱神庙。山西洪洞县的县衙监狱（因戏曲《苏三起解》中苏三而留名于史），建于明洪武二年，至今仍保存完好。在其

敏感

西南方位，所建的狱神庙不足0.4平方米，正对着狴犴牢门。

獬豸

獬豸是一种传说中的神兽，似羊非羊，似鹿非鹿，与麒麟相似，浑身是油亮的青毛，头上长有独角。獬豸性直，疾恶如仇，能知人善恶，辨别是非，对于诉讼案件的当事人，有过错的一方，它就会用独角去抵触。据说，皋陶善于理讼，就是多亏獬豸的相助，遇到疑难案件，就会牵出神兽，一决善恶是非。

对正义的向往和追求，是法律永恒的价值所在。监狱作为囚禁罪犯的场所，对法律的正义更有着切肤的祈愿与渴求，獬豸正是被寄托了这种祈愿与渴求。在监狱建筑小品中，獬豸的雕饰多见于监狱的照壁、墙壁、囚室、守门兽中。

狴犴

狴犴是常见于监狱装饰小品中的又一神兽。

明朝李东阳《怀麓堂集》中记载，古代传说中，龙生九子不为龙，各有其名，各有其所好。第六子狴犴（有说为第四子），生性凶猛，面目恐怖，"平生好讼，今狱门狮子头，是其遗象"。也有说狴犴又名"宪章"，"其形似兽，有威性，好囚，故立于狱门上"。因此，监狱大门上、囚门、死牢、刑具上，多有狴犴的铜饰或铁饰，用来震慑世人，惩戒罪犯，增强监狱的恐怖感、威严感、神秘感，这也是奴隶社会、封建社会治狱中重刑主义思想的一个反映。《孔子家语·始诛篇》载："孔子为鲁大司寇，有父子讼者，夫子同狴执之。"司法长官断案时，身后站着的是凶猛的野兽狴犴，难免不让人诚惶诚恐、战战兢兢。在这里，狴犴成为法律威严的一个象征。

前文提到的山西洪洞监狱中，在死囚的牢门上，就画有狴犴像。

嘉　石

古代刑罚制度依其内容，可以分为死刑、肉刑、徒刑（劳役刑）、迁刑（又称流放刑）和耻辱刑等。其中，耻辱刑主要有髡刑、耐刑、完刑等。髡刑是指将罪犯头发断为二寸左右的短发，耐刑是指剃去鬓毛和胡须，完刑是指将头发、胡须全部剃去。古代西周时期，还出现过一种特殊耻辱刑——嘉石之刑。

《周礼·秋官·大司寇》："凡万民之罪过而为丽于法，而害于州里者，桎梏而坐诸嘉石，役诸司空。"相传，嘉石是一种有纹理的露天大石，放在衙门或监狱门外左首。惩罚对象主要是有轻微违法行为不够五刑（墨、劓、宫、刖、大辟）处罚的人。据文献记载，受到嘉石刑罚处理的都是一些无业游民，言辞不恭、侮辱长老、伤风败俗等有害于社会良善道德行为的人，"三让而罚，三罚而士加明刑，耻诸嘉石"，也就是先施以口头警告，三次警告仍不起效果，处以嘉石之罚。

受此处罚的人身着桎梏，坐在嘉石上，根据其罪行，受罚的期限有三、五、七、九、十三天不等。由于嘉石是露天摆放的，受罚人手足被束缚着，坐在上面，背上用木板书上其姓氏、罪行，路人过往，评头论足，指指戳戳。无论风吹日晒、暑热霜冻、蚊虫叮咬，在大庭广众下经受精神与身体的双重惩罚，对世人也是一种劝诫。

随着刑罚体系的演变，嘉石刑消失了，但嘉石作为古代一种刑罚象征的物品，开始走进监狱的建筑小品中。

嘉石的纹理，寓意有条理、有法度，中规中矩，人贵明礼，石的青色寓意清明、清正。

后来的监狱里，还曾出现过类似嘉石的物品。始建于元朝大德八年的河南内乡县衙监狱，有一块柱形青石，叫作"匪类墩"，高63厘米，宽34厘米，厚33厘米，石块中间有一约3厘米的圆孔，可以用来系铁链。人犯被带进监狱后，就用铁链将其连枷带锁固定在青石上。遇有充军发配的罪犯路经该地，临时羁押在县衙监狱，也是锁铐在这块青石上。这块青石是1995年考古发掘时发现的，现仍保存在该县衙监狱的水牢里。

桥

桥和人类生产、生活密不可分。桥有梁桥、拱桥、浮桥、索桥、廊桥等，以梁桥和拱桥最为常见。

桥不仅具有重要的交通价值，还有丰富的美学价值、道德价值。在民间，人们对桥都有着无比的敬意。婚丧嫁娶，凡经桥过，都要举行审慎、敬畏的祭桥仪式。新人过桥鸣炮、新生乳子"走百病"要走桥。在佛教、道教等宗教文化中，也把桥视为超越、超度、跨越的象征，据说人在死后要经过的奈何桥，就是阴界和阳界的分界线。"修桥、筑路、建学、造庙"的传统公益事业中，桥就位列其一。

在建筑文化中，桥不仅仅是为了解决跨水的交通问题，也是沟通建筑景观层次，划分水面，增加建筑环境装饰性，满足造景艺术的需求。桥文化是一个值得寻味的主题，也渗透着中国上下五千年博大精深的传统文化底蕴。北京的卢沟桥、天安门的金水桥、颐和园里的知鱼桥和十七孔桥、扬州瘦西湖的五亭桥、苏州拙政园的小飞虹桥、杭州西湖的断桥……数不胜数。

在监狱建筑小品中，桥也有大量的应用。为增加监狱防逃、警戒功能，监狱多在围墙外开凿围河，因此有了桥的产生。桥在心理上隔开了此与彼的界限。每一个罪犯，都要从桥上走过。走过桥，就是禁锢、桎梏、封闭；走出桥，就是自由、亲情、融入。来时路有千条，不论职业、不管年龄，不计老少，只要触犯刑律，就要锒铛入狱。走过此桥，就要接受监狱法律的管束，无论三教九流，都只有一个身份和称谓——罪犯。来时全系当初的放纵；去时感恩囹圄内炼狱的洗礼。来时是申诫、是警醒，去日是祝福、是叮咛。

南京有老虎桥监狱，上海有提篮桥监狱，都是建筑于晚清的百年监狱。威尼斯的死囚监狱有座叹息桥，是连接总督宫内法院和一河之隔的重罪犯监狱的封闭式桥梁，据说，当罪犯被押解由法庭走到此处时，透过小小的窗户看到外面自由世界的那一刹那，都会情不自禁地叹息，这就是此桥名称的由来。

跋

这本小册子，顶多算是这个大千世界里的雪泥鸿爪而已。但于我而言，却大致是种安慰，或是纪念。当我老了，在炉火边打盹，身边还可以有些帮助我回忆曾有的青春岁月的物事，大概这小册子可以算一个吧。

在本书二校的时候，我在心无旁骛地看电视连续剧《平凡的世界》，这部剧作是根据路遥先生著作改编的。

《平凡的世界》于我的个人成长经历，有着很深远的积极意义。我不能简单地说，这本书改变了我的人生，准确地说，这本书至少长远地存在我的生活中。月有圆缺，潮有涨落，每当人生面临挑战或发生重大转折时，比如，一九九○年参加高考，一九九二年警校毕业分配到江苏省洪泽农场工作，二○○一年通过公开选拔考试提任南京监狱纪委书记，二○○三年从南京监狱到江苏省司法厅担任办公室副主任，二○○五年又从司法厅调到金陵监狱，或者是去年六月重回母校工作，我都会把它拿出来，认真地读上一遍。我也曾有过忍饥挨饿艰苦的少年求学时光；我也曾因为满脸粉刺自觉自己是个丑小鸭，自尊心奇强，因为敏感而持有对身边人高度的戒备心理、应激时的乖张；我也曾不止一次在暑假放马于野外河滩，躺在草地上，身边马儿在吃草，小河水流潺潺，天上白云在飘，思绪驰骋，尽情幻想着外面的世界、长大后的世界。读着，读着，书中的主人公孙少平就会扑面而来，与我的生活重叠，我也就在不知不觉中走进他的精神世界……

现在想来，这本书就是我精神世界里的磨刀石，常读常新，如切如琢，砥砺意志，硎发新刃。

往日崎岖，路长人困，蹇驴鸣嘶，记忆犹新。身处艰苦的求学岁月中，我曾耿耿于命运对我的不公，就像耿耿于路遥先生，为什么不让孙少安与田润叶走到一起？为什么孙少平与田晓霞有了刻骨铭心的爱情后，却又让一场洪水冲走了它？为什么孙少平命运如此多舛却依然无法走出那长长的黑暗矿井？

然而随着年龄的增长、阅历的丰富，我开始领悟：这就是生活，生活本该如此。宋人方岳有诗《别才子方令》，诗是这样写的："不如意事常八九，可与人言无二三。自识荆门子才甫，梦驰铁马战城南。"前一句很走心，像老酒一样浇除胸中块垒。生活，哪里可能事事顺风顺水、锦团花簇？佛教里不是归纳出人生八苦嘛，除了生老病死之四苦，还有爱别离、怨憎会、求不得、五阴炽盛苦。快乐是短暂的、稍纵即逝的；苦是生活中底色，有了它，快乐才会有比对的基础和平台。

当然，我的生活中还是颇多亮色的。

首先要感谢在我刚参加工作时就有幸相遇的一位兄长，多年来给予我无私帮助和关心，在我人生关键时谆谆教诲，助我走出曾经的一段精神上的泥淖。多年来，无以回报，我也仅仅是在他每年生日到来时，发一个短信祝福，祝福好人一生平安、德高福

敏感

寿多。

　　然后呢，就不能不提起我的妻子和女儿，一直在我身后提供默默的支持和鼓励。这本书中的文章里虽然少有她们的出现，我的阅读及研究领域她们也许并不感兴趣，这不重要。重要的是，在生活中，我的一些习惯和爱好，能被忍受和接受，比如随意置放于家中某个角落的正在阅读中的书，打扫家务卫生时，即使是影响观瞻上的整洁，也从不打乱位置，因为她们知道，这样我随时可以便捷地找到；比如，我经常会在夜半醒来时，就打开台灯去翻上两页，有时会持续到凌晨再睡（当然，近年来，这习惯有所改变），她们也不会埋怨我吵醒了甜梦；比如，因为我不会网购，女儿已经成为我的好帮手，只要开给她书单就可以坐在家中等书的到来。这些细节，或许会被你们认为是鸡毛蒜皮，不值一提，但是，我却格外喜欢这种生活中细腻的温情。

　　最后，还要感谢各位编审老师。在这本书的编审中，我一直没有与这些老师谋面，只是通过他们的文字来感受他们的温度和厚度，但他们对于文字的严谨与细致，尤其是一些观点表述角度的把握，让我有了审慎的反观。

　　写作，这不过是我记录生活、解读生活的一种方式罢了。

　　是谁说过："不要告诉我，你是什么人；我只要看看你书架上有哪些书，就知道你的为人。"在这里，我也套用下，或许我们不曾相识，无缘相遇，但只要你看了我的文字，就该知道生活中我是怎样的一个人。

　　今后的文字方向，决心作个大的转向，更多地是朝着法治随笔，尤其是要尽力耕耘民国监狱史、法律史以及个人旅游散记。前者是个人确立的研究领域，可以说是"读万卷书"，后者则属于"行万里路"，能不能写好，我只能套用那句流行广告语——"敬

跋

请期待"。

　　江上清风，山间明月；花落还开，流水不断。我且欣欣然持
有一颗欢喜心。不在这里，就在那里，或许是在山路上，在溪桥边，
又或许在滚滚红尘闹市里⋯⋯

　　我，期待着与你再次遇见。

2016 年 9 月 21 日